OBRA COMPLETA

MURILO RUBIÃO

Obra completa
Edição do centenário

Textos críticos
Jorge Schwartz e Carlos de Brito e Mello

4ª reimpressão

Copyright © 2016 by Murilo Rubião

Grafia atualizada segundo o Acordo Ortográfico da Língua Portuguesa de 1990, que entrou em vigor no Brasil em 2009.

Capa
Kiko Farkas e Ana Lobo/ Máquina Estúdio

Estabelecimento de texto
Vera Lúcia Andrade

Preparação
Isabel Cury

Revisão
Adriana Moreira Pedro

Os personagens e as situações desta obra são reais apenas no universo da ficção; não se referem a pessoas e fatos concretos, e sobre eles não emitem opinião.

Dados Internacionais de Catalogação na Publicação (CIP)
(Câmara Brasileira do Livro, SP, Brasil)

Rubião, Murilo, 1916-1991.
   Murilo Rubião : obra completa / textos críticos de Jorge Schwartz e Carlos de Brito e Mello — São Paulo : Companhia das Letras, 2016.

"edição do centenário"
ISBN 978-85-359-2756-6

1. Contos brasileiros 2. Rubião, Murilo, 1916 - Crítica e interpretação I. Schwartz, Jorge. II. Mello, Carlos de Brito e. III. Título.

16-04184   CDD-869.3

Índice para catálogo sistemático:
1. Contos : Literatura brasileira   869.3

Todos os direitos desta edição reservados à
EDITORA SCHWARCZ S.A.
Rua Bandeira Paulista, 702, cj. 32
04532-002 — São Paulo — SP
Telefone: (11) 3707-3500
www.companhiadasletras.com.br
www.blogdacompanhia.com.br
facebook.com/companhiadasletras
instagram.com/companhiadasletras
twitter.com/ciadasletras

Sumário

O pirotécnico Zacarias, 7
O ex-mágico da Taberna Minhota, 15
Bárbara, 22
A cidade, 29
Ofélia, meu cachimbo e o mar, 36
A flor de vidro, 42
Os dragões, 46
Teleco, o coelhinho, 52
O edifício, 62
O lodo, 71
A fila, 81
A Casa do Girassol Vermelho, 96
Alfredo, 105
Marina, a Intangível, 110
Os três nomes de Godofredo, 118
Memórias do contabilista Pedro Inácio, 126
Bruma (a estrela vermelha), 133
D. José não era, 139

A Lua, 143
A armadilha, 146
O bloqueio, 151
A diáspora, 158
O homem do boné cinzento, 165
Mariazinha, 170
Elisa, 176
A noiva da Casa Azul, 179
O bom amigo Batista, 185
Epidólia, 193
Petúnia, 202
Aglaia, 210
O convidado, 218
Botão-de-Rosa, 230
Os comensais, 240

O fantástico em Murilo Rubião: uma visita —
Jorge Schwartz, 251

Mais sombras que silêncio — Carlos de Brito e Mello, 254

Cronologia, 279

O pirotécnico Zacarias

E se levantará pela tarde sobre ti uma luz como a do meio-dia; e quando te julgares consumido, nascerás como a estrela-d'alva.
(Jó, XI, 17)

Raras são as vezes que, nas conversas de amigos meus, ou de pessoas das minhas relações, não surja esta pergunta. Teria morrido o pirotécnico Zacarias?

A esse respeito as opiniões são divergentes. Uns acham que estou vivo — o morto tinha apenas alguma semelhança comigo. Outros, mais supersticiosos, acreditam que a minha morte pertence ao rol dos fatos consumados e o indivíduo a quem andam chamando Zacarias não passa de uma alma penada, envolvida por um pobre invólucro humano. Ainda há os que afirmam de maneira categórica o meu falecimento e não aceitam o cidadão existente como sendo Zacarias, o artista pirotécnico, mas alguém muito parecido com o finado.

Uma coisa ninguém discute: se Zacarias morreu, o seu corpo não foi enterrado.

A única pessoa que poderia dar informações certas sobre o assunto sou eu. Porém estou impedido de fazê-lo porque os meus companheiros fogem de mim, tão logo me avistam pela frente. Quando apanhados de surpresa, ficam estarrecidos e não conseguem articular uma palavra.

Em verdade morri, o que vem ao encontro da versão dos que creem na minha morte. Por outro lado, também não estou morto, pois faço tudo o que antes fazia e, devo dizer, com mais agrado do que anteriormente.

A princípio foi azul, depois verde, amarelo e negro. Um negro espesso, cheio de listras vermelhas, de um vermelho compacto, semelhante a densas fitas de sangue. Sangue pastoso com pigmentos amarelados, de um amarelo esverdeado, tênue, quase sem cor.

Quando tudo começava a ficar branco, veio um automóvel e me matou.

— Simplício Santana de Alvarenga!
— Presente!

Senti rodar-me a cabeça, o corpo balançar, como se me faltasse o apoio do solo. Em seguida fui arrastado por uma força poderosa, irresistível. Tentei agarrar-me às árvores, cujas ramagens retorcidas, puxadas para cima, escapavam aos meus dedos. Alcancei mais adiante, com as mãos, uma roda de fogo, que se pôs a girar com grande velocidade por entre elas, sem queimá--las, todavia.

— "Meus senhores: na luta vence o mais forte e o momento é de decisões supremas. Os que desejarem sobreviver ao tempo tirem os seus chapéus!"

(Ao meu lado dançavam fogos de artifício, logo devorados pelo arco-íris.)

— Simplício Santana de Alvarenga!
— Não está?
— Tire a mão da boca, Zacarias!
— Quantos são os continentes?
— E a Oceania?

Dos mares da China não mais virão as quinquilharias.

A professora magra, esquelética, os olhos vidrados, empunhava na mão direita uma dúzia de foguetes. As varetas eram compridas, tão longas que obrigavam dona Josefina a ter os pés distanciados uns dois metros do assoalho e a cabeça, coberta por fios de barbante, quase encostada no teto.

— Simplício Santana de Alvarenga!
— Meninos, amai a verdade!

A noite estava escura. Melhor, negra. Os filamentos brancos não tardariam a cobrir o céu.

Caminhava pela estrada. Estrada do Acaba Mundo: algumas curvas, silêncio, mais sombras que silêncio.

O automóvel não buzinou de longe. E nem quando já se encontrava perto de mim, enxerguei os seus faróis. Simplesmente porque não seria naquela noite que o branco desceria até a terra.

As moças que vinham no carro deram gritos histéricos e não se demoraram a desmaiar. Os rapazes falaram baixo, curaram-se instantaneamente da bebedeira e se puseram a discutir qual o melhor destino a ser dado ao cadáver.

A princípio foi azul, depois verde, amarelo e negro. Um negro espesso, cheio de listras vermelhas, de um vermelho compacto, semelhante a densas fitas de sangue. Sangue pastoso, com pigmentos amarelados, de um amarelo esverdeado, quase sem cor. Sem cor jamais quis viver. Viver, cansar bem os músculos, andando pelas ruas cheias de gente, ausentes de homens.

Havia silêncio, mais sombras que silêncio, porque os rapazes não mais discutiam baixinho. Falavam com naturalidade, dosando a gíria.

Também o ambiente repousava na mesma calma e o cadáver — o meu ensanguentado cadáver — não protestava contra o fim que os moços lhe desejavam dar.

A ideia inicial, logo rejeitada, consistia em me transportar para a cidade, onde me deixariam no necrotério. Após breve discussão, todos os argumentos analisados com frieza, prevaleceu a opinião de que meu corpo poderia sujar o carro. E havia ainda o inconveniente das moças não se conformarem em viajar ao lado de um defunto. (Nesse ponto eles estavam redondamente enganados, como explicarei mais tarde.)

Um dos moços, rapazola forte e imberbe — o único que se impressionara com o acidente e permanecera calado e aflito no decorrer dos acontecimentos —, propôs que se deixassem as garotas na estrada e me levassem para o cemitério. Os companheiros não deram importância à proposta. Limitaram-se a condenar o mau gosto de Jorginho — assim lhe chamavam — e a sua insensatez em interessar-se mais pelo destino do cadáver do que pelas lindas pequenas que os acompanhavam.

O rapazola notou a bobagem que acabara de proferir e, sem encarar de frente os componentes da roda, pôs-se a assoviar, visivelmente encabulado.

Não pude evitar a minha imediata simpatia por ele, em virtude da sua razoável sugestão, debilmente formulada aos que decidiam a minha sorte. Afinal, as longas caminhadas cansam indistintamente defuntos e vivos. (Esse argumento não me ocorreu no momento.)

Discutiram em seguida outras soluções e, por fim, consideraram que me lançar ao precipício, um fundo precipício, que margeava a estrada, limpar o chão manchado de sangue, lavar cuidadosamente o carro, quando chegassem a casa, seria o alvitre mais adequado ao caso e o que melhor conviria a possíveis complicações com a polícia, sempre ávida de achar mistério onde nada existe de misterioso.

Mas aquele seria um dos poucos desfechos que não me interessavam. Ficar jogado em um buraco, no meio de pedras e ervas, tornava-se para mim uma ideia insuportável. E ainda: o meu corpo poderia, ao rolar pelo barranco abaixo, ficar escondido entre a vegetação, terra e pedregulhos. Se tal acontecesse, jamais seria descoberto no seu improvisado túmulo e o meu nome não ocuparia as manchetes dos jornais.

Não, eles não podiam roubar-me nem que fosse um pequeno necrológio no principal matutino da cidade. Precisava agir rápido e decidido:

— Alto lá! Também quero ser ouvido.

Jorginho empalideceu, soltou um grito surdo, tombando desmaiado, enquanto os seus amigos, algo admirados por verem um cadáver falar, se dispunham a ouvir-me.

Sempre tive confiança na minha faculdade de convencer os adversários, em meio às discussões. Não sei se pela força da lógica ou se por um dom natural, a verdade é que, em vida, eu vencia qualquer disputa dependente de argumentação segura e irretorquível.

A morte não extinguira essa faculdade. E a ela os meus matadores fizeram justiça. Após curto debate, no qual expus com clareza os meus argumentos, os rapazes ficaram indecisos, sem encontrar uma saída que atendesse, a contento, às minhas razões e ao programa da noite, a exigir prosseguimento. Para tornar mais confusa a situação, sentiam a impossibilidade de dar rumo a um defunto que não perdera nenhum dos predicados geralmente atribuídos aos vivos.

Se a um deles não ocorresse uma sugestão, imediatamente aprovada, teríamos permanecido no impasse. Propunha incluir-me no grupo e, juntos, terminarmos a farra, interrompida com o meu atropelamento.

Entretanto, outro obstáculo nos conteve: as moças eram somente três, isto é, em número igual ao de rapazes. Faltava uma para mim e eu não aceitava fazer parte da turma desacompanhado. O mesmo rapaz que aconselhara a minha inclusão no grupo encontrou a fórmula conciliatória, sugerindo que abandonassem o colega desmaiado na estrada. Para melhorar o meu aspecto, concluiu, bastaria trocar as minhas roupas pelas de Jorginho, o que me prontifiquei a fazer rapidamente.

Depois de certa relutância em abandonar o companheiro, concordaram todos (homens e mulheres, estas já restabelecidas do primitivo desmaio) que ele fora fraco e não soubera enfrentar com dignidade a situação. Portanto, era pouco razoável que se perdesse tempo fazendo considerações sentimentais em torno da sua pessoa.

Do que aconteceu em seguida não guardo recordações muito nítidas. A bebida, que antes da minha morte pouco me afetava, teve sobre o meu corpo defunto uma ação surpreendente. Pelos meus olhos entravam estrelas, luzes cujas cores ignorava, triângulos absurdos, cones e esferas de marfim, rosas negras, cravos em forma de lírios, lírios transformados em mãos. E a ruiva, que me fora destinada, enlaçando-me o pescoço com o corpo transmudado em longo braço metálico.

Ao clarear o dia, saí da semiletargia em que me encontrava. Alguém me perguntava onde eu desejava ficar. Recordo-me que insisti em descer no cemitério, ao que me responderam ser impossível, pois àquela hora ele se encontrava fechado. Repeti diversas vezes a palavra cemitério. (Quem sabe nem chegasse a repeti-la, mas somente movesse os lábios, procurando ligar as palavras às sensações longínquas do meu delírio policrômico.)

Por muito tempo se prolongou em mim o desequilíbrio entre o mundo exterior e os meus olhos, que não se acomodavam ao colorido das paisagens estendidas na minha frente. Havia ainda o medo que sentia, desde aquela madrugada, quando constatei que a morte penetrara no meu corpo.

Não fosse o ceticismo dos homens, recusando-se aceitar-me vivo ou morto, eu poderia abrigar a ambição de construir uma nova existência.

Tinha ainda que lutar contra o desatino que, às vezes, se tornava senhor dos meus atos e obrigava-me a buscar, ansioso, nos jornais, qualquer notícia que elucidasse o mistério que cercava o meu falecimento.

Fiz várias tentativas para estabelecer contato com meus companheiros da noite fatal e o resultado foi desencorajador. E eles eram a esperança que me restava para provar quão real fora a minha morte.

No passar dos meses, tornou-se menos intenso o meu sofrimento e menor a minha frustração ante a dificuldade de convencer os amigos de que o Zacarias que anda pelas ruas da cidade é o mesmo artista pirotécnico de outros tempos, com a diferença de que aquele era vivo e este, um defunto.

Só um pensamento me oprime: que acontecimentos o destino reservará a um morto se os vivos respiram uma vida agonizante? E a minha angústia cresce ao sentir, na sua plenitude, que a minha capacidade de amar, discernir as coisas, é bem superior à dos seres que por mim passam assustados.

Amanhã o dia poderá nascer claro, o sol brilhando como nunca brilhou. Nessa hora os homens compreenderão que, mesmo à margem da vida, ainda vivo, porque a minha existência se transmudou em cores e o branco já se aproxima da terra para exclusiva ternura dos meus olhos.

O ex-mágico da Taberna Minhota

Inclina, Senhor, o teu ouvido, e ouve-me; porque eu sou desvalido e pobre.

(*Salmos*, LXXXV, 1)

Hoje sou funcionário público e este não é o meu desconsolo maior.

Na verdade, eu não estava preparado para o sofrimento. Todo homem, ao atingir certa idade, pode perfeitamente enfrentar a avalanche do tédio e da amargura, pois desde a meninice acostumou-se às vicissitudes, através de um processo lento e gradativo de dissabores.

Tal não aconteceu comigo. Fui atirado à vida sem pais, infância ou juventude.

Um dia dei com os meus cabelos ligeiramente grisalhos, no espelho da Taberna Minhota. A descoberta não me espantou e tampouco me surpreendi ao retirar do bolso o dono do restaurante. Ele sim, perplexo, me perguntou como podia ter feito aquilo.

O que poderia responder, nessa situação, uma pessoa que não encontrava a menor explicação para sua presença no mundo? Disse-lhe que estava cansado. Nascera cansado e entediado.

Sem meditar na resposta, ou fazer outras perguntas, ofereceu-me emprego e passei daquele momento em diante a divertir a freguesia da casa com os meus passes mágicos.

O homem, entretanto, não gostou da minha prática de oferecer aos espectadores almoços gratuitos, que eu extraía misteriosamente de dentro do paletó. Considerando não ser dos melhores negócios aumentar o número de fregueses sem o consequente acréscimo nos lucros, apresentou-me ao empresário do Circo-Parque Andaluz, que, posto a par das minhas habilidades, propôs contratar-me. Antes, porém, aconselhou-o que se prevenisse contra os meus truques, pois ninguém estranharia se me ocorresse a ideia de distribuir ingressos graciosos para os espetáculos.

Contrariando as previsões pessimistas do primeiro patrão, o meu comportamento foi exemplar. As minhas apresentações em público não só empolgaram multidões como deram fabulosos lucros aos donos da companhia.

A plateia, em geral, me recebia com frieza, talvez por não me exibir de casaca e cartola. Mas quando, sem querer, começava a extrair do chapéu coelhos, cobras, lagartos, os assistentes vibravam. Sobretudo no último número, em que eu fazia surgir, por entre os dedos, um jacaré. Em seguida, comprimindo o animal pelas extremidades, transformava-o numa sanfona. E encerrava o espetáculo tocando o Hino Nacional da Cochinchina. Os aplausos estrugiam de todos os lados, sob o meu olhar distante.

O gerente do circo, a me espreitar de longe, danava-se com a minha indiferença pelas palmas da assistência. Notadamente se elas partiam das criancinhas que me iam aplaudir nas matinês de domingo. Por que me emocionar, se não me causavam pena aqueles rostos inocentes, destinados a passar pelos sofrimentos que acompanham o amadurecimento do homem? Muito menos me ocorria odiá-las por terem tudo que ambicionei e não tive: um nascimento e um passado.

Com o crescimento da popularidade a minha vida tornou-se insuportável.

Às vezes, sentado em algum café, a olhar cismativamente o povo desfilando na calçada, arrancava do bolso pombos, gaivotas, maritacas. As pessoas que se encontravam nas imediações, julgando intencional o meu gesto, rompiam em estridentes gargalhadas. Eu olhava melancólico para o chão e resmungava contra o mundo e os pássaros.

Se, distraído, abria as mãos, delas escorregavam esquisitos objetos. A ponto de me surpreender, certa vez, puxando da manga da camisa uma figura, depois outra. Por fim, estava rodeado de figuras estranhas, sem saber que destino lhes dar.

Nada fazia. Olhava para os lados e implorava com os olhos por um socorro que não poderia vir de parte alguma.

Situação cruciante.

Quase sempre, ao tirar o lenço para assoar o nariz, provocava o assombro dos que estavam próximos, sacando um lençol do bolso. Se mexia na gola do paletó, logo aparecia um urubu. Em outras ocasiões, indo amarrar o cordão do sapato, das minhas calças deslizavam cobras. Mulheres e crianças gritavam. Vinham guardas, ajuntavam-se curiosos, um escândalo. Tinha de comparecer à delegacia e ouvir pacientemente da autoridade policial ser proibido soltar serpentes nas vias públicas.

Não protestava. Tímido e humilde mencionava a minha condição de mágico, reafirmando o propósito de não molestar ninguém.

Também, à noite, em meio a um sono tranquilo, costumava

acordar sobressaltado: era um pássaro ruidoso que batera as asas ao sair do meu ouvido.

Numa dessas vezes, irritado, disposto a nunca mais fazer mágicas, mutilei as mãos. Não adiantou. Ao primeiro movimento que fiz, elas reapareceram novas e perfeitas nas pontas dos tocos de braço. Acontecimento de desesperar qualquer pessoa, principalmente um mágico enfastiado do ofício.

Urgia encontrar solução para o meu desespero. Pensando bem, concluí que somente a morte poria termo ao meu desconsolo.

Firme no propósito, tirei dos bolsos uma dúzia de leões e, cruzando os braços, aguardei o momento em que seria devorado por eles. Nenhum mal me fizeram. Rodearam-me, farejaram minhas roupas, olharam a paisagem, e se foram.

Na manhã seguinte regressaram e se puseram, acintosos, diante de mim.

— O que desejam, estúpidos animais?! — gritei, indignado.

Sacudiram com tristeza as jubas e imploraram-me que os fizesse desaparecer:

— Este mundo é tremendamente tedioso — concluíram.

Não consegui refrear a raiva. Matei-os todos e me pus a devorá-los. Esperava morrer, vítima de fatal indigestão.

Sofrimento dos sofrimentos! Tive imensa dor de barriga e continuei a viver.

O fracasso da tentativa multiplicou minha frustração. Afastei-me da zona urbana e busquei a serra. Ao alcançar seu ponto mais alto, que dominava escuro abismo, abandonei o corpo ao espaço.

Senti apenas uma leve sensação da vizinhança da morte: logo me vi amparado por um paraquedas. Com dificuldade, machucando-me nas pedras, sujo e estropiado, consegui regressar à cidade, onde a minha primeira providência foi adquirir uma pistola.

Em casa, estendido na cama, levei a arma ao ouvido. Puxei o gatilho, à espera do estampido, a dor da bala penetrando na minha cabeça.

Não veio o disparo nem a morte: a máuser se transformara num lápis.

Rolei até o chão, soluçando. Eu, que podia criar outros seres, não encontrava meios de libertar-me da existência.

Uma frase que escutara por acaso, na rua, trouxe-me nova esperança de romper em definitivo com a vida. Ouvira de um homem triste que ser funcionário público era suicidar-se aos poucos.

Não me encontrava em condições de determinar qual a forma de suicídio que melhor me convinha: se lenta ou rápida. Por isso empreguei-me numa Secretaria de Estado.

1930, ano amargo. Foi mais longo que os posteriores à primeira manifestação que tive da minha existência, ante o espelho da Taberna Minhota.

Não morri, conforme esperava. Maiores foram as minhas aflições, maior o meu desconsolo.

Quando era mágico, pouco lidava com os homens — o palco me distanciava deles. Agora, obrigado a constante contato com meus semelhantes, necessitava compreendê-los, disfarçar a náusea que me causavam.

O pior é que, sendo diminuto meu serviço, via-me na contingência de permanecer à toa horas a fio. E o ócio levou-me à revolta contra a falta de um passado. Por que somente eu, entre todos os que viviam sob os meus olhos, não tinha alguma coisa para recordar? Os meus dias flutuavam confusos, mesclados com pobres recordações, pequeno saldo de três anos de vida.

O amor que me veio por uma funcionária, vizinha de mesa de trabalho, distraiu-me um pouco das minhas inquietações.

Distração momentânea. Cedo retornou o desassossego, debatia-me em incertezas. Como me declarar à minha colega? Se nunca fizera uma declaração de amor e não tivera sequer uma experiência sentimental!

1931 entrou triste, com ameaças de demissões coletivas na Secretaria e a recusa da datilógrafa em me aceitar. Ante o risco de ser demitido, procurei acautelar meus interesses. (Não me importava o emprego. Somente temia ficar longe da mulher que me rejeitara, mas cuja presença me era agora indispensável.)

Fui ao chefe da seção e lhe declarei que não podia ser dispensado, pois, tendo dez anos de casa, adquirira estabilidade no cargo.

Fitou-me por algum tempo em silêncio. Depois, fechando a cara, disse que estava atônito com meu cinismo. Jamais poderia esperar de alguém, com um ano de trabalho, ter a ousadia de afirmar que tinha dez.

Para lhe provar não ser leviana a minha atitude, procurei nos bolsos os documentos que comprovavam a lisura do meu procedimento. Estupefato, deles retirei apenas um papel amarrotado — fragmento de um poema inspirado nos seios da datilógrafa.

Revolvi, ansioso, todos os bolsos e nada encontrei.

Tive que confessar minha derrota. Confiara demais na faculdade de fazer mágicas e ela fora anulada pela burocracia.

Hoje, sem os antigos e miraculosos dons de mago, não consigo abandonar a pior das ocupações humanas. Falta-me o amor da companheira de trabalho, a presença de amigos, o que me obriga a andar por lugares solitários. Sou visto muitas vezes procurando retirar com os dedos, do interior da roupa, qualquer coisa que ninguém enxerga, por mais que atente a vista.

Pensam que estou louco, principalmente quando atiro ao ar essas pequeninas coisas.

Tenho a impressão de que é uma andorinha a se desvencilhar das minhas mãos. Suspiro alto e fundo.

Não me conforta a ilusão. Serve somente para aumentar o arrependimento de não ter criado todo um mundo mágico.

Por instantes, imagino como seria maravilhoso arrancar do corpo lenços vermelhos, azuis, brancos, verdes. Encher a noite com fogos de artifício. Erguer o rosto para o céu e deixar que pelos meus lábios saísse o arco-íris. Um arco-íris que cobrisse a Terra de um extremo a outro. E os aplausos dos homens de cabelos brancos, das meigas criancinhas.

Bárbara

O homem que se extraviar do caminho da doutrina terá por morada a assembleia dos gigantes.

(Provérbios, XXI, 16)

Bárbara gostava somente de pedir. Pedia e engordava.

Por mais absurdo que pareça, encontrava-me sempre disposto a lhe satisfazer os caprichos. Em troca de tão constante dedicação, dela recebi frouxa ternura e pedidos que se renovavam continuamente. Não os retive todos na memória, preocupado em acompanhar o crescimento do seu corpo, se avolumando à medida que se ampliava sua ambição. Se ao menos ela desviasse para mim parte do carinho dispensado às coisas que eu lhe dava, ou não engordasse tanto, pouco me teriam importado os sacrifícios que fiz para lhe contentar a mórbida mania.

Quase da mesma idade, fomos companheiros inseparáveis na meninice, namorados, noivos e, um dia, nos casamos. Ou melhor, agora posso confessar que não passamos de simples companheiros.

Enquanto me perdurou a natural inconsequência da infância, não sofri com as suas esquisitices. Bárbara era menina franzina e não fazia mal que adquirisse formas mais amplas. Assim pensando, muito tombo levei subindo em árvores, onde os olhos ávidos da minha companheira descobriam frutas sem sabor ou ninhos de passarinho. Apanhei também algumas surras de meninos aos quais era obrigado a agredir unicamente para realizar um desejo de Bárbara. E se retornava com o rosto ferido, maior se lhe tornava o contentamento. Segurava-me a cabeça entre as mãos e sentia-se feliz em acariciar-me a face intumescida, como se as equimoses fossem um presente que eu lhe tivesse dado.

Às vezes relutava em aquiescer às suas exigências, vendo-a engordar incessantemente. Entretanto, não durava muito a minha indecisão. Vencia-me a insistência do seu olhar, que transformava os mais insignificantes pedidos numa ordem formal. (Que ternura lhe vinha aos olhos, que ar convincente o dela ao me fazer tão extravagantes solicitações!)

Houve tempo — sim, houve — em que me fiz duro e ameacei abandoná-la ao primeiro pedido que recebesse.

Até certo ponto, minha advertência produziu o efeito desejado. Bárbara se refugiou num mutismo agressivo e se recusava a comer ou conversar comigo. Fugia à minha presença, escondendo-se no quintal, e contaminava o ambiente com uma tristeza que me angustiava. Definhava-lhe o corpo, enquanto lhe crescia assustadoramente o ventre. Desconfiado de que a ausência de pedidos em minha mulher poderia favorecer o aparecimento de uma nova espécie de fenômeno, apavorei-me.

O médico me tranquilizou. Aquela barriga imensa prenunciava apenas um filho.

Ingênuas esperanças fizeram-me acreditar que o nascimento da criança eliminasse de vez as estranhas manias de Bárbara. E suspeitando que a sua magreza e palidez fossem prenúncio de grave moléstia, tive medo de que, adoecendo, lhe morresse o filho no ventre. Antes que tal acontecesse, lhe implorei que pedisse algo.

Pediu o oceano.

Não fiz nenhuma objeção e embarquei no mesmo dia, iniciando longa viagem ao litoral. Mas, frente ao mar, atemorizei-me com o seu tamanho. Tive receio de que a minha esposa viesse a engordar em proporção ao pedido, e lhe trouxe somente uma pequena garrafa contendo água do oceano.

No regresso, quis desculpar meu procedimento, porém ela não me prestou atenção. Sofregamente, tomou-me o vidro das mãos e ficou a olhar, maravilhada, o líquido que ele continha. Não mais o largou. Dormia com a garrafinha entre os braços e, quando acordada, colocava-a contra a luz, provava um pouco da água. Entrementes, engordava.

Momentaneamente despreocupei-me da exagerada gordura de Bárbara. As minhas apreensões voltavam-se agora para o seu ventre a dilatar-se de forma assustadora. A tal extremo se dilatou que, apesar da compacta massa de banha que lhe cobria o corpo, ela ficava escondida por trás de colossal barriga. Receoso de que dali saísse um gigante, imaginava como seria terrível viver ao lado de uma mulher gordíssima e um filho monstruoso, que poderia ainda herdar da mãe a obsessão de pedir as coisas.

Para meu desapontamento, nasceu um ser raquítico e feio, pesando um quilo.

Desde os primeiros instantes, Bárbara o repeliu. Não por ser miúdo e disforme, mas apenas por não o ter encomendado.

A insensibilidade da mãe, indiferente ao pranto e à fome do menino, obrigou-me a criá-lo no colo. Enquanto ele chorava por alimento, ela se negava a entregar-lhe os seios volumosos, e cheios de leite.

Quando Bárbara se cansou da água do mar, pediu-me um baobá, plantado no terreno ao lado do nosso. De madrugada, após certificar-me de que o garoto dormia tranquilamente, pulei o muro divisório com o quintal do vizinho e arranquei um galho da árvore.

Ao regressar a casa, não esperei que amanhecesse para entregar o presente à minha mulher. Acordei-a, chamando baixinho pelo seu nome. Abriu os olhos, sorridente, adivinhando o motivo por que fora acordada:

— Onde está?

— Aqui. — E lhe exibi a mão, que trazia oculta nas costas.

— Idiota! — gritou, cuspindo no meu rosto. — Não lhe pedi um galho. — E virou para o canto, sem me dar tempo de explicar que o baobá era demasiado frondoso, medindo cerca de dez metros de altura.

Dias depois, como o dono do imóvel recusasse vender a árvore separadamente, tive que adquirir toda a propriedade por preço exorbitante.

Fechado o negócio, contratei o serviço de alguns homens que, munidos de picaretas e de um guindaste, arrancaram o baobá do solo e o estenderam no chão.

Feliz e saltitante, lembrando uma colegial, Bárbara passava as horas passeando sobre o grosso tronco. Nele também desenhava figuras, escrevia nomes. Encontrei o meu debaixo de um coração, o que muito me comoveu. Esse foi, no entanto, o único gesto de carinho que dela recebi. Alheia à gratidão com que eu recebera a sua lembrança, assistiu ao murchar das folhas e, ao ver seco o baobá, desinteressou-se dele.

Estava terrivelmente gorda. Tentei afastá-la da obsessão, levando-a ao cinema, aos campos de futebol. (O menino tinha que ser carregado nos braços, pois anos após o seu nascimento continuava do mesmo tamanho, sem crescer uma polegada.) A primeira ideia que lhe ocorria, nessas ocasiões, era pedir a máquina de projeção ou a bola, com a qual se entretinham os jogadores. Fazia-me interromper, sob o protesto dos assistentes, a sessão ou a partida, a fim de lhe satisfazer a vontade.

Muito tarde verifiquei a inutilidade dos meus esforços para modificar o comportamento de Bárbara. Jamais compreenderia o meu amor e engordaria sempre.

Deixei que agisse como bem entendesse e aguardei resignadamente novos pedidos. Seriam os últimos. Já gastara uma fortuna com as suas excentricidades.

Afetuosamente, chegou-se para mim, uma tarde, e me alisou os cabelos. Apanhado de surpresa, não atinei de imediato com o motivo do seu procedimento. Ela mesma se encarregou de mostrar a razão:

— Seria tão feliz se possuísse um navio!

— Mas ficaremos pobres, querida. Não teremos com que comprar alimentos e o garoto morrerá de fome.

— Não importa o garoto, teremos um navio, que é a coisa mais bonita do mundo.

Irritado, não pude achar graça nas suas palavras. Como poderia saber da beleza de um barco, se nunca tinha visto um e se conhecia o mar somente através de uma garrafa?!

Contive a raiva e novamente embarquei para o litoral. Dentre os transatlânticos ancorados no porto, escolhi o maior. Mandei que o desmontassem e o fiz transportar à nossa cidade.

Voltava desolado. No último carro de uma das numerosas

composições que conduziam partes do navio, meu filho olhava-me inquieto, procurando compreender a razão de tantos e inúteis apitos de trem.

Bárbara, avisada por telegrama, esperava-nos na gare da estação. Recebeu-nos alegremente e até dirigiu um gracejo ao pequeno.

Numa área extensa, formada por vários lotes, Bárbara acompanhou os menores detalhes da montagem da nave. Eu permanecia sentado no chão, aborrecido e triste. Ora olhava o menino, que talvez nunca chegasse a caminhar com as suas perninhas, ora o corpo de minha mulher que, de tão gordo, vários homens, dando as mãos, uns aos outros, não conseguiriam abraçar.

Montado o barco, ela se transferiu para lá e não mais desceu a terra. Passava os dias e as noites no convés, inteiramente abstraída de tudo que não se relacionasse com a nau.

O dinheiro escasso, desde a compra do navio, logo se esgotou. Veio a fome, o guri esperneava, rolava na relva, enchia a boca de terra. Já não me tocava tanto o choro de meu filho. Trazia os olhos dirigidos para minha esposa, esperando que emagrecesse à falta de alimentação.

Não emagreceu. Pelo contrário, adquiriu mais algumas dezenas de quilos. A sua excessiva obesidade não lhe permitia entrar nos beliches e os seus passeios se limitavam ao tombadilho, onde se locomovia com dificuldade.

Eu ficava junto ao menino e, se conseguia burlar a vigilância de minha mulher, roubava pedaços de madeira ou ferro do transatlântico e trocava-os por alimento.

Vi Bárbara, uma noite, olhando fixamente o céu. Quando descobri que dirigia os olhos para a lua, larguei o garoto no chão e subi depressa até o lugar em que ela se encontrava. Procurei, com os melhores argumentos, desviar-lhe a atenção. Em seguida, percebendo a inutilidade das minhas palavras, tentei puxá-la pelos braços. Também não adiantou. O seu corpo era pesado demais para que eu conseguisse arrastá-lo.

Desorientado, sem saber como proceder, encostei-me à amurada. Não lhe vira antes tão grave o rosto, tão fixo o olhar. Aquele seria o derradeiro pedido. Esperei que o fizesse. Ninguém mais a conteria.

Mas, ao cabo de alguns minutos, respirei aliviado. Não pediu a lua, porém uma minúscula estrela, quase invisível a seu lado. Fui buscá-la.

A cidade

> *O trabalho dos insensatos afligirá aqueles que não sabem ir à cidade.*
>
> (*Eclesiastes*, X, 15)

    Destinava-se a uma cidade maior, mas o trem permaneceu indefinidamente na antepenúltima estação.

    Cariba acreditou que a demora poderia ser atribuída a algum comboio de carga descarrilado na linha, acidente comum naquele trecho da ferrovia. Como se fizesse excessivo o atraso e ninguém o procurasse para lhe explicar o que estava ocorrendo, pensou numa provável desconsideração à sua pessoa, em virtude de ser o único passageiro do trem.

    Chamou o funcionário que examinara as passagens e quis saber se constituía motivo para tanta negligência o fato de ir vazia a composição.

    Não recebeu uma resposta direta do empregado da estrada,

que se limitou a apontar o morro, onde se dispunham, sem simetria, dezenas de casinhas brancas.

— Belas mulheres? — indagou o viajante.

— Casas vazias.

Percebeu logo que tinha pela frente um cretino. Apanhou as malas e se dispôs a subir as íngremes ladeiras que o conduziriam ao povoado.

A escalada foi lenta e cansativa. O suor escorria pela sua testa, enquanto seus olhos se sentiam cada vez mais atraídos pela leveza das pequeninas edificações.

Uma vaga tristeza rodeava o lugarejo. As janelas e portas das casas estavam fechadas, mas os jardins pareciam ter sido regados na véspera. Experimentou bater em alguns dos chalés e não o atenderam. Caminhou um pouco mais e, do topo da montanha, avistou a cidade, tão grande quanto a que buscava. Vinte mil habitantes, soube depois.

Desceu vagarosamente. Os homens (e por que não as belas mulheres?) deveriam encontrar-se lá embaixo.

Várias vezes voltou a cabeça, procurando fixar bem a paisagem que deixava para trás. Tinha o pressentimento de que não regressaria por aquele caminho.

Durante todo o percurso, desde as vias secundárias à avenida principal, os moradores do lugar observaram Cariba com desconfiança. Talvez estranhassem as valises de couro de camelo que carregava ou o seu paletó xadrez, as calças de veludo azul. Mesmo sendo o seu traje usual nas constantes viagens que fazia, achou prudente desfazer qualquer mal-entendido provocado pela sua presença entre eles:

— Que cidade é esta? — perguntou, esforçando-se para dar às palavras o máximo de cordialidade.

Nem chegou a indagar pelas mulheres, conforme pretendia. Pegaram-no com violência pelos braços e o foram levando, aos trancos, para a delegacia de polícia:

— É o homem procurado — disseram ao delegado, um sargento espadaúdo e rude.

— Já temos vadios de sobra nesta localidade. O que veio fazer aqui? — perguntou o policial.

— Nada.

— Então é você mesmo. Como é possível uma pessoa ir a uma cidade desconhecida sem nenhum objetivo? A menos que seja um turista.

— Não sou turista e quero saber onde estou.

— Isso não lhe podemos revelar agora. Poderia prejudicar as investigações.

— E por que as casas do morro estavam fechadas? — atalhou o desconhecido, agastado com a falta de polidez com que o tratavam.

— Se não tomássemos essa precaução você não desceria.

Cariba compreendeu tardiamente que a sedução das casinhas brancas fora um ardil para atraí-lo ao vale.

— As testemunhas! — gritou o delegado.

Introduziram na sala um homem de rosto chupado, os cabelos grisalhos. Fez uma reverência diante da autoridade e encarou o preso com visível repugnância:

— Não tenho medo de sua cara.

— A sua coragem pouco nos importa — aparteou, áspero, o sargento. — Cinja-se ao que for interrogado e responda logo se conhece este sujeito.

— Não. Nunca o vi antes, mas tenho a impressão de que foi ele quem me abordou na rua. Pediu-me informações sobre os nossos costumes e desapareceu.

O militar se impacientou:

— Venham os outros idiotas!

Um de cada vez, vários homens depuseram e não esclareceram muita coisa. A uns, o estranho fizera indagações de pouca importância: "Esta cidade é nova ou velha?" — a outros, dirigira perguntas inconvenientes: "Quem são os donos do município?".

Muitos viram-no de perto, sem que o suspeito lhes dissesse sequer uma palavra. Só num ponto estavam de acordo, tanto os que lhe ouviram a voz ou lhe divisaram apenas o semblante: não sabiam descrever seu aspecto físico, se era alto ou baixo, qual a sua cor e em que língua lhes falara.

Já saíra a última testemunha, quando o delegado, exultante, deu um murro na mesa:

— Tragam a Viegas, ela sabe!

Duas horas se passaram até que chegasse a mulher. Entrou desembaraçada, os lábios ligeiramente pintados, as sobrancelhas pinçadas e um sorriso que deixou Cariba enamorado.

Rendido ao encanto da prostituta que, por seu lado, trazia os olhos fixos nos dele, o forasteiro não ouvia o que ela falava. Aos poucos, reencontrou-se com a realidade e começou a prestar atenção ao depoimento:

— Quis fugir, porém ele me agarrou pelos pulsos e perguntou: "Como vai seu pai? Ainda mora com as tias velhas?". — Não obtendo resposta, indagou pelos meus filhos. O senhor bem sabe que sou solteira e papai, quando morreu, morava sozinho. Por isso, antes que terminasse de falar, já suspeitava dele e me apressei em libertar-me dos seus braços. Não consegui. Segurou-me com mais força e, obrigando-me a encostar o ouvido nos seus lábios, dizia: "É preciso conspirar". — Na expectativa de convencê-lo a ir embora, mostrei-lhe o perigo a que se expunha enfrentando uma polícia tão rigorosa quanto a nossa. Sem demonstrar temor, respondeu-me: "Não é necessária a polícia".

Cariba sentiu uma grande inveja de quem abraçara a mulher. Que corpo tivera nas mãos!

O policial, porém, não se contentou com o que ouvira:

— E reconhece este homem como sendo o que a abraçou na rua?

— Não me lembro do seu rosto, mas um e outro são a mesma pessoa.

O delegado ficou satisfeito. Virou-se para o indiciado e lhe afirmou que, mesmo tendo elementos para ultimar o inquérito, ouviria novamente as testemunhas na sua presença, o que de fato fez com a habitual grosseria:

— Então vocês viram o cara e não sabem descrevê-lo, seus idiotas!

À exceção da Viegas, permaneceram todos em silêncio. Ela, fixando os olhos maliciosos no desconhecido, confirmou:

— Sim, é ele.

Animados, os outros também falaram, repetindo o que disseram antes: não reconheciam o prisioneiro, mas deveria ser o mesmo indivíduo que lhes perguntara coisas tão estranhas.

O sargento chegara a uma conclusão, entretanto divagava:

— O telegrama da Chefia de Polícia não esclarece nada sobre a nacionalidade do delinquente, sua aparência, idade e quais os crimes que cometeu. Diz tratar-se de elemento altamente perigoso, identificável pelo mau hábito de fazer perguntas e que estaria hoje neste lugar.

Cariba, já incomodado com a perspectiva de ficar detido até que se desfizesse o equívoco, ponderou:

— Nada disso faz sentido. Não podem me prender com base no que acabo de ouvir. Cheguei aqui há poucas horas e as testemunhas afirmam que me viram, pela primeira vez, na semana passada!

O delegado impediu que prosseguisse:

— O comunicado do setor de segurança é claro e diz textualmente: "O homem chegará dia 15, isto é, hoje, e pode ser reconhecido pela sua exagerada curiosidade".

O policial encerrou os interrogatórios, declarando que os depoimentos ali prestados eram suficientes para incriminar o acusado, porém, não desejava precipitar-se. Aguardaria o aparecimento de alguém que reunisse contra si indícios de maior culpabilidade e eximisse Cariba das acusações que lhe pesavam.

— Quer dizer que permanecerei preso esse tempo todo?

A resposta do delegado desanimou-o: ficaria encarcerado até a captura do verdadeiro criminoso.

E se o culpado não existisse?

Cinco meses após a sua detenção, ele não mais espera sair da cadeia. Das suas grades, observa os homens que passam na rua. Mal o encaram, amedrontados, apressam o passo.

Pressente, às vezes, que irão perguntar qualquer coisa aos companheiros e fica à espreita, ansioso que isso aconteça. Logo se desengana. Abrem a boca, arrependem-se, e se afastam rapidamente.

As mulheres, alheias ao medo, costumam ir à Delegacia para levar-lhe cigarros. São as mais belas, exatamente as que esperava encontrar no distante povoado. Meigas e silenciosas, notam nos olhos dele o desespero por não poder abraçá-las, sentir-lhes o hálito quente.

Só resta esperar pela Viegas, que, sensual e perfumada, vem

vê-lo ao fim da tarde. Sorri, e diz com uma invariabilidade que o enternece:

— É você.

Quando ela se despede — o corpo tenso, o suor porejando na testa — Cariba sente o imenso poder daquela prisão.

Caminha, dentro da noite, de um lado para outro. E, ao avistar o guarda, cumprindo sua ronda noturna, a examinar se as celas estão em ordem, corre para as grades internas, impelido por uma débil esperança:

— Alguém fez hoje alguma pergunta?

— Não. Ainda é você a única pessoa que faz perguntas nesta cidade.

Ofélia, meu cachimbo e o mar

> *Este mar amplo, largo de braços, nele sulcam as naus, o dragão que formaste para zombar no mar.*
>
> (*Salmos*, CIII, 25 e 26)

I

Gosto de conversar com Ofélia na varanda após o jantar, cachimbo entre os dentes e o oceano, enegrecido pela noite, estendendo-se à nossa frente.

Conto-lhe episódios da crônica de minha família ou do mar, esquecendo-me frequentemente de que ela só se interessa por histórias de caçadas. Quando me lembro disso, lamento a condição de Ofélia, descendente de nobre estirpe de caçadores. Mas o que posso fazer, além de lastimar? Não sinto a menor atração por esse esporte e entre os meus antepassados não sei de algum que tenha levantado a arma para exterminar animais que não fossem do gênero humano.

Se noto que a conversa vai morrendo por culpa de Ofélia, que cerrou os olhos para melhor sonhar com selvas e tiros, calo-me por instantes e me ponho a ouvir vozes soturnas que vêm do mar. Ouço as sirenes que cortam a noite como gemidos de homens que se perderam em águas distantes.

Talvez seja mera impressão minha. Os sons emitidos pelas naves, procurando ou se afastando do porto, podem simbolizar, para outros, coisa bem diferente. A Pedro, um velho marinheiro sardento, eles lembram apenas as tabernas inglesas.

Não sei de onde tirou tão estranha ligação, pois nunca toma o trabalho de explicá-la. Contenta-se, quando instado a esclarecer o motivo, em levar os olhos em direção ao oceano, como se quisesse enxergar algo encoberto pelas imensas moles d'água.

O botequineiro, que ostenta no corpo diversas tatuagens — todas alusivas a amores passados —, diz que são "artes de rabo de saia". Discordo: marinheiro velho lembra-se de mulher somente para ter saudades do mar.

II

Seja qual for a razão, o meu amor pelas mulheres veio do mar. Não que eu seja ou tenha sido marinheiro. Nem ao menos nasci numa cidade litorânea. Sou de um vilarejo de Minas, agoniado nas fraldas da Mantiqueira. Nas minhas veias, porém, corre o melhor sangue de uma geração de valentes marujos.

Na minha infância, enquanto meus companheiros subiam nas árvores, ou caçavam passarinhos, eu me debruçava na banheira e me divertia fazendo navegar pequenos barcos de papel.

Com os anos, as minúsculas embarcações passaram a não me entreter mais, nem me contentava em imaginar, de longe, a beleza dos veleiros singrando verdes águas.

Esperei que meu pai fizesse sua última viagem, que, aliás, por pouco não foi marítima — morreu engasgado com uma espinha de peixe — para ir morar no litoral.

III

A desilusão me aguardava neste porto. Logo ao desembarcar, fraturei um dos pés e fiquei inutilizado para os trabalhos marítimos.

Após um período de denso desespero, consolei-me da frustração. Distraía-me passeando pelas praias, sempre apoiado em muletas. Conversava com pescadores ou simplesmente observava os navios a me sugerirem longos cruzeiros por oceanos infestados de piratas malaios, semelhantes àqueles que, na adolescência, povoavam minha imaginação. E pouco faltou para convencer-me de ter sido em outros tempos experimentado marinheiro.

Despreocupado, a minha vida escorregava mansamente, sem que o tédio da inatividade me aborrecesse. Quando acabou o dinheiro que trouxera de Minas, pensei em procurar um emprego. O que poderia fazer um aleijado com a vocação de navegante, depois que lhe roubaram o mar?

IV

Do meu bisavô também roubaram o mar.

José Henrique Ruivães era capitão de navio negreiro. Estatura gigantesca, ombros largos, desde menino navegava em veleiros que buscavam na África escravos para as lavouras do Brasil.

Fisionomia dura, barba negra, a boca sem os dentes da

frente compunham a sua figura bastante temida pelos marujos e escravos.

Para demonstrar a força e a coragem do meu bisavô, contavam que, certa vez, quando uma tempestade ameaçava afundar o seu barco e depois de terem caído ao mar vários marinheiros, na tentativa de baixar as velas, ele subiu sozinho, mastro acima, e as arriou. A façanha lhe custou boa parte da dentadura, pois teve que se agarrar com as mãos e dentes a panos e cordas, para evitar uma desastrosa queda.

Com a abolição da escravatura, José Henrique retirou-se para uma fazenda, onde passava os dias estirado numa rede.

Em alguns momentos, no embalo da nostalgia, decidia-se a retornar ao comando de uma nave qualquer. Agitado, compulsava mapas, ou pegava uma velha roda de leme e ia para o alto de um morro para simular ordens de comando.

Depois, os altos cumes da Mantiqueira, escondendo-lhe o oceano, e a certeza de que jamais comandaria navios negreiros, faziam com que ele retornasse à rede.

Raramente de bom humor, apenas sentia-se feliz quando, de porta-voz em punho, comandava subordinados imaginários.

V

Já o meu avô, que nascera em Minas, contentava-se em fazer barcos de madeira e colecionar estampas de navios. Desculpava-se frequentemente de não ter seguido a vocação ancestral, repetindo o velho José Henrique:

— Mar? Só em navio negreiro.

Talvez desculpasse o seu horror por qualquer espécie de água: em seus oitenta anos de vida conheceu somente a que o padre lhe ministrou na cerimônia do batismo.

Ante o exemplo paterno, meu pai jamais externou o desejo de ser navegador, nem tampouco abusou dos banhos.

VI

Todavia os insucessos navais de minha família não evitaram que eu viesse para este porto e chegasse, um dia, a passar fome.

Não sofri a fome por muito tempo. Logo conheci Alzira, uma viúva, cujo marido enriquecera no contrabando de bebidas. E suicidara-se, por razões que a minha falecida esposa jamais me revelou. Sim, a minha falecida esposa, porque a desposei alguns dias após nos conhecermos.

Devo esclarecer que não a pedi em casamento por causa de sua fortuna e ainda menos pela sua beleza um tanto equívoca: tinha a cara de tainha e o odor das lagostas. Foi pelo odor e não pelo rosto que a escolhi para minha mulher.

O nosso casamento durou pouco mais de um ano e terminou com a morte de Alzira, intoxicada por umas sardinhas deterioradas que ela comera no jantar.

VII

Ofélia, que abomina meu silêncio, interrompeu agora os meus pensamentos com um ladrido forte. Olho distraído para seu lado e vou reiniciar a mesma história do mar, interrompida instantes atrás, porém me detenho diante do seu olhar desaprovador. Sei que ela espera por uma das minhas habituais fantasias e me revolto com a sua incompreensão.

— Não, Ofélia. Você podia ser mais tolerante com os meus inofensivos devaneios. Neste lugarejo, espremido entre montanhas, sem divertimentos, detestando caçadas e tendo herdado a vocação do meu bisavô marinheiro...

Sinto que não fui convincente e insisto com mais vigor:

— Ele existiu, juro.

Vendo que ela deixou de prestar atenção no que estou falando, desisto:

— Perdoe-me, Ofélia, não sei por que insisto em proceder desta maneira. Mas gostaria tanto se aquele meu bisavô marinheiro tivesse existido!

A flor de vidro

E haverá um dia conhecido do Senhor que não será dia nem noite, e na tarde desse dia aparecerá a luz.

(Zacarias, XIV, 7)

Da flor de vidro restava somente uma reminiscência amarga. Mas havia a saudade de Marialice, cujos movimentos se insinuavam pelos campos — às vezes verdes, também cinzentos. O sorriso dela brincava na face tosca das mulheres dos colonos, escorria pelo verniz dos móveis, desprendia-se das paredes alvas do casarão. Acompanhava o trem de ferro que ele via passar, todas as tardes, da sede da fazenda. A máquina soltava fagulhas e o apito gritava: Marialice, Marialice, Marialice. A última nota era angustiante.

— Marialice!

Foi a velha empregada que gritou e Eronides ficou sem saber se o nome brotara da garganta de Rosária ou do seu pensamento.

— Sim, ela vai chegar. Ela vai chegar!

Uma realidade inesperada sacudiu-lhe o corpo com violência. Afobado, colocou uma venda negra na vista inutilizada e passou a navalha no resto do cabelo que lhe rodeava a cabeça.

Lançou-se pela escadaria abaixo, empurrado por uma alegria desvairada. Correu entre aleias de eucaliptos, atingindo a várzea.

Marialice saltou rápida do vagão e abraçou-o demoradamente:

— Oh, meu general russo! Como está lindo!

Não envelhecera tanto como ele. Os seus trinta anos, ágeis e lépidos, davam a impressão de vinte e dois — sem vaidade, sem ânsia de juventude.

Antes que chegassem a casa, apertou-a nos braços, beijando-a por longo tempo. Ela não opôs resistência e Eronides compreendeu que Marialice viera para sempre.

Horas depois (as paredes conservavam a umidade dos beijos deles), indagou o que fizera na sua ausência.

Preferiu responder à sua maneira:

— Ontem pensei muito em você.

A noite surpreendeu-os sorrindo. Os corpos unidos, quis falar em Dagô, mas se convenceu de que não houvera outros homens. Nem antes nem depois.

As moscas de todas as noites, que sempre velaram a sua insônia, não vieram.

Acordou cedo, vagando ainda nos limites do sonho. Olhou para o lado e, não vendo Marialice, tentou reencetar o sono interrompido. Pelo seu corpo, porém, perpassava uma seiva nova. Jogou-se fora da cama e encontrou, no espelho, os cabelos antigos. Brilhavam-lhe os olhos e a venda negra desaparecera.

Ao abrir a porta, deu com Marialice:

— Seu preguiçoso, esqueceu-se do nosso passeio?

Contemplou-a maravilhado, vendo-a jovem e fresca. Dezoito anos rondavam-lhe o corpo esbelto. Agarrou-a com sofreguidão, desejando lembrar-lhe a noite anterior. Silenciou-o a convicção de que doze anos tinham se esvanecido.

O roteiro era antigo, mas algo de novo irrompia pelas suas faces. A manhã mal despontara e o orvalho passava do capim para os seus pés. Os braços dele rodeavam os ombros da namorada e, amiúde, interrompia a caminhada para beijar-lhe os cabelos. Ao se aproximarem da mata — termo de todos os seus passeios — o sol brilhava intenso. Largou-a na orla do cerrado e penetrou no bosque. Exasperada, ela acompanhava-o com dificuldade:

— Bruto! Ó bruto! Me espera!

Rindo, sem voltar-se, os ramos arranhando o seu rosto, Eronides desapareceu por entre as árvores. Ouvia, a espaços, os gritos dela:

— Tomara que um galho lhe fure os olhos, diabo!

De lá, trouxe-lhe uma flor azul.

Marialice chorava. Aos poucos acalmou-se, aceitou a flor e lhe deu um beijo rápido. Eronides avançou para abraçá-la, mas ela escapuliu, correndo pelo campo afora.

Mais adiante tropeçou e caiu. Ele segurou-a no chão, enquanto Marialice resistia, puxando-lhe os cabelos.

A paz não tardou a retornar, porque neles o amor se nutria da luta e do desespero.

* * *

Os passeios sucediam-se. Mudavam o horário e acabavam na mata. Às vezes, pensando ter divisado a flor de vidro no alto de uma árvore, comprimia Marialice nos braços. Ela assustava-se, olhava-o silenciosa, à espera de uma explicação. Contudo, ele guardava para si as razões do seu terror.

O final das férias coincidiu com as últimas chuvas. Debaixo de tremendo aguaceiro, Eronides levou-a à estação.

Quando o trem se pôs em movimento, a presença da flor de vidro revelou-se imediatamente. Os seus olhos se turvaram e um apelo rouco desprendeu-se dos seus lábios.

O lenço branco, sacudido da janela, foi a única resposta. Porém os trilhos, paralelos, sumindo-se ao longe, condenavam-no a irreparável solidão.

Na volta, um galho cegou-lhe a vista.

Os dragões

Fui irmão de dragões e companheiro de avestruzes.
(Jó, XXX, 29)

Os primeiros dragões que apareceram na cidade muito sofreram com o atraso dos nossos costumes. Receberam precários ensinamentos e a sua formação moral ficou irremediavelmente comprometida pelas absurdas discussões surgidas com a chegada deles ao lugar.

Poucos souberam compreendê-los e a ignorância geral fez com que, antes de iniciada a sua educação, nos perdêssemos em contraditórias suposições sobre o país e raça a que poderiam pertencer.

A controvérsia inicial foi desencadeada pelo vigário. Convencido de que eles, apesar da aparência dócil e meiga, não passavam de enviados do demônio, não me permitiu educá-los. Ordenou que fossem encerrados numa casa velha, previamente exorcismada, onde ninguém poderia penetrar. Ao se arrepender de seu erro, a polêmica já se alastrara e o velho gramático negava-lhes a qualidade de dragões, "coisa asiática, de importação europeia". Um leitor de jornais, com vagas ideias científicas e um curso ginasial feito pelo meio, falava em monstros antediluvianos. O povo benzia-se, mencionando mulas sem cabeça, lobisomens.

Apenas as crianças, que brincavam furtivamente com os nossos hóspedes, sabiam que os novos companheiros eram simples dragões. Entretanto, elas não foram ouvidas.

O cansaço e o tempo venceram a teimosia de muitos. Mesmo mantendo suas convicções, evitavam abordar o assunto.

Dentro em breve, porém, retomariam o tema. Serviu de pretexto uma sugestão do aproveitamento dos dragões na tração de veículos. A ideia pareceu boa a todos, mas se desavieram asperamente quando se tratou da partilha dos animais. O número destes era inferior ao dos pretendentes.

Desejando encerrar a discussão, que se avolumava sem alcançar objetivos práticos, o padre firmou uma tese: os dragões receberiam nomes na pia batismal e seriam alfabetizados.

Até aquele instante eu agira com habilidade, evitando contribuir para exacerbar os ânimos. E se, nesse momento, faltou-me a calma, o respeito devido ao bom pároco, devo culpar a insensatez reinante. Irritadíssimo, expandi o meu desagrado:

— São dragões! Não precisam de nomes nem do batismo!

Perplexo com a minha atitude, nunca discrepante das decisões aceitas pela coletividade, o reverendo deu largas à humildade e abriu mão do batismo. Retribuí o gesto, resignando-me à exigência de nomes.

Quando, subtraídos ao abandono em que se encontravam, me foram entregues para serem educados, compreendi a extensão da minha responsabilidade. Na maioria, tinham contraído moléstias desconhecidas e, em consequência, diversos vieram a falecer. Dois sobreviveram, infelizmente os mais corrompidos. Mais bem-dotados em astúcia que os irmãos, fugiam, à noite, do casarão e iam se embriagar no botequim. O dono do bar se divertia vendo-os bêbados, nada cobrava pela bebida que lhes oferecia. A cena, com o decorrer dos meses, perdeu a graça e o botequineiro passou a negar-lhes álcool. Para satisfazerem o vício, viram-se forçados a recorrer a pequenos furtos.

No entanto eu acreditava na possibilidade de reeducá-los e superar a descrença de todos quanto ao sucesso da minha missão. Valia-me da amizade com o delegado para retirá-los da cadeia, onde eram recolhidos por motivos sempre repetidos: roubo, embriaguez, desordem.

Como jamais tivesse ensinado dragões, consumia a maior parte do tempo indagando pelo passado deles, família e métodos pedagógicos seguidos em sua terra natal. Reduzido material colhi dos sucessivos interrogatórios a que os submetia. Por terem vindo jovens para a nossa cidade, lembravam-se confusamente de tudo, inclusive da morte da mãe, que caíra num precipício, logo após a escalada da primeira montanha. Para dificultar a minha tarefa, ajuntava-se à debilidade da memória dos meus pupilos o seu constante mau humor, proveniente das noites maldormidas e ressacas alcoólicas.

O exercício continuado do magistério e a ausência de filhos contribuíram para que eu lhes dispensasse uma assistência paternal. Do mesmo modo, certa candura que fluía dos seus olhos obrigava-me a relevar faltas que não perdoaria a outros discípulos.

Odorico, o mais velho dos dragões, trouxe-me as maiores contrariedades. Desastradamente simpático e malicioso, alvoroçava-se todo à presença de saias. Por causa delas, e principalmente por uma vagabundagem inata, fugia às aulas. As mulheres achavam-no engraçado e houve uma que, apaixonada, largou o esposo para viver com ele.

Tudo fiz para destruir a ligação pecaminosa e não logrei separá-los. Enfrentavam-me com uma resistência surda, impenetrável. As minhas palavras perdiam o sentido no caminho: Odorico sorria para Raquel e esta, tranquilizada, debruçava-se novamente sobre a roupa que lavava.

Pouco tempo depois, ela foi encontrada chorando perto do corpo do amante. Atribuíram sua morte a tiro fortuito, provavelmente de um caçador de má pontaria. O olhar do marido desmentia a versão.

Com o desaparecimento de Odorico, eu e minha mulher transferimos o nosso carinho para o último dos dragões. Empenhamo-nos na sua recuperação e conseguimos, com algum esforço, afastá-lo da bebida. Nenhum filho talvez compensasse tanto o que conseguimos com amorosa persistência. Ameno no trato, João aplicava-se aos estudos, ajudava Joana nos arranjos domésticos, transportava as compras feitas no mercado. Findo o jantar, ficávamos no alpendre a observar sua alegria, brincando com os meninos da vizinhança. Carregava-os nas costas, dava cambalhotas.

Regressando, uma noite, da reunião mensal com os pais dos alunos, encontrei minha mulher preocupada: João acabara de vomitar fogo. Também apreensivo, compreendi que ele atingira a maioridade.

O fato, longe de torná-lo temido, fez crescer a simpatia que gozava entre as moças e rapazes do lugar. Só que, agora, demorava-se pouco em casa. Vivia rodeado por grupos alegres, a reclamarem que lançasse fogo. A admiração de uns, os presentes e convites de outros, acendiam-lhe a vaidade. Nenhuma festa alcançava êxito sem a sua presença. Mesmo o padre não dispensava o seu comparecimento às barraquinhas do padroeiro da cidade.

Três meses antes das grandes enchentes que assolaram o município, um circo de cavalinhos movimentou o povoado, nos deslumbrou com audazes acrobatas, engraçadíssimos palhaços, leões amestrados e um homem que engolia brasas. Numa das derradeiras exibições do ilusionista, alguns jovens interromperam o espetáculo aos gritos e palmas ritmadas:

— Temos coisa melhor! Temos coisa melhor!

Julgando ser brincadeira dos moços, o anunciador aceitou o desafio:

— Que venha essa coisa melhor!

Sob o desapontamento do pessoal da companhia e os aplausos dos espectadores, João desceu ao picadeiro e realizou sua costumeira proeza de vomitar fogo.

Já no dia seguinte, recebia várias propostas para trabalhar no circo. Recusou-as, pois dificilmente algo substituiria o prestígio que desfrutava na localidade. Alimentava ainda a pretensão de se eleger prefeito municipal.

Isso não se deu. Alguns dias após a partida dos saltimbancos, verificou-se a fuga de João.

Várias e imaginosas versões deram ao seu desaparecimento. Contavam que ele se tomara de amores por uma das trapezistas, especialmente destacada para seduzi-lo; que se iniciara em jogos de cartas e retomara o vício da bebida.

Seja qual for a razão, depois disso muitos dragões têm passado pelas nossas estradas. E por mais que eu e meus alunos, postados na entrada da cidade, insistamos que permaneçam entre nós, nenhuma resposta recebemos. Formando longas filas, encaminham-se para outros lugares, indiferentes aos nossos apelos.

Teleco, o coelhinho

Três coisas me são difíceis de entender, e uma quarta eu a ignoro completamente: o caminho da águia no ar, o caminho da cobra sobre a pedra, o caminho da nau no meio do mar, e o caminho do homem na sua mocidade.

(*Provérbios*, XXX, 18 e 19)

— Moço, me dá um cigarro?
A voz era sumida; quase um sussurro. Permaneci na mesma posição em que me encontrava, frente ao mar, absorvido com ridículas lembranças.
O importuno pedinte insistia:
— Moço, oh! moço! Moço, me dá um cigarro?
Ainda com os olhos fixos na praia, resmunguei:
— Vá embora, moleque, senão chamo a polícia.
— Está bem, moço. Não se zangue. E, por favor, saia da minha frente, que eu também gosto de ver o mar.
Exasperou-me a insolência de quem assim me tratava e

virei-me, disposto a escorraçá-lo com um pontapé. Fui desarmado, entretanto. Diante de mim estava um coelhinho cinzento, a me interpelar delicadamente:

— Você não dá é porque não tem, não é, moço?

O seu jeito polido de dizer as coisas comoveu-me. Dei-lhe o cigarro e afastei-me para o lado, a fim de que melhor ele visse o oceano. Não fez nenhum gesto de agradecimento, mas já então conversávamos como velhos amigos. Ou, para ser mais exato, somente o coelhinho falava. Contava-me acontecimentos extraordinários, aventuras tamanhas que o supus com mais idade do que realmente aparentava.

Ao fim da tarde, indaguei onde ele morava. Disse não ter morada certa. A rua era o seu pouso habitual. Foi nesse momento que reparei nos seus olhos. Olhos mansos e tristes. Deles me apiedei e convidei-o a residir comigo. A casa era grande e morava sozinho — acrescentei.

A explicação não o convenceu. Exigiu-me que revelasse minhas reais intenções:

— Por acaso, o senhor gosta de carne de coelho?

Não esperou pela resposta:

— Se gosta, pode procurar outro, porque a versatilidade é o meu fraco.

Dizendo isso, transformou-se numa girafa.

— À noite — prosseguiu — serei cobra ou pombo. Não lhe importará a companhia de alguém tão instável?

Respondi-lhe que não e fomos morar juntos.

Chamava-se Teleco.

Depois de uma convivência maior, descobri que a mania de metamorfosear-se em outros bichos era nele simples desejo de agradar ao próximo. Gostava de ser gentil com crianças e velhos, divertindo-os com hábeis malabarismos ou prestando-lhes ajuda. O mesmo cavalo que, pela manhã, galopava com a gurizada, à tardinha, em lento caminhar, conduzia anciãos ou inválidos às suas casas.

Não simpatizava com alguns vizinhos, entre eles o agiota e suas irmãs, aos quais costumava aparecer sob a pele de leão ou tigre. Assustava-os mais para nos divertir que por maldade. As vítimas assim não entendiam e se queixavam à polícia, que perdia o tempo ouvindo as denúncias. Jamais encontraram em nossa residência, vasculhada de cima a baixo, outro animal além do coelhinho. Os investigadores irritavam-se com os queixosos e ameaçavam prendê-los.

Apenas uma vez tive medo de que as travessuras do meu irrequieto companheiro nos valessem sérias complicações. Estava recebendo uma das costumeiras visitas do delegado quando Teleco, movido por imprudente malícia, transformou-se repentinamente em porco-do-mato. A mudança e o retorno ao primitivo estado foram bastante rápidos para que o homem tivesse tempo de gritar. Mal abrira a boca, horrorizado, novamente tinha diante de si um pacífico coelho:

— O senhor viu o que eu vi?

Respondi, forçando uma cara inocente, que nada vira de anormal.

O homem olhou-me desconfiado, alisou a barba e, sem se despedir, ganhou a porta da rua.

A mim também pregava-me peças. Se encontrava vazia a casa, já sabia que ele andava escondido em algum canto, dissimulado em algum pequeno animal. Ou mesmo no meu corpo sob a forma de pulga, fugindo-me dos dedos, correndo pelas minhas costas. Quando começava a me impacientar e pedia-lhe que parasse com a brincadeira, não raro levava tremendo susto. Debaixo das minhas pernas crescera um bode que, em disparada, me transportava até o quintal. Eu me enraivecia, prometia-lhe uma boa surra. Simulando arrependimento, Teleco dirigia-me palavras afetuosas e logo fazíamos as pazes.

No mais, era o amigo dócil, que nos encantava com inesperadas mágicas. Amava as cores e muitas vezes surgia transmudado em ave que as possuía todas e de espécie inteiramente desconhecida ou de raça já extinta.

— Não existe pássaro assim!

— Sei. Mas seria insípido disfarçar-me somente em animais conhecidos.

O primeiro atrito grave que tive com Teleco ocorreu um ano após nos conhecermos. Eu regressava da casa da minha cunhada Emi, com quem discutira asperamente sobre negócios de família. Vinha mal-humorado e a cena que deparei, ao abrir a porta da entrada, agravou minha irritação. De mãos dadas, sentados no sofá da sala de visitas, encontravam-se uma jovem mulher e um mofino canguru. As roupas dele eram mal talhadas, seus olhos se escondiam por trás de uns óculos de metal ordinário.

— O que deseja a senhora com esse horrendo animal? — perguntei, aborrecido por ver minha casa invadida por estranhos.

— Eu sou o Teleco — antecipou-se, dando uma risadinha.

Mirei com desprezo aquele bicho mesquinho, de pelos ralos, a denunciar subserviência e torpeza. Nada nele me fazia lembrar o travesso coelhinho.

Neguei-me a aceitar como verdadeira a afirmação, pois Teleco não sofria da vista e se quisesse apresentar-se vestido teria o bom gosto de escolher outros trajes que não aqueles.

Ante a minha incredulidade, transformou-se numa perereca. Saltou por cima dos móveis, pulou no meu colo. Lancei-a longe, cheio de asco.

Retomando a forma de canguru, inquiriu-me, com um ar extremamente grave:

— Basta essa prova?

— Basta. E daí? O que você quer?

— De hoje em diante serei apenas homem.

— Homem? — indaguei atônito. Não resisti ao ridículo da situação e dei uma gargalhada:

— E isso? — apontei para a mulher. — É uma lagartixa ou um filhote de salamandra?

Ela me olhou com raiva. Quis retrucar, porém ele atalhou:

— É Tereza. Veio morar conosco. Não é linda?

Sem dúvida, linda. Durante a noite, na qual me faltou o sono, meus pensamentos giravam em torno dela e da cretinice de Teleco em afirmar-se homem.

Levantei-me de madrugada e me dirigi à sala, na expectativa de que os fatos do dia anterior não passassem de mais um dos gracejos do meu companheiro.

Enganava-me. Deitado ao lado da moça, no tapete do assoalho, o canguru ressonava alto. Acordei-o, puxando-o pelos braços:

— Vamos, Teleco, chega de trapaça.

Abriu os olhos, assustado, mas, ao reconhecer-me, sorriu:

— Teleco?! Meu nome é Barbosa, Antônio Barbosa, não é, Tereza?

Ela, que acabara de despertar, assentiu, movendo a cabeça.

Explodi, encolerizado:

— Se é Barbosa, rua! E não me ponha mais os pés aqui, filho de um rato!

Desceram-lhe as lágrimas pelo rosto e, ajoelhado, na minha frente, acariciava minhas pernas, pedindo-me que não o expulsasse de casa, pelo menos enquanto procurava emprego.

Embora encarasse com ceticismo a possibilidade de empregar-se um canguru, seu pranto me demoveu da decisão anterior, ou, para dizer a verdade toda, fui persuadido pelo olhar súplice de Tereza, que, apreensiva, acompanhava o nosso diálogo.

Barbosa tinha hábitos horríveis. Amiúde cuspia no chão e raramente tomava banho, não obstante a extrema vaidade que o impelia a ficar horas e horas diante do espelho. Utilizava-se do meu aparelho de barbear, da minha escova de dentes e pouco serviu comprar-lhe esses objetos, pois continuou a usar os meus e os dele. Se me queixava do abuso, desculpava-se, alegando distração.

Também a sua figura tosca me repugnava. A pele era gordurosa, os membros curtos, a alma dissimulada. Não media esforços para me agradar, contando-me anedotas sem graça, exagerando nos elogios à minha pessoa.

Por outro lado, custava tolerar suas mentiras e, às refeições, a sua maneira ruidosa de comer, enchendo a boca de comida com auxílio das mãos.

Talvez por ter me abandonado aos encantos de Tereza, ou para não desagradá-la, o certo é que aceitava, sem protesto, a presença incômoda de Barbosa.

Se afirmava ser tolice de Teleco querer nos impor sua falsa condição humana, ela me respondia com uma convicção desconcertante:

— Ele se chama Barbosa e é um homem.

O canguru percebeu o meu interesse pela sua companheira

e, confundindo a minha tolerância como possível fraqueza, tornou-se atrevido e zombava de mim quando o recriminava por vestir minhas roupas, fumar dos meus cigarros ou subtrair dinheiro do meu bolso.

Em diversas ocasiões, apelei para a sua frouxa sensibilidade, pedindo-lhe que voltasse a ser coelho.

— Voltar a ser coelho? Nunca fui bicho. Nem sei de quem você fala.

— Falo de um coelhinho cinzento e meigo, que costumava se transformar em outros animais.

Nesse meio-tempo, meu amor por Tereza oscilava por entre pensamentos sombrios, e tinha pouca esperança de ser correspondido. Mesmo na incerteza, decidi propor-lhe casamento.

Fria, sem rodeios, ela encerrou o assunto:

— A sua proposta é menos generosa do que você imagina. Ele vale muito mais.

As palavras usadas para recusar-me convenceram-me de que ela pensava explorar de modo suspeito as habilidades de Teleco.

Frustrada a tentativa do noivado, não podia vê-los juntos e íntimos, sem assumir uma atitude agressiva.

O canguru notou a mudança no meu comportamento e evitava os lugares onde me pudesse encontrar.

Uma tarde, voltando do trabalho, minha atenção foi alertada pelo som ensurdecedor da eletrola, ligada com todo o volume. Logo ao abrir a porta, senti o sangue afluir-me à cabeça: Tereza e Barbosa, os rostos colados, dançavam um samba indecente.

Indignado, separei-os. Agarrei o canguru pela gola e, sacudindo-o com violência, apontava-lhe o espelho da sala:

— É ou não é um animal?

— Não, sou um homem! — E soluçava, esperneando, transido de medo pela fúria que via nos meus olhos.

À Tereza, que acudira, ouvindo seus gritos, pedia:

— Não sou um homem, querida? Fala com ele.

— Sim, amor, você é um homem.

Por mais absurdo que me parecesse, havia uma trágica sinceridade na voz deles. Eu me decidira, porém. Joguei Barbosa ao chão e lhe esmurrei a boca. Em seguida, enxotei-os.

Ainda da rua, muito excitada, ela me advertiu:

— Farei de Barbosa um homem importante, seu porcaria!

Foi a última vez que os vi. Tive, mais tarde, vagas notícias de um mágico chamado Barbosa a fazer sucesso na cidade. À falta de maiores esclarecimentos, acreditei ser mera coincidência de nomes.

A minha paixão por Tereza se esfumara no tempo e voltara-me o interesse pelos selos. As horas disponíveis eu as ocupava com a coleção.

Estava, uma noite, precisamente colando exemplares raros, recebidos na véspera, quando saltou, janela adentro, um cachorro. Refeito do susto, fiz menção de correr o animal. Todavia não cheguei a enxotá-lo.

— Sou o Teleco, seu amigo — afirmou, com uma voz excessivamente trêmula e triste, transformando-se em uma cotia.

— E ela? — perguntei com simulada displicência.

— Tereza... — sem que concluísse a frase, adquiriu as formas de um pavão.

— Havia muitas cores... o circo... ela estava linda... foi horrível... — prosseguiu, chocalhando os guizos de uma cascavel.

Seguiu-se breve silêncio, antes que voltasse a falar:

— O uniforme... muito branco... cinco cordas... amanhã serei homem... — as palavras saíam-lhe espremidas, sem nexo, à medida que Teleco se metamorfoseava em outros animais.

Por um momento, ficou a tossir. Uma tosse nervosa. Fraca, a princípio, ela avultava com as mutações dele em bichos maiores, enquanto eu lhe suplicava que se aquietasse. Contudo ele não conseguia controlar-se.

Debalde tentava exprimir-se. Os períodos saltavam curtos e confusos.

— Pare com isso e fale mais calmo — insistia eu, impaciente com as suas contínuas transformações.

— Não posso — tartamudeava, sob a pele de um lagarto.

Alguns dias transcorridos, perdurava o mesmo caos. Pelos cantos, a tremer, Teleco se lamuriava, transformando-se seguidamente em animais os mais variados. Gaguejava muito e não podia alimentar-se, pois a boca, crescendo e diminuindo, conforme o bicho que encarnava na hora, nem sempre combinava com o tamanho do alimento. Dos seus olhos, então, escorriam lágrimas que, pequenas nos olhos miúdos de um rato, ficavam enormes na face de um hipopótamo.

Ante a minha impotência em diminuir-lhe o sofrimento, abraçava-me a ele, chorando. O seu corpo, porém, crescia nos meus braços, atirando-me de encontro à parede.

Não mais falava: mugia, crocitava, zurrava, guinchava, bramia, trissava.

Por fim, já menos intranquilo, limitava as suas transformações a pequenos animais, até que se fixou na forma de um carneirinho, a balir tristemente. Colhi-o nas mãos e senti que seu corpo ardia em febre, transpirava.

Na última noite, apenas estremecia de leve e, aos poucos,

se aquietou. Cansado pela longa vigília, cerrei os olhos e adormeci. Ao acordar, percebi que uma coisa se transformara nos meus braços. No meu colo estava uma criança encardida, sem dentes. Morta.

O edifício

> *Chegará o dia em que os teus pardieiros se transformarão em edifícios; naquele dia ficarás fora da lei.*
>
> (Miqueias, VII, 11)

Mais de cem anos foram necessários para se terminar as fundações do edifício que, segundo o manifesto de incorporação, teria ilimitado número de andares. As especificações técnicas, cálculos e plantas, eram perfeitas, não obstante o ceticismo com que o catedrático da Faculdade de Engenharia encarava o assunto. Obrigado a se manifestar sobre a matéria, por alunos insatisfeitos com o tom reticencioso do mestre, resvalava para a malícia afirmando tratar-se de "vagas experiências de outra escola de concretagem".

Batida a última estaca e concluídos os alicerces, o Conselho Superior da Fundação, a que incumbia a direção-geral do empreendimento, dispensou os técnicos e operários, para, em seguida, recrutar nova equipe de profissionais e artífices.

1. A LENDA

Ao engenheiro responsável, recém-contratado, nada falaram das finalidades do prédio. Finalidades, aliás, que pouco interessavam a João Gaspar, orgulhoso como se encontrava de, no início da carreira, dirigir a construção do maior arranha-céu de que se tinha notícia.

Ouviu atentamente as instruções dos conselheiros, cujas barbas brancas, terminadas em ponta, lhes emprestavam aspecto de severa pertinácia.

Davam-lhe ampla liberdade, condicionando-a apenas a duas ou três normas, que deveriam ser corretamente observadas. A sua missão não seria somente exercer funções de natureza técnica. Envolvia toda a complexidade de um organismo singular. Os menores detalhes do funcionamento da empresa construtora estariam a seu cargo, cabendo-lhe proporcionar salários compensadores e constante assistência ao operariado. Competia-lhe, ainda, evitar quaisquer motivos de desarmonia entre os empregados. Essa diretriz, conforme lhe acentuaram, destinava-se a cumprir importante determinação dos falecidos idealizadores do projeto e anular a lenda corrente de que sobreviveria irremovível confusão no meio dos obreiros ao se atingir o octingentésimo andar do edifício e, consequentemente, o malogro definitivo do empreendimento.

No decorrer das minuciosas explicações dos dirigentes da Fundação, o jovem engenheiro conservou-se tranquilo, demonstrando absoluta confiança em si, e nenhum receio quanto ao êxito das obras. Houve, todavia, uma hora em que se perturbou ligeiramente, gaguejando uma frase ambígua. Já terminara a entrevista e ele recolhia os papéis espalhados pela mesa, quando um dos velhos o advertiu:

— Nesta construção não há lugar para os pretensiosos. Não pense em terminá-la, João Gaspar. Você morrerá bem antes disso. Nós que aqui estamos constituímos o terceiro Conselho da entidade e, como os anteriores, jamais alimentamos a vaidade de sermos o último.

2. A ADVERTÊNCIA

A mesma orientação que recebera dos seus superiores, o engenheiro a transmitiu aos subordinados imediatos. Nem sequer omitiu a advertência que o encabulara. E vendo que suas palavras tinham impressionado bem mais a seus ouvintes do que a ele as do ancião, sentiu-se plenamente satisfeito.

3. A COMISSÃO

João Gaspar era meticuloso e detestava improvisações. Antes de encher-se a primeira fôrma de concreto, instituiu uma comissão de controle para fiscalizar o pessoal, organizar tabelas de salários e elaborar um boletim destinado a registrar as ocorrências do dia.

Essa medida valeu maior rendimento de trabalho e evitou, por diversas vezes, dissensões entre os assalariados.

A fim de estimular a camaradagem entre os que lidavam na construção, desenvolviam-se aos domingos alegres programas sociais. Devido a esse e outros fatores, tudo corria tranquilamente, encaminhando-se a obra para as etapas previstas.

De cinquenta em cinquenta andares, João Gaspar oferecia uma festa aos empregados. Fazia um discurso. Envelhecia.

4. O BAILE

Inquietante expectativa marcou a aproximação do 800º pavimento. Redobraram-se os cuidados, triplicou-se o número de membros da Comissão de Controle, cuja atividade se tornara incessante, superando dificuldades, aplainando divergências. Deliberadamente, adiou-se o baile que se realizava ao termo de cada cinquenta pisos concluídos.

Afinal, dissiparam-se as preocupações. Haviam chegado sem embaraços ao octingentésimo andar. O acontecimento foi comemorado com uma festa maior que as precedentes.

Pela madrugada, porém, o álcool ingerido em demasia e um incidente de pequena importância provocaram um conflito de incrível violência. Homens e mulheres, indiscriminadamente, se atracaram com ferocidade, transformando o salão num amontoado de destroços. Enquanto cadeiras e garrafas cortavam o ar, o engenheiro, aflito, lutava para acalmar os ânimos. Não conseguiu. Um objeto pesado atingiu-o na cabeça, pondo fim a seus esforços conciliatórios. Quando voltou a si, o corpo ensanguentado e dolorido pelas pancadas e pontapés que recebera após a queda, sentiu-se vítima de terrível cilada. De modo inesperado, cumprira-se a antiga predição.

5. O EQUÍVOCO

Depois do incidente, João Gaspar trancou-se em casa, recusando-se a receber os seus mais íntimos colaboradores, para não ouvir deles palavras de consolo.

Já que se fazia impossível continuar as obras, desejava, ao menos, descobrir o erro em que incorrera. Acreditava ter obedecido fielmente às instruções do Conselho. Se fracassara, a culpa deveria ser atribuída à omissão de algum detalhe desconhecido da profecia.

A insistência dos auxiliares venceu sua teimosia e concordou em atendê-los. Queriam saber por que desanimara, não mais comparecera ao edifício. Ficara ressentido pela briga?

— Que adiantaria a minha presença? Não lhes satisfez a minha humilhação?

— Como? — indagaram. — Aquilo fora uma simples bebedeira. — Estavam todos envergonhados com o que acontecera e lhe pediam desculpas.

— E ninguém abandonou o trabalho?

Ante a resposta negativa, ele se abraçou aos companheiros:

— Daqui para frente nenhum obstáculo interromperá nossos planos! (Os olhos permaneciam umedecidos, mas os lábios ostentavam um sorriso de altivez.)

6. O RELATÓRIO

Em ambiente calmo, todos se empenhando nas suas tarefas, mais noventa e seis andares foram acrescidos ao prédio. As coisas seguiam perfeitas, a média de trabalho dos assalariados era excelente.

Empolgado por um delirante contentamento, o engenheiro distribuía gratificações, desfazia-se em gentilezas com o pessoal, vagava pelas escadas, debruçava-se nas janelas, dava pulos, enrolava nas mãos as barbas embranquecidas.

Para prolongar o sabor do triunfo, que o cansaço começava a solapar, ocorreu-lhe redigir um circunstanciado relatório aos diretores da Fundação, contando os pormenores da vitória. Demonstraria também a impossibilidade de surgirem, no futuro, outras profecias que pudessem embaraçar o prosseguimento das obras. Ultimado o memorial, ele se dirigiu à sede do Conselho, lugar em que estivera poucas vezes e em época bem remota. Em vez dos cumprimentos que julgava merecer, uma surpresa o aguardava: haviam morrido os últimos conselheiros e, de acordo com as normas estabelecidas após a desmoralização da lenda, não se preencheram as vagas abertas.

Ainda duvidando do que ouvira, o engenheiro indagou ao arquivista — único auxiliar remanescente do enorme corpo de funcionários da entidade — se lhe tinham deixado recomendações especiais para a continuação do prédio.

De nada sabia, nem mesmo por que estava ali, sem patrões e serviços a executar.

Ansiosos por descobrir documentos que os orientassem, atiraram-se à faina de revolver armários e arquivos. Nada conseguiram. Só encontraram especificações técnicas e uma frase que, amiúde, aparecia à margem de livros, relatórios e plantas: "É preciso evitar-se a confusão. Ela virá ao cabo do octingentésimo pavimento".

7. DÚVIDA

Esvaíra-se a euforia de João Gaspar. Vago e melancólico, retornou ao edifício. Da última laje, as mãos apoiadas na cintura, teve um momento de mesquinha grandeza, julgando-se senhor absoluto do monumento que estava a seus pés. Quem mais poderia ser, desde que o Conselho se extinguira?!

Fugaz foi o seu desmedido orgulho. Ao regressar a casa, onde sempre faltara a diligência de uns dedos femininos, as dúvidas o perseguiam. Por que legavam a um mero profissional tamanho encargo? Quais os objetivos dos que tinham idealizado tão absurdo arranha-céu?

As perguntas iam e vinham, enquanto o edifício se elevava e menores se faziam as probabilidades de se tornar claro o que nascera misterioso.

Sorrateiro, o desânimo substituiu nele o primitivo entusiasmo pela obra. Queixava-se aos amigos do tédio que lhe provocava o infindável movimento de argamassa, pedra britada, formas de madeira, além da angústia que sentia, vendo o monótono subir e descer de elevadores.

Quando a ansiedade ameaçou levá-lo ao colapso, convocou os trabalhadores para uma reunião. Explicou-lhes, com enfática riqueza de detalhes, que a dissolução do Conselho obrigava-o a paralisar a construção do edifício.

— Falta-nos, agora, um plano diretor. Sem este não vejo razões para se construir um prédio interminável — concluiu.

Os operários ouviram tudo com respeitoso silêncio e, em nome deles, respondeu firme e duro um especialista em concretagem:

— Acatamos o senhor como chefe, mas as ordens que recebemos partiram de autoridades superiores e não foram revogadas.

8. O DESESPERO

João Gaspar, inutilmente, apelaria para a compreensão dos servidores. Usava recursos convincentes, numa linguagem branda, porque seus propósitos eram pacíficos. Igualmente corteses, os empregados repeliam a ideia de abandonar o trabalho.

— Ouçam-me — pedia ele, impaciente com a obstinação dos subordinados. — É inexequível um monstro de ilimitados pavimentos! Seria necessário que as fundações fossem reforçadas à medida que se aumentasse o número de andares. Também isso é impraticável.

Apesar de ouvido sempre com atenção, não convencia a ninguém. E teve que assumir uma atitude de intransigência, demitindo todo o pessoal.

Os operários se negaram a aceitar o ato de dispensa. Alegavam a irrevogabilidade das determinações dos falecidos conselheiros. Por fim, disseram que iriam trabalhar à noite e aos domingos, independente de qualquer pagamento adicional.

9. O ENGANO

A decisão dos assalariados de aumentar o número de horas de serviço deu novo alento ao engenheiro, que esperava vê-los vencidos pela estafa, pois lhes seria impossível manter por muito tempo semelhante esforço coletivo.

Logo verificaria seu engano. Além de não apresentarem sinais de cansaço, para ajudá-los vieram das cidades vizinhas centenas de trabalhadores que se dispunham a auxiliar gratuitamente os colegas. Vinham cantando, sobraçando as ferramentas, como se preparados para longa e alegre campanha.

Pouco adiantava recusar-lhes a colaboração, eles mesmos escolhiam as tarefas e as iniciavam com entusiasmo, indiferentes à agressiva repulsa de João Gaspar.

10. OS DISCURSOS

Vendo multiplicar as levas de voluntários, o engenheiro não teve mais ânimo de enxotá-los. Passou a percorrer, um por um, os andaimes, exortando-os a abandonar o trabalho. Fazia longos discursos e, muitas vezes, caía desfalecido de tanto falar.

A princípio, os empregados se desculpavam, constrangidos

por não ouvirem atentamente as suas palavras. Com o passar dos anos, habituaram-se a elas e as consideravam peça importante nas recomendações recebidas pelo engenheiro-chefe antes da dissolução do Conselho.

Não raro, entusiasmados com a beleza das imagens do orador, pediam-lhe que as repetisse. João Gaspar se enfurecia, desmandava-se em violentos insultos. Mas estes vinham vazados em tão bom estilo, que ninguém se irritava. E, risonhos, os obreiros retornavam ao serviço, enquanto o edifício continuava a ganhar altura.

O lodo

Tu abriste caminho aos teus cavalos no mar, através do lodo que se acha no fundo das grandes águas.

(Habacuc, III, 15)

Lamentava ter aceitado o conselho de procurar a clínica do doutor Pink. Uma depressão ocasional, e caíra nas mãos do analista. Por desconhecer até aquela data a existência de semelhante especialidade, achou estranho o comportamento do médico, que nada receitara nem demonstrara interesse pelos sintomas da doença.

Galateu não sabia se estava realmente enfermo, mas era fora de propósito ser obrigado a deitar-se num divã e ouvir uma série de perguntas imbecis sobre a sua adolescência:

— Doutor, vim atrás de clínico, não de padre.

O analista se irritou com a insinuação. E, repressivo, assegurou que o paciente carregava dentro de si imenso lodaçal. Exigia que falasse da infância, do relacionamento com os pais.

Durou duas horas o interrogatório. E quando, pronto para sair, quis saber o preço da consulta, levou um susto: o pagamento seria mensal.

Já desconfiara que a clientela do médico devia ser pequena. Segurá-lo tanto tempo e ainda insinuar a possibilidade de submetê-lo a longo tratamento!

— É bom pegar o dinheiro agora, caso contrário darei melhor destino a ele: mulheres.

— Acho que me fiz entender. O acerto será no fim do mês.

O tom era categórico e nem por isso demoveu o cliente da intenção de jamais voltar ao consultório:

— Como quiser. Mande a conta pelo correio e receberá o cheque correspondente.

Dois dias após, atendeu a um telefonema. A voz macia lhe agradou desde logo. Só não contava com o recado:

— O doutor Pink manda lembrar-lhe a entrevista de hoje. Como o horário ficou reservado para o senhor, vindo ou deixando de vir terá que pagar cinco mil cruzeiros.

— Cinco mil cruzeiros?! Onde ele pensa que eu ganho o dinheiro? Só pago, apesar do roubo, a primeira consulta. E tudo tratado por correspondência, que não quero mais ouvir sua voz nem ver a cara dele.

Mal iniciara as tarefas de atuário na Companhia de Seguros Gerais, Galateu foi chamado ao telefone. Levantou-se contrariado. O aparelho ficava distante e detestava ser interrompido durante o serviço.

— Sim. Como? Por que não compareci? Ora, doutor, estou bem e peço que não me incomode. Ir à minha casa? Arranje programa melhor, que eu tenho um ótimo para esta noite. — E bateu com o fone no gancho.

Findo o expediente, Galateu caminhava em direção a seu carro, quando avistou o doutor Pink:

— A brincadeira está indo longe demais. O senhor não considera falta de ética aliciar clientes? Devo esclarecer, em definitivo, que as minhas ocupações não me permitem preencher os seus horários vagos.

O analista inclinou-se sobre os ombros de Galateu:

— Você não compreende que o seu inconsciente é lodo puro?

— Até agora só entendi que o senhor confunde medicina com catecismo.

— Engano seu. Não quero salvá-lo, mas curá-lo.

— Bem, doutor, sua conversa é instrutiva, porém outra pessoa mais interessante me aguarda. Só espero que este nosso diálogo não se transforme em cifras.

Ao despedir-se, ainda era um homem bem-humorado.

No dia seguinte, coube à secretária do analista lhe telefonar:

— O doutor ficou aborrecido com o seu procedimento ontem e pede para avisá-lo que estará à sua disposição no horário combinado.

— Nada combinei. Por favor, me deixe em paz! — Percebeu, insatisfeito, que começava a implorar.

A ligação fora cortada e ele permanecia imóvel diante da janela do escritório. Uma recordação desagradável aflorava do passado. Apreensivo, deslocou-se para sua mesa.

Procurou concentrar-se no trabalho, mas o pensamento girava entre o episódio sepultado no inconsciente e a curiosidade malsã do doutor Pink. Insurgia-se contra essa intromissão em sua vida, receoso de que o médico pressentisse a verdade toda.

O tempo esvaía-se lentamente, Galateu errava nos cálculos. Ao fim do turno da tarde pouco fizera de aproveitável.

Não foi direto para casa. Passou por diversos bares, sem se demorar em nenhum deles. Nem os jornais, adquiridos numa banca, conseguiu ler. Ainda preocupado quanto aos objetivos do analista, esforçava-se por fugir de uma cena que julgara esquecida para sempre.

Aproximava-se a hora de encontrar-se com a mulher do seu chefe e relutava em ir ou não. Resolveu cancelar o encontro: aos diabos com a promoção!

Só pôde dormir, à noite, tomando uma dose elevada de barbitúricos. Sono agitado, com pesadelos e uma dor dilacerante, que não sabia se real ou apenas sonho. Uma faca penetrava-lhe a carne, escarafunchava os tecidos, à procura de um segredo. Sua irmã Epsila e o analista, debruçados sobre o seu corpo, acompanhavam atentos os movimentos irregulares da lâmina.

Na ânsia de acordar, rolava na cama, empapando de suor o travesseiro. A duro esforço conseguiu despertar. Apalpou o peito e as mãos encontraram uma coisa pegajosa. Meio entorpecido pela ação dos soníferos, buscou no banheiro o espelho e viu que o mamilo esquerdo desaparecera. No lugar despontara uma ferida sangrenta, aberta em pétalas escarlates.

Passado o espanto e superada a náusea, quis chamar um médico. Só não o fez ante o temor de repetir-se a infeliz experiência que tivera com o doutor Pink. Preferiu medicar-se na farmácia da esquina.

O farmacêutico lhe receitou uma pomada cicatrizante, garantindo a cura em poucos dias de aplicação, o que de fato ocorreu.

Dois meses decorridos, a consciência tranquilizada, Galateu se dividia entre a rotina do escritório e os encontros com a mulher do diretor. O analista não voltara a importuná-lo e pensou ter ficado livre dele.

A ilusão durou pouco. Não tardaria a ouvir a voz do médico. Era noite, estava se preparando para deitar-se:

— É chegado o tempo das amoras silvestres.

Foi o que disse e deixou Galateu intrigado, a dissecar uma a uma as palavras, como se pertencessem a um quebra-cabeça. Antecipadamente sabia que no seu bojo nada vinha de bom.

A frase, indecifrada, se perdeu no sono.

Acordou, de manhã, com uma dor penetrante. Nem teve necessidade de tocar no mamilo, para certificar-se de que a ferida ressurgira, agora do lado direito. Procurou na mesinha de cabeceira o resto da pomada e, desalentado, espalhou-a entre as pétalas rubras.

Acabara de telefonar a seu superior, comunicando-lhe que não iria trabalhar, quando a empregada anunciou a presença de um homem, portador de assunto urgente. Pôs o robe sobre o pijama para atender o visitante, um oficial de justiça. Dele recebeu, surpreso, uma intimação para comparecer ao fórum, a fim de contestar a ação de cobrança de honorários, que lhe movia o doutor Pink da Silva e Glória.

O advogado que contratara não o animou muito quanto às reais possibilidades de levar a bom termo a causa:

— Como poderei defendê-lo satisfatoriamente, se o senhor é o primeiro a confessar ignorância de um fato de conhecimento geral: a longa duração do tratamento pela terapia psicanalítica? E onde conseguir elementos probatórios, além da sua palavra, para refutar o médico, que afirma ter ficado à sua disposição durante dois meses, no horário que lhe foi reservado? Dentro desse quadro desencorajador — concluiu — não lhe posso garantir uma vitória tranquila.

Galateu acompanhou com sacrifício as audiências de instrução e julgamento. As dores, insuportáveis, vinham do fundo na direção dos mamilos.

Quando o juiz lhe perguntou se ignorava que a terapêutica das desordens mentais se processava lenta e gradativamente, teve a impressão de estar ouvindo o eco das palavras do advogado.

Não adiantava lutar, nem queria. Ouviu resignado a sentença que o condenava a pagar quatrocentos mil cruzeiros ao analista, de acordo com o valor arbitrado pela perícia. Da quantia, declarou possuir parte, ficando de completá-la com a venda do automóvel. Nesse instante percebeu o quadro sombrio que tinha à sua frente: novas cobranças de honorários, a penhora do apartamento, o desabrochar e o cerrar das feridas. Voltou-se para o passado e lhe veio a dúvida se não estaria condenado muito antes de procurar o médico.

De súbito empalideceu. Rosto contraído, gotículas de suor escorrendo pela testa, levou a mão ao peito e caiu sobre a mesa. Apressaram-se todos em socorrê-lo. Recuperado do desfalecimento, viu nos olhos dos que o amparavam uma solidariedade vazia.

Passara um mês e continuava acamado. Cuidavam dele a empregada e o farmacêutico, que lhe aplicavam compressas de água quente, pomadas e injeções de morfina. O alívio era passageiro, logo voltavam as dores.

Na primeira semana, ainda atendeu ao telefone. Depois

desligou o aparelho e o utilizava apenas para comunicar-se com a farmácia. É que a maioria dos telefonemas vinham do doutor Pink, obstinado em ser recebido ou insistindo para que ele fosse ao consultório. Não satisfeito com as recusas, o médico prometia-lhe devolver o dinheiro que recebera e nada cobrar pelo resto do tratamento.

Na ausência da empregada, que fora à mercearia, tocaram a campainha com insistência. Mesmo fraco, quase sem condições de caminhar, Galateu levantou-se para atender quem o procurava em hora tão inoportuna.

Arrependeu-se da imprudência: na soleira da porta estavam a irmã e um menino com a aparência de retardado mental. Normalmente teria motivos para assustar-se, mas o choque foi maior do que podia esperar: a nova imagem de Epsila era uma contrafação da jovem que aparecera no sonho. Perdera, em doze anos, o viço, a suavidade de traços. Magra, muito magra, os olhos sem brilho e a falta de dentes no maxilar superior davam-lhe um aspecto contristador.

O medo substituiu nele a repulsa:

— O que deseja?

— Vim para tratar de você.

— Saia, não a quero aqui. Se for necessário, chamarei um médico.

Ela se fez de desentendida. Afastou-o, forçando a passagem com o braço. Galateu perdeu o equilíbrio e caiu. Menos pelo leve empurrão do que pela sua extrema debilidade.

Epsila ajudou-o a levantar-se e o conduziu ao quarto.

Adormecera por algum tempo. Ao acordar, viu o debiloide sentado na beirada da cama:

— Eu, Zeus — e apontava o polegar para o seu próprio rosto.

Tinha urgência de ver-se livre dele. Sua cara de idiota e a maneira de expressar-se causavam-lhe mal-estar.

— Fale com a empregada para vir aqui.

— Pai, a mãe mandou ela embora.

— Quem disse que sou seu pai? — Além da repugnância que lhe provocavam os esgares do pequeno mentecapto, ficara desconcertado com a revelação:

— Então chame Epsila, chame alguém. Rápido!

A irmã veio depressa. Ainda enxugava um prato:

— Estou ocupada, o que deseja?

— Por que despediu Joana?

— Basta uma mulher para os serviços caseiros. — E caminhando na direção da mesinha de cabeceira, para recolocar no gancho o fone fora de lugar, acrescentou:

— Ia me esquecendo. Há poucos instantes veio aqui um homem, dizendo que estava na hora de lhe aplicar a injeção. Impedi a entrada dele e lhe fiz um apelo para que não mais voltasse, pois você poderia viciar-se com o uso prolongado da morfina.

Galateu ficou estarrecido:

— Sabe o que fez, sua cadela?! As dores me matarão!

Nisso, o telefone tocou. Epsila atendeu e, virando-se para o irmão, disse que o doutor Pink estava na linha.

— Não quero falar com ele.

— Atenda. — Era uma ordem, apesar da inflexão da voz — mansa e neutra.

Convencido da desvantagem de contrariar a irmã, acedeu:

— Estou bem de saúde, doutor. Se houver necessidade, pedirei sua ajuda.

Nos dias posteriores, bastava ouvir a campainha do telefone,

Epsila vinha correndo. Se era o médico, Galateu tinha que ouvi-lo. Obstinava-se, porém, em recusar as propostas do analista. Após os curtos diálogos, ele discava aflito para o farmacêutico, implorando-lhe que o socorresse. Este se negava, dizendo que fizera diversas tentativas para entrar no apartamento e fora obstado pela bruxa.

Bruxa?! Galateu se compenetrou de que mesmo longe dali teria poucas possibilidades de sobreviver, e nenhuma se permanecesse onde se encontrava. Restava-lhe a fuga. Aguardou a noite, na expectativa de que a irmã se recolhesse.

Na hora prevista, desceu da cama com cuidado e rastejou até o corredor. Prosseguiu com paciente lentidão, sabendo das dificuldades que teria para chegar à rua, pois superestimara o que lhe restava do seu antigo vigor. Preferia, no entanto, tentar tudo, menos continuar enclausurado no apartamento. Demorou a atingir a sala e teve que apoiar-se à parede para levantar-se. Tateando no escuro, conseguiu localizar a porta, mas não encontrou a chave na fechadura. Novamente de rastros, dirigiu-se à cozinha, pretendendo alcançar a área de serviço. Arfava, o pijama molhado de suor colava-se à sua pele. Para recobrar o fôlego, sentou-se no chão. Começava a recuperar-se quando acenderam a luz. Trêmulo, a visão turvada pela luminosidade, encolheu-se. Acomodada a vista à claridade, viu Zeus que, de cima de um tamborete, apertava o interruptor. Sorria. Um sorriso torto:

— As chaves. A mãe escondeu.

De manhã encontraram-no no mesmo lugar, ainda desfalecido. Levado para a cama, voltou à meia realidade, as coisas lhe parecendo confusas, as imagens da irmã e do garoto misturadas entre sombras. Via no teto uma enorme chave e rente ao peito uma lâmina afiada bailava, aproximando-se e afastando-se.

Exalava um odor fétido da pústula. O mentecapto não se importava, entretido em dar cabriolas na extremidade do aposento. A mãe, comprimindo as narinas com os dedos, abriu a janela. Como persistisse o mau cheiro, abandonou o quarto e só regressou ao ouvir tocar a campainha do telefone. Disse algumas palavras em voz baixa e passou o fone ao irmão, que não conseguiu retê-lo nas mãos. Ela veio em seu auxílio. Segurou o receptor para o enfermo, que mal ouvia e custava a entender o que lhe diziam. Em resposta, apenas balbuciou:

— Venha. — Uma baba de sangue escorreu pelos cantos da boca.

Um quarto de hora depois, aparecia o doutor Pink. Circunspecto, abriu o paletó do pijama de Galateu e com o bisturi, retirado da valise, limpou as pétalas da ferida. Epsila, a um sinal do médico, aproximou-se e ambos se debruçaram sobre o corpo do moribundo, enquanto este esboçava imperceptível gesto de asco.

A fila

E eles te instruirão, te falarão, e do seu coração tirarão palavras.
(Jó, VIII, 10)

Vinha do interior do país. Magro, músculos fortes, o queixo quadrado, deixava transparecer no olhar firme determinação. Não vacilou entre os dois portões do edifício, escolhendo o que lhe pareceu ser o da entrada principal. Dentro do prédio percorreu diversos corredores, detendo-se com frequência para ler os letreiros encimando as portas, até encontrar a sala da gerência da Companhia.

Atendeu-o um negro elegante, ligeiramente grisalho nas têmporas e de maneiras delicadas. O desconhecido calculou que o preto desempenhava as funções de porteiro, apesar das roupas caras e do ar refinado.

— Deseja falar com quem? — perguntou.
— Com o gerente.
— Emprego?

— Não.

— Seu nome.

— Pererico.

— De quê?

— Não interessa, ele não me conhece.

— Posso saber o assunto?

— É assunto de terceiros e devo guardar sigilo. Apenas posso assegurar-lhe que é coisa rápida, de minutos. Ademais tenho urgência de regressar à minha terra.

O porteiro abaixou-se até a mesinha, que ficava no canto da sala, retirando de uma das gavetas uma ficha de metal:

— Pela numeração dela — disse com um sorriso malicioso — a sua conversa com o gerente levará tempo a ser concretizada.

— Esperarei.

Acostumado talvez a respeitar a discrição dos que ali iam tratar de negócios ou obrigado pela função, o negro não formulou novas perguntas.

— Pode chamar-me de Damião — acrescentou, pedindo-lhe que o acompanhasse pelo corredor, onde ficavam os candidatos a audiências, dispostos em extensa fila. Os dois caminharam ao longo dela, desceram uma escada de ferro que dava para a parte externa da fábrica. Despediram-se no pátio, com uma última recomendação do crioulo:

— De hoje em diante, você deverá evitar a entrada principal, reservada somente aos que aqui vêm pela primeira vez. — E com o dedo apontava o portão dos fundos.

Ainda não seria naquela tarde que Pererico falaria ao gerente, pois somavam a centenas as pessoas que aguardavam a oportunidade de serem recebidas e as audiências terminavam impreterivelmente às dezoito horas. Nem assim se abandonou à impaciência, embora lhe fosse desagradável a perspectiva de uma estada demorada fora de casa. As observações colhidas durante o tempo que passou na fila poderiam ser úteis no futuro e aumentavam a sua confiança no sucesso da missão. Verificou também que as pessoas atendidas na gerência retornavam alegres, demonstrando ter solucionado seus problemas ou, pelo menos, sido tratadas com deferência.

No dia seguinte, bem antes de serem abertos os portões da fábrica, ele já se encontrava em frente às suas grades. Às sete horas, após o toque da sirena, surgiu Damião com a caixa das senhas. Distribuiu-as entre os presentes, cabendo a Pererico uma de número elevado, o que o irritou sobremaneira:

— Estou entre os primeiros que aqui chegaram e recebo uma ficha alta! Denunciarei ao gerente a sua safadeza, negro ordinário!

O porteiro não se impressionou:

— As senhas de números baixos foram entregues aos que dormiram no pátio, através de distribuição interna. Quanto à sua queixa junto ao meu superior, vai demorar — concluiu sorridente.

— Como assim? — perguntou Pererico. — Por que essa discriminação, permitindo somente a alguns o privilégio de dormirem aqui?

— A permissão de passar a noite no recinto é dada aos que não fazem segredo dos assuntos a serem tratados com a administração da empresa.

Pererico conteve-se. Uma briga naquele instante poderia prejudicar seus desígnios, pois compreendera que o poder de Damião ultrapassava o de um mero empregado.

O seu descontentamento não se prolongou pela tarde adentro. Em certo momento, chegou mesmo a se julgar com sorte. É que, às dezessete horas, boa parte dos que integravam a fila a abandonaram, dispersando-se sem motivo aparente.

Abstraindo-se das razões que geraram a retirada em massa, consultava o relógio, mostrando-se excitado à medida que sentia aproximar-se a hora em que se avistaria com o gerente.

A última pessoa atendida, na sua frente, retirou-se minutos antes das seis e ele se preparava para ser recebido quando o porteiro afastou-o com o braço, dando passagem a um senhor de roupas antiquadas.

Surpreso e revoltado, Pererico agarrou Damião pelos ombros, sacudindo-o rudemente:

— Crioulo peçonhento, devia lhe dar uma surra por me ter passado para trás, mas não quero quebrar agora o seu pescoço. — Empurrou-o de encontro à parede e saiu.

Esgotara-se o expediente da Companhia.

Na manhã seguinte, ao chegar à fábrica, o negro recebeu-o com um esclarecimento e uma advertência:

— Você foi precipitado, ontem, por não ouvir minhas explicações. O cavalheiro que tomou o seu lugar marcara audiência há vários dias e, além disso, tratava-se de pessoa da intimidade do gerente. Quanto à agressão, espero que fique só na ameaça, para seu próprio bem.

Pererico mediu o adversário e se convenceu de que a represália jamais se concretizaria pelo desforço físico e isso era mau. Levando em conta que Damião procurara desculpar-se, considerou de bom alvitre atenuar a aspereza do seu procedimento na véspera:

— É que tenho necessidade urgente de retornar à minha cidade e a demora me impacienta. — Quis referir-se à escassez do dinheiro e arrependeu-se, temendo não ser entendido corretamente ou tomassem a confissão como uma fraqueza ou desejo de capitular.

Nesse dia a fila pouco progrediu e, bem antes de chegar a vez dele, encerrou-se o horário reservado ao atendimento público.

À sua arrogância inicial, sucedia-se o desânimo: acreditava ser difícil entrevistar-se com o gerente sem a interferência do negro.

Sempre lhe repugnara solicitar ajuda para resolver suas dificuldades. Mas a premência de regressar antes que gastasse o último centavo superou seus escrúpulos. Saiu à cata do negro:

— Quem sabe você conseguiria uma audiência especial para mim? Acho que me atenderão, se souberem da importância do meu assunto.

— Ninguém vem aqui por divertimento — retrucou o porteiro com certa rudeza, para abrandar em seguida a entonação da voz: — Desde que tem pressa de viajar, eu poderia resolver o seu caso, poupando-lhe o tempo.

— O meu problema foge à sua alçada — foi a resposta irritada de Pererico, a olhar intencionalmente as roupas caras do porteiro, duvidando da origem legítima delas.

A desconfiança que lhe infundira o oferecimento de auxílio por parte de Damião levou-o a evitá-lo. E essa disposição não o favorecia: as fichas que lhe eram fornecidas obedeciam a uma numeração cada vez mais alta e a fila caminhava com exasperante lentidão. Porém agarrava-se ferozmente a ela, apesar das perspectivas desfavoráveis. Contava talvez com um absurdo golpe de sorte: o gerente, tomando conhecimento da sua presença na fábrica, mandasse chamá-lo.

Ao lado da especulação, havia um dado real: o agravamento

da situação financeira. O dinheiro chegava ao fim, sobrava-lhe pouco mais do que o necessário para comprar a passagem de volta. Nem a fome o constrangeria a dispor dessa importância, porque lhe vinha o mal-estar ao simples pensamento de permanecer indefinidamente naquele lugar.

Não conversava com ninguém, isolado no seu lugar. O seu retraimento chamou a atenção de Galimene, uma prostituta que aparecia, às tardes, no pátio da fábrica, desinteressada da pessoa do gerente, só para tagarelar com os homens e garantir alguns encontros noturnos. Tinha o jeito de passarinho e ria baixo, colocando a mão na boca, mesmo se a anedota fosse imbecil, contanto que agradasse aos possíveis clientes. Nem feia nem bonita. Apenas quando sorria, um sorriso meio triste, o rosto adquiria um toque de vaga beleza. A princípio, ela olhava-o com discreta simpatia, procurando uma desculpa para conversar com Pererico. Este não dava mostras de perceber o interesse dela, acreditando-o meramente comercial. Entretanto, quando a mulher se afastava, ele a acompanhava com o olhar, mal contendo a necessidade premente de fêmea.

Ao cabo de um mês, excluindo o dinheiro que reservara para a passagem de trem, sobravam-lhe uns poucos trocados para o café da manhã. Forçado a abandonar o hotel, dormia nos bancos dos jardins públicos e vivia esfomeado, a sentir dores agudas no estômago.

A meretriz percebeu a magreza dele e não teve que se esforçar muito para lhe adivinhar a causa. Trouxe-lhe um sanduíche, mentindo que comprara dois e estava sem fome.

Como Pererico recusasse aceitá-lo, Galimene convidou-o a ir, à noite, até a sua casa.

A recusa foi brusca, parecia revide a uma ofensa grave:

— Não tenho dinheiro.

— Para você não precisa — abaixara os olhos e, com o pé, chutava pedrinhas.

Também a Damião não passara despercebido o acentuado emagrecimento de Pererico. Aproveitou a circunstância para tentar a reaproximação.

— Você está seguindo um caminho errado e se sacrificando à toa. Nem remunerado deve ser. Se colaborasse comigo, tudo seria fácil. — Tirara do bolso a carteira e, aparentando distração, arrumava as cédulas pela ordem de valores.

Pererico, indignado, arrancou-a de suas mãos e atirou-a longe, esparramando as notas pelo chão.

À tarde, aceitaria alguns pastéis oferecidos por Galimene.

A atitude do negro ajudara-o a vencer a relutância em ser alimentado pela prostituta. Permanecia, no entanto, irredutível na decisão de recusar os convites para dormirem juntos, convencido de que já degradara dos seus princípios o suficiente.

O novo relacionamento quebrava a monotonia da interminável espera. Distraía-se com a prosa versátil da meretriz, cujos conhecimentos gerais eram incomuns no meio em que vivia. Apreciava nela a ingenuidade que a profissão deixara intacta, os modos discretos, o cuidado em evitar perguntas sobre o passado dele ou os motivos que o prendiam à fábrica.

Não se irritava pelas constantes tentativas de afastá-lo da fila, limitando-se a sorrir quando ela procurava seduzi-lo com a beleza da cidade, os passeios que poderiam fazer juntos. Somente se intranquilizava diante do argumento final:

— Lá as mulheres são lindas, muito mais bonitas do que eu.

Mantendo-se na negativa, os olhos ávidos cravados no corpo de Galimene, conjeturava sobre a existência real de tão belas fêmeas.

Corria o tempo e a probabilidade de chegar ao gerente continuava remota. Por outro lado, não passava fome e se adaptara à pouca comida que Galimene lhe trazia todas as manhãs. Era o máximo que podia doar — o corpo não rendia muito num bairro operário. Lavava-lhe a roupa, dava-lhe conselhos:

— Ponha de lado o orgulho e explore a vaidade de Damião, que não resiste a um agrado.

— Se ficar mais um mês nesta maldita cidade, acabo dormindo com homem — respondia mal-humorado.

Ela não se importava com a reação e insistia:

— Afinal, o que você perde com isso?

— Bajular o crioulo? Prefiro a derrota. — Já reagia moderadamente, pensando na viabilidade da ideia. O desejo de voltar à sua terra contribuía para lhe amolecer a resistência. Por fim, concordou: — Vou, mas se ele me fizer de bobo, racho-lhe o crânio.

Consciente da sua sordidez, o asco em cada palavra, cuidava de reconciliar-se com o porteiro.

Começou por cumprimentá-lo discretamente. Depois vieram as frases convencionais, evoluindo para um elogio ao bom gosto do negro na escolha das gravatas e roupas. Damião sorria satisfeito, a aguardar um pronunciamento formal de Pererico sobre suas intenções, o que finalmente aconteceu:

— Bem sei que em mais de uma ocasião fui grosseiro com você. É que eu me enraivecia com a sua insistência em saber minúcias de um assunto sigiloso. Faço-lhe agora um apelo para que me consiga, sem condições e fora da fila, uma audiência com o gerente.

Sentia-se envergonhado pelo discurso, enquanto o crioulo aproveitava a oportunidade para exibir falsa modéstia:

— Há um pouco de exagero na sua confiança com relação ao meu prestígio. Quem marca esse tipo de audiência é o secretário da Companhia. Vamos lá — disse, pedindo-lhe que o acompanhasse.

Conduziu-o ao primeiro andar da fábrica e, no final de um extenso corredor, entraram numa saleta. O negro apontou para um homem baixo e magro, sentado em frente a uma escrivaninha:

— O meu colega, que está ali, lhe fornecerá a senha e as informações necessárias.

Pererico desconfiou do olhar de Damião, ao afastar-se, percebendo nele a malícia. A suspeita se confirmaria ao receber um cartão de número desproporcional à importância da pessoa com quem iria falar. — Escapava de uma fila e caía noutra.

— Quer dizer que tenho na minha frente quatrocentas pessoas?

O homenzinho assentiu com um movimento de cabeça e ele indagou quantos candidatos a audiência eram atendidos por dia.

— Quinze, às vezes vinte.

Um mês em seguida foi atendido pelo secretário. Afobado e feliz, mal o cumprimentou:

— Arre! Agora o gerente me receberá!

— Depende do que deseja.

— Pouco. Posso adiantar-lhe que é negócio importante e reservado.

— Lamento. Tenho instruções de encaminhar a ele apenas as pessoas portadoras de assunto de real interesse para a administração. Como posso saber se o seu é, desconhecendo os motivos que o trazem aqui?

— Isso é ridículo. Estou há quase seis meses nesta cidade em missão confidencial e não consigo falar a um porcaria de gerente! E será que tenho de revelar a todo o mundo um segredo que não me pertence?

— Nada posso fazer. Há outros em situação idêntica, aguardando com paciência a oportunidade de serem atendidos.

* * *

Aborrecido e desapontado, Pererico saiu à procura de Damião, relatando-lhe o ocorrido. O porteiro ficou apreensivo com o seu desalento. Temia que o desânimo o levasse a abandonar definitivamente a fila, coisa que não convinha aos interesses do negro. Precisava levantar-lhe o moral:

— Não se entregue ao desespero, nem deixe de vir todos os dias à fábrica. O acaso ou uma inspiração feliz poderão remover os obstáculos. Siga o exemplo dos que há anos esperam, confiantes, a vez de serem recebidos.

— A situação deles é diferente da minha: moram na cidade e estão perto dos familiares, dos seus negócios.

— Tenho a máxima boa vontade em abreviar o seu regresso. Entretanto...

— Já vem você querendo saber o que desejo do gerente.

— Seria mais simples do que viver à custa de mulher.

Pererico não aguentou o insulto e acertou um murro na boca de Damião. Este, limpando com o lenço os lábios a sangrar, externou o seu ressentimento:

— Você escolheu o pior caminho.

Galimene esperava-o no portão:

— Qual foi o resultado? — indagou, passando-lhe um sanduíche de carne.

— Negativo. E fiz uma grossa besteira: agredi o crioulo.

Ela ouvira-o em silêncio. Apenas os olhos expressavam a descrença quanto às possibilidades futuras dos projetos de Pererico que, nem por isso, cogitava de desistir:

— Bem, não posso reparar o que fiz. Só me resta aguardar a reação do negro.

Surpreendentemente Damião recebeu-o no dia seguinte com a cara risonha:

— Não fiquei magoado com o incidente de ontem. A sua reação foi justa e levei em conta as razões de sua atitude. Sou homem sereno. No momento em que você tiver uma visão objetiva dos fatos, pode procurar-me que o ajudarei. — E lhe estendeu a senha.

Pererico examinou-a. A numeração era alta, a maior que já lhe haviam dado. O primeiro impulso foi de jogar a ficha na cara do negro. Controlou-se, evitando repetir um gesto covarde. Não podia exigir, a qualquer pretexto, a simpatia do outro.

Dali para frente recusaria as senhas, distanciava-se da fila, a vagar pelo pátio, aferrado à esperança de encontrar o gerente saindo do escritório ou andando pelas ruas, se bem que ignorasse o seu aspecto físico e o roteiro de seus hábitos.

Colocava-se em lugares estratégicos, por onde o homem visado poderia passar; investigava as saídas em diferentes horários, inclusive experimentando ficar noites a fio em frente ou nos fundos do edifício da Companhia, e jamais o encontrou.

Galimene, inquieta, acompanhava-o de longe. Percebia-lhe a desorientação, sentindo amadurecer a oportunidade de lhe oferecer novamente o quarto e a cama.

Se a proposta viesse semanas atrás, a recusa seria pronta e ríspida. Mas a incerteza quanto ao tempo necessário para desincumbir-se do seu compromisso não dava margem a opções. Aceitou. Agarrado ao braço da mulher, recuperava a virilidade contida, desvaneciam-se as possibilidades de justificar-se.

Adaptara-se com relativa facilidade à nova situação, embora fosse irregular o horário das refeições e de dormir. Para deitar-se, ficava na dependência da saída do último cliente de Galimene, o que nem sempre acontecia antes da madrugada. Habituou-se a esperar pacientemente, porque a demora representava comida farta no dia seguinte.

Parava pouco na fábrica, deixando mesmo de ir lá, desde que encontrasse uma desculpa razoável para explicar seu procedimento. Damião lançava-lhe um olhar desaprovador, como se Pererico tivesse cometido falta grave. Por um momentâneo sentimento de culpa, voltava a chegar cedo e sair ao entardecer. Se estava bem-humorado, pedia a senha e ia embora, zombando do porteiro.

Aos domingos, Galimene debruçada na janela e Pererico sentado no meio-fio da calçada entretinham-se conversando pela tarde adentro, a menos que surgissem para interrompê-los alguns dos habituais frequentadores da pensão.

Se ele falava em tom nostálgico da lavoura e animais domésticos, ela se punha pensativa. Gostaria que Pererico esquecesse os bichos, o gerente, a Companhia e procurasse emprego. Tímida e humilde, não acreditava que pudessem morar juntos, longe dali, sem homens a separá-los. Sabia ser impossível tornar duradoura uma ligação destinada a se perder no efêmero.

No afã de fixá-lo na cidade, empenhava-se inutilmente em distraí-lo com algo que substituísse sua obsessão:

— Por que não aproveita o sol da manhã para ir à praia? Hoje ela fica cheia de belas mulheres.

— Não faz sentido dentro dos meus objetivos.

— Você conhece o mar?

— Nunca vi um!

— É pena. — Prosseguia, contando uma porção de histórias marítimas, que conhecia bem, sendo filha de marinheiro, nascida nas docas.

Cansados do mar, a conversa caía no jardim zoológico, incentivando Pererico a contar proezas de animais ferozes de um circo americano que vira anos atrás. Deles voltava aos cavalos, vacas, galinhas, cabritos, o rosto transfigurado por alegres reminiscências. Galimene ouvia-o sem entusiasmo, a pensar na separação, que viria inevitavelmente quando ele acertasse o seu assunto na Companhia.

Eram dez horas de uma segunda-feira e dormira muito, razão pela qual caminhava indeciso, achando que perdia tempo indo à fábrica. Como passara quinze dias metido no parque, a observar capivaras e veados, correndo entre árvores, enquanto travessas crianças brincavam nos escorregadores, seguia sob a pressão do remorso por ter descurado tanto de seus deveres. Amaldiçoava sua vacilação, fraqueza que desconhecia antes de chegar àquela cidade.

Ao atravessar o portão dos fundos da fábrica, admirou-se de encontrar o pátio vazio. Subiu a escada de ferro, percorreu corredores, deparando no trajeto uns poucos funcionários que conhecia de vista. A presença de empregados eliminava a hipótese de um feriado.

Penetrou na antessala da gerência algo emocionado. Em frente à sua mesinha, Damião, trajando terno escuro, acolheu-o sem o costumeiro sorriso. Os olhos pareciam ter perdido o brilho, o rosto demonstrava cansaço.

Pererico recuperara a segurança e o poder de decisão que exibia quando ali estivera pela primeira vez. Caminhou na direção do negro, suspendeu-o pelas axilas, obrigando-o a levantar-se:

— Hoje, miserável, ou falo com o seu chefe ou lhe quebro os dentes e espatifo os móveis do escritório.

— A violência é desnecessária: o gerente morreu.

Largou-o. O choque fora violento. Contrafeito, restava-lhe uma pergunta:

— Ficaram muitos sem falar com ele?

— Somente você. Nas duas últimas semanas, prevendo a proximidade da morte, atendeu a todos os que apareceram.

O crioulo tinha outros detalhes a dar, porém Pererico dispensou-os. Sentia-se arrasado com a própria irresponsabilidade.

Pela maneira como entrou no quarto, Galimene pressentiu que alguma coisa de grave se passava com o companheiro. Olhava-o perplexa, esperando um esclarecimento dele que, em silêncio, pegara a maleta de viagem e nela enfiava as suas poucas roupas.

— Posso saber o que houve? — indagou a mulher.

— Traí os que confiavam em mim. O gerente morreu, todos falaram com ele e eu a ver veadinhos no parque.

— Não, Pererico, a sua culpa é pequena. Damião nunca lhe permitiria chegar ao gerente. Agora que você não tem obrigação de ir à fábrica, por que não fica? Poderia conseguir emprego.

— Odeio esta cidade.

— É injusto falar assim, conhecendo apenas o subúrbio dela.

— Nada mais tenho a fazer aqui.

— Nada? — interrogou, a fisionomia tomada por súbita tristeza.

Sentiu que a ofendera desnecessariamente e tentou consertar:

— Você deve compreender que estou fora de casa há muito tempo e preciso voltar o mais depressa possível.

Cabeça baixa, ela perguntou a que horas partiria o trem. Informada do horário, disse ter algumas coisas a fazer na rua, mas o encontraria na estação.

Ele quase pediu que não fosse, pois queria evitar o constrangimento da despedida. Desistiu, temendo magoá-la de novo.

Encontrou-a à sua espera. Sobraçava dois embrulhos, que entregou a Pererico. Abrindo-os, viu que continham camisa, calça, navalha e um frango assado.

— Você troca de roupa e faz a barba, para chegar com melhor aparência na sua terra.

Surpreso, indagou como conseguira o dinheiro.

— Guardei — respondeu encabulada.

Emocionou-se, apesar do esforço em contrário. Agarrou-a pelos braços e beijou-a.

Ela pensava que desaprendera de chorar. Lágrimas desciam pelo seu rosto. Era o primeiro beijo que recebia dele:

— Sou uma boba, não?

Faltava meia hora para a partida do trem, mas Pererico tinha pressa de embarcar, a fim de impedir novas cenas sentimentais.

Despediu-se com um abraço rápido e ia saindo, porém Galimene o reteve:

— Você voltará um dia, nem que seja para conhecer o mar, combinado?

Respondeu negativamente, e pesaroso por não saber mentir.

Subiu a escadinha do vagão de segunda classe, escolhendo o último banco para assentar-se. Nele colocou a maleta, indo direto às instalações. Após barbear-se, mudar de roupa, voltou a seu lugar.

Comia o frango. A espaços, olhava a paisagem através da janela. E se alegrou quando viu surgir nas encostas das montanhas os primeiros rebanhos.

À medida que contemplava bois e vacas pastando, retornavam-lhe antigas recordações, esmaeciam as do passado recente.

A Casa do Girassol Vermelho

Vós sois o sal da terra. E se o sal perder a sua força, com que outra coisa se há de salgar?

(*Mateus*, V, 13)

O entusiasmo era contagiante. Febril. Uma alegria física inundava as faces que até a véspera permaneciam ressentidas. O que veio antes e depois ficará para mais tarde. Mas o que importa, se naquela manhã a alegria era desbragada!

Xixiu mal olhou para fora, ficou alucinado com a paisagem. Parecia um monstro. Da janela mesmo gritou para o universo, que se compunha de quatro pessoas, além dele e de minha irmã Belsie:

— Nanico, sujeito safado! Tá namorando, não é, seu animal de rabo?!

Nanico tirou rapidamente a mão dos seios de Belinha e respondeu desajeitado:

— Tou.

Apenas Belinha, que estava gostando do jardim e das mãos do companheiro, não se conformou com a intervenção do Xixiu, irmão dela. No entanto, disfarçou a irritação. Ninguém se irritava naquele dia. Com naturalidade, virou-se para mim, que beijava a um canto a suave Marialice, e propôs:

— Vamos trocar, Surubi, você fica comigo e o besta do seu irmão se ajunta com a hipócrita da minha irmã.

Se fosse em outra ocasião a proposta seria recusada e o negócio teria dado em briga. Mas naquela manhã quente, queimada por um sol violento, a Casa do Girassol Vermelho, com os seus imensos jardins, longe da cidade e do mundo, respirava uma alegria desvairada.

A troca foi feita sem comentários, enquanto Xixiu, arrastando Belsie pelas mãos, saía da Casa soltando estilhaços:

— Minhas irmãs não são isso que vocês imaginam, corja de salafrários! Ah, se o velho Simeão fosse vivo!

E, exaltado, gargalhava:

— Pouca-vergonha! Pensam que elas são iguais à sua?!

Momentaneamente os estilhaços me feriram e lhe atingi o rosto com um soco que levava todos os meus noventa quilos de peso.

Caiu rindo no chão. Despudoradamente, Belsie ria também. Rimos todos — Belinha cerrou a minha boca com o seu riso e seus beijos.

Sua irmã, avessa às expansões mais rudes, sugeriu, com uma voz cariciosa, que fôssemos para a represa.

O primeiro a concordar foi Xixiu. Nem esperou pela nossa aquiescência. Colocou sua mulher nas costas e saiu galopando pela estradinha. Seguimos atrás, os braços dados. Habituado à sensualidade de Belinha, Nanico vinha por último, constrangido com o ar etéreo de Marialice.

Descansamos por algum tempo na relva que circundava o açude. Um quase nada, porque a minha companheira, despindo-se, obrigou-me a imitá-la e mergulhar na represa. Quando os outros casais resolveram acompanhar-nos, Belinha já se cansara de suas diabruras aquáticas e, da margem, fazia-me sinais para que eu saísse d'água.

Custei a sair, pois todas as vezes que tentava alcançar o relvado, ela pisava nas minhas mãos e eu era forçado a recuar. Só o consegui nadando em direção à margem oposta. Galguei o barranco e vim correndo ao encontro dela, enfurecido, pronto a lhe bater. Agarrei o seu corpo ainda molhado e apertei-o com força. Gemeu, chamou-me de boçal e comigo rolou na relva macia.

Estávamos alheios a tudo que não fosse nós mesmos, quando Xixiu, frenético, nos ameaçou com o passado:

— Cambada de imorais! Se o velho Simeão estivesse vivo sairia tiro!

Belinha assustou-se e, transtornada pelo terror, murmurou entre os dentes as palavras do irmão: "Se o velho estivesse vivo...". Repetia a frase, repetia, convulsa, enlouquecida, apertava os seios contra o meu peito. Dava uma entonação de violento prazer às suas palavras, colando, a espaços, os seus lábios nos meus:

— Velho Simeão, o monstro. Está enterrado, irremediavelmente perdido na boca asquerosa dos vermes. Eles não têm boca, nem lábios, nem nada, porém o carrasco, o odiento, está perdido. (Raciocinava alto, derramando ferozmente no meu físico a satisfação pela morte do velho.)

Todos nós fôramos tocados por uma centelha diabólica, que nos fazia buscar, ansiosos, no prazer, o esquecimento dos dias de desespero do passado.

Xixiu atravessara os limites da alucinação. De pé, como um gigante ressentido, lançou o seu desafio:

— Velho Simeão, maldito Satanás! O seu corpo servirá de esterco às nossas cebolas!

Soltou palavrões, insultou a memória do morto e mergulhou no açude. Reapareceu mais adiante, mostrando uma fisionomia dura, para desaparecer, logo depois, numa curva. Não demos maior importância ao fato. Ele voltaria em seguida, já esquecido das torturas que, anos seguidos, sofrêramos nas mãos do nosso pai adotivo.

Ah! Se o velho Simeão fosse vivo! Aquele porco imundo, puritano hipócrita!

Enquanto viveu sua esposa, dona Belisária, tudo corria bem, sem que tivéssemos saudade da vila, onde passávamos fome junto às nossas famílias. Boa senhora. Arrancara-nos da miséria, para nos criar e consolar-se da falta de filhos.

Se nos excedíamos em molecagens, Simeão, fazendeiro forte e rude, nos olhava com o rabo dos olhos, ocultando seus sinistros pensamentos. Sua mulher, entretanto, não permitia que ele nos aplicasse o tratamento que dava aos empregados, nos quais fazia o uso frequente do chicote.

Com a morte da velha, anos depois, o marido começou a nos perseguir. A primeira providência foi separar-nos. Nem mesmo de nossa irmã eu e Nanico podíamos aproximar-nos.

Para nos comunicarmos tínhamos que procurá-la, furtivamente, aproveitando o momento em que todos dormiam na casa. Certa noite, Xixiu, o mais rebelde e que vivia inconformado com a proibição, foi apanhado conversando com Belsie no aposento das moças. O velho Simeão armou um escândalo medonho e, no dia seguinte, mandou buscar um padre para casá-los:

— Sou homem de moral rígida e não admito imoralidades em meu lar.

Xixiu, que acabara de completar dezenove anos, não lhe

perdoou a frase nem a antecipação do matrimônio. Há muito ele e minha irmã vinham alimentando sonhos de namorados e a parte principal, em seus devaneios, era o vestido de noiva, com grinalda e véu, que Belsie usaria na cerimônia nupcial.

Para que o rancor do meu cunhado chegasse ao máximo, o velho não permitiu que os noivos dormissem juntos, mantendo a proibição de nossos encontros com as jovens.

Daí por diante, ao menor motivo, eles passaram a se insultar. Num desses atritos, em que Xixiu afirmou que dona Belisária morrera virgem porque o marido considerava pecado o ato sexual, os dois se atracaram com fúria.

Foi uma luta dura. Se bem que mais fraco do que seu adversário, o rapaz não lhe dava margem para tirar grande vantagem da desproporção de forças. Admirávamos de longe a bravura do companheiro. Se a briga fosse comigo, já teria liquidado Simeão, o que não seria nenhuma façanha, dado o meu físico agigantado. Eu, entretanto, reagia com lentidão e gostava de passar o tempo, se me davam folga, contemplando os olhos doces de Marialice.

Havia duas horas que trocavam pescoções. Sentíamos que o meu cunhado começava a fraquejar, a perder, porém não intervínhamos na luta.

Todavia, numa hora em que Xixiu levou uma pancada mais violenta e caiu, avancei para o velho e lhe dei uma dúzia de socos no rosto. Não precisava de tanto. Um murro fora o suficiente para imobilizá-lo. Os restantes serviram para que ele tombasse desmaiado.

A turma delirou. Levantamos Xixiu e, juntos, as mãos dadas, dançamos em torno do corpo do vencido. Esperamos que voltasse a si. Quando recobrou os sentidos, não se mexeu. Limitou-se a nos olhar com raiva. Continuamos a dançar pela tarde adentro. (Todos os acontecimentos alegres da nossa existência eram comemorados com bailados coletivos.)

* * *

A desforra de Simeão não tardou. Na noite do mesmo dia, seguido por dois empregados, ele entrou sorrateiramente no meu quarto e me levou amordaçado para o terreiro.

Amarraram-me a uma árvore e me moeram de pancadas. Xixiu e Nanico encontraram-me, na manhã seguinte, ainda amarrado, o corpo cheio de equimoses e coágulos de sangue. Trataram-me e, silenciosos, me reconduziram para dentro de casa.

Passei alguns dias de cama, remoendo funda revolta, urdindo planos de uma vingança completa, que tiraria tão logo me recuperasse. Arrebentaria o velho a pontapés, ele poderia esperar. Meu irmão tentou dissuadir-me da ideia. Simeão passara a andar armado e acompanhado de um preto fortíssimo.

O rancor me consumia. Espreitava os menores movimentos do nosso pai adotivo. Todo o dia. De madrugada, costumava passar repetidas vezes pela porta do seu quarto, sempre guardada pelo crioulo. Ah! Se eu os pegasse dormindo. Matava os dois.

Três anos durou aquela guerra surda. Até que um dia o velho sofreu um distúrbio cardíaco e veio a falecer. Mal soubemos da notícia, corremos ao encontro das moças, agora livres da mulherona encarregada de vigiá-las.

E demos início à festa. Amarramos a mulher e, em seguida, pegamos o negro. Trouxemos a cama de Simeão para o jardim, onde estendemos o cadáver. Enfiamos uma rosa vermelha em suas mãos e cuspimos na sua face.

Quem levou a primeira surra foi a mulher. O crioulo, mandei que o soltassem: queria bater nele sozinho, livre.

Ao certificar-se de que tinha um só contendor pela frente, exultou. Não por muito tempo. Os meus punhos, caindo no seu corpo, na sua cara, com toda a raiva que me provocava a lembrança do seu patrão, fizeram-lhe ver que estava perdido.

Liquidado o preto, que ficou estirado no chão, recomeçamos o bailado de três anos atrás. Dançamos, cantamos até a noite nos encontrar exaustos. (Xixiu gritava convulso.)

Isto fora na véspera. Agora a alegria era desbragada. Pisávamos na memória do velho Simeão, escarrando no passado. No dia anterior cuspíramos no seu rosto defunto.

As horas haviam passado despercebidas, como também se extinguira o delírio que, desde aquela tarde, nos tomara de assalto. A noite já começara a fragmentar o dia.
Belinha, a sensual Belinha dos seios brancos, cobria, em silêncio, a sua nudez. Os seus olhos machucados e distraídos evitavam o meu corpo despido. Estávamos constrangidos e preocupados, sob o alheamento de Nanico e Marialice, imersos na euforia de uma mútua contemplação. Minha irmã, inquieta, aparecia e desaparecia por entre os arbustos que mais adiante cercavam o açude. Procurava o heroico mentecapto. Brincadeiras como aquela ele as fazia com frequência: o seu cérebro desgovernado exigia desgastes físicos violentos.
Um pressentimento mau passou pela mente de Belsie e nos assustou com um grito feroz:
— Ouuu, Xixiu! Volta, demônio!
Gritou mais, arrancando-nos de nossa momentânea perplexidade. Corremos ao encontro dela e, juntos, demos, às carreiras e aos gritos, várias voltas pelas margens da represa.
Desistimos. Nunca mais voltaria.
A noite caminhara muito e todos nós adquirimos a certeza de que Xixiu fora ao encontro de Simeão. Invejamos a luta glo-

riosa a que não iríamos assistir, os gritos que ele soltaria ao esmagar o velho carrasco.

Belsie teve que ser arrastada. Não se conformava. A face marcada por intenso sofrimento, os lábios moles, chamava pelo marido:

— Volta, Xixiu. Volta.

A voz perdera a primitiva ferocidade e da sua garganta brotavam preces.

Voltávamos cansados, as fisionomias tensas. A ausência de Xixiu, uma pesada ausência, nos esmagava. Com a deserção do grande companheiro, iam-se os anos heroicos da luta contra o velho Simeão. Agora pelejaria só, sem a nossa assistência, os nossos aplausos. Mas venceria.

O nosso silêncio não representava nada mais do que um desejo, medrosamente abafado, de acompanhar as suas pegadas e presenciar o derradeiro combate. Faltava, entretanto, quem tomasse a iniciativa.

Ficara na represa.

Carregaríamos, daquele dia em diante, a sua obcecante recordação. A Casa do Girassol Vermelho se dobraria sobre as próprias ruínas. (Quem soltaria os estilhaços e nos convidaria para os assaltos decisivos, os grandes gritos de revolta?)

Sabíamos que nada mais seria importante, digno da violência, da paixão. Um futuro mesquinho nos aguardava: Belsie se amarraria a um agressivo mutismo. Marialice e Nanico — dois idiotas — olhariam um para o outro indefinidamente, alheios a qualquer determinação de romper com o mundo. Belinha, sem os apelos do irmão, não sentiria explodir a carne e guardaria para si o fruto da fecundação. Eu, gigante bronco, viveria de braços caídos.

Um trem apitou ao longe e, ao passar por nós, deixou uma esteira de fagulhas. Dos carros, que seguiam velozes, saltavam quadradinhos prateados. Cheios de gente. Além de nós, havia no mundo mais alguém.

Era preciso reagir. Avancei resoluto pela estrada e, atravessando na frente dos companheiros, exigi que parassem.

Firme, os punhos cerrados, conclamei todos para a luta, que seria contra a sombra do velho Simeão. Tracei planos para a campanha, ameacei, gritei. Aos poucos minha voz foi amortecendo.

Olhavam-me mudos, os rostos sem esperança. (Xixiu morrera mesmo.)

Dei-me por vencido. Não adiantava lutar. Tudo se quebrara.

Humilhado, sentindo a desaprovação de todos, virei-me com ternura para Belinha e lhe disse comovido:

— Este foi o último dia.

Não respondeu. Esticou para o alto os olhos inexpressivos e embaçados. Abaixou-os depois para o ventre, onde começavam a surgir as primeiras pétalas de um minúsculo girassol vermelho.

Alfredo

Esta é a geração dos que o buscam, dos que buscam a face do Deus de Jacó.

(*Salmos*, XXIII, 6)

Cansado eu vim, cansado eu volto.

A nossa primeira desavença conjugal surgiu quando a fera ameaçou descer ao vale. Joaquina, a exemplo da maioria dos habitantes do povoado, estava preocupada com os estranhos rumores que vinham da serra.

Inicialmente pretendeu incutir-me uma tola superstição. Ri-me da sua crendice: um lobisomem?! Era só o que faltava!

Ao verificar que ela não gracejava e se punha impaciente com o meu sarcasmo, quis explicar-lhe que o sobrenatural não existia. Os meus argumentos não foram levados a sério: ambos tínhamos pontos de vista bastante definidos e irremediavelmente antagônicos.

Com o passar dos dias, os gemidos do animal tornaram-se

mais nítidos e minha mulher, indignada com o meu ceticismo, praguejava.

Silencioso, eu refletia. Procurava desvendar a origem dos ruídos. Neles vinha uma mensagem opressiva, uma dor de carnes crivadas por agulhas.

Esperei, por algum tempo, que a fera abandonasse o seu refúgio e viesse ao nosso encontro. Como tardasse, saí à sua procura, ignorando os protestos de minha esposa e as ameaças de romper definitivamente comigo, caso eu persistisse nos meus propósitos.

Iniciara a excursão ao amanhecer. Pela tarde, depois de estafante caminhada, encontrei o animal.

Nenhum receio me veio ao defrontá-lo. Ao contrário, fiquei comovido, sentindo a ternura que emanava dos seus olhos infantis.

Sem fazer qualquer movimento agressivo, de vez em quando levantava a cabeça — pequenina e ridícula — e gemia. Quase achei graça no seu corpo desajeitado de dromedário.

O riso brincou frouxo dentro de mim e não aflorou aos lábios, que se retorceram de pena.

Com muito cuidado para não assustá-lo, fui me aproximando. Uma pequena distância nos separava e, tímido, perguntei o que desejava de nós e a quem dirigia a sua desalentadora mensagem. Nada respondeu.

Não me dei por vencido ante o seu silêncio. Insisti com mais vigor:

— De onde veio? Por que não desceu ao povoado? Eu o esperava tanto!

O meu constrangimento aumentava à medida que renovava inutilmente as perguntas.

Em dado momento, vendo que falava em vão, perdi a paciência:

— E o que faz aí, plantado como um idiota no cimo desta montanha?

Parou de gemer e fitou-me com indisfarçável curiosidade. Em seguida, sem tirar o chapéu, murmurou:

— Bebo água.

A frase, pronunciada com dificuldade, numa voz cansada, cheia de tédio, desvendou-me o sentido da mensagem.

Na minha frente estava o meu irmão Alfredo, que ficara para trás, quando procurei em outros lugares a tranquilidade que a planície não me dera.

Tampouco eu viria a encontrá-la no vale. Por isso vinha buscar-me.

Depois de beijar a sua face crespa, de ter abraçado o seu pescoço magro, enlacei-o com uma corda. Fomos descendo, a passos lentos, em direção à aldeia.

Atravessamos a rua principal, sem que ninguém assomasse à janela, como se a chegada do meu irmão fosse um acontecimento banal. Ocultei a revolta e levei-o pela ruazinha mal calçada que nos conduziria à minha residência.

Joaquina nos aguardava no portão. Sem trocarmos sequer uma palavra, afastei-a com o braço. Contudo, ela voltou ao mesmo lugar. Deu-me um empurrão e disse não consentir em hospedar em nossa casa semelhante animal.

— Animal é a vó. Este é meu irmão Alfredo. Não admito que o insulte assim.

— Já que não admite, sumam daqui os dois!

Alfredo, que assistia à nossa discussão com total desinteresse, entrou na conversa, dando um aparte fora de hora:

— Muito interessante. Esta senhora tem dois olhos: um verde e outro azul.

Irritada com a observação, Joaquina deu-lhe um tapa no rosto, enquanto ele, humilhado, abaixava a cabeça.

Tive ímpetos de espancar minha mulher, mas meu irmão se pôs a caminhar vagarosamente, arrastando-me pela corda que eu segurava nas mãos.

Ao anoitecer, encontramo-nos novamente no alto da serra. Lá embaixo, pequenas luzes indicavam a existência do povoado. A fome e o cansaço me oprimiam: todavia, não pude evitar que o meu passado se desenrolasse, penoso, diante de mim. Veio recortado, brutal.

(— Joaquim Boaventura, filho de uma égua! — As mãos grossas, enormes, avançaram para o meu pescoço. Deixei cair o pedaço de mão que roubara e esperei, apavorado, o castigo.)

Filho de uma égua. Como tinha sido ilusória a minha fuga da planície, pensando encontrar a felicidade do outro lado das montanhas. Filho de uma égua!

Alfredo pediu-me que descansássemos um pouco. Sentou-se sobre as pernas e deixou que eu lhe acariciasse a cabeça.

Também ele caminhara muito e inutilmente. Porém, na sua fuga, fora demasiado longe, tentando isolar-se, escapar aos homens, ao passo que eu apenas buscara no vale uma serenidade impossível de ser encontrada.

De início, Alfredo pensou que a solução seria transformar-se num porco, convencido da impossibilidade de conviver com seus semelhantes, a se entredevorarem no ódio. Tentou apaziguá-los e voltaram-se contra ele.

Transformado em porco, perdeu o sossego. Levava o tempo fossando o chão lamacento. E ainda tinha que lutar com os companheiros, sem que, para isso, houvesse um motivo relevante.

Imaginou, então, que fundir-se numa nuvem é que resolvia. Resolvia o quê? Tinha que resolver algo. Foi nesse instante que lhe ocorreu transmudar-se no verbo *resolver*.

E o porco se fez verbo. Um pequenino verbo, inconjugável. Entretanto, o verbo *resolver* é, obviamente, a solução dos problemas, o remédio dos males. Nessa condição, não teve descanso, resolvendo assuntos, deixando de solucionar a maioria deles. Mas, quando lhe pediram que desse um jeito em mais uma briga familiar, recusou-se:

— Isso é que não!

E transformou-se em dromedário, esperando que beber água o resto da vida seria um ofício menos extenuante.

A madrugada ainda nos encontrou no alto da serra. Espiei pela última vez o povoado, sob a névoa da garoa que caía. Perdera mais uma jornada ao procurar nas montanhas refúgio contra as náuseas do passado. De novo, teria que peregrinar por terras estranhas. Atravessaria outras cordilheiras, azuis como todas elas. Alcançaria vales e planícies, ouvindo rolar as pedras, sentindo o frio das manhãs sem sol. E agora sem a esperança de um paradeiro.

Alfredo, enternecido com a melancolia que machucava os meus olhos, passou de leve na minha face a sua áspera língua. Levantando-me, puxei-o pela corda e fomos descendo lentamente a serra.

Sim. Cansado eu vim, cansado eu volto.

Marina, a Intangível

> *Quem é esta que vai caminhando como a aurora quando se levanta, formosa como a lua, escolhida como o sol, terrível como um exército bem ordenado?*
>
> (Cântico dos Cânticos, VI, 10)

Antes que tivesse tempo de gritar por socorro, o silêncio me envolveu. Nem mesmo ouvia o bater do coração. Afastei da minha frente a Bíblia e me pus à espera de alguma coisa que estava por acontecer. Certamente seria a vinda de Marina.

Agoniado pela ausência de ruídos na sala, levantei-me da cadeira e quis fugir. Não dei sequer um passo e tornei a assentar-me: eu jamais conseguiria romper o vazio que se estendera sobre a madrugada. Os sons teriam que vir de fora.

Afinal, duas pancadas longas e pesadas, que a imobilidade do ar fez ganhar em volume e nitidez, ressoaram, aumentando os meus sombrios pressentimentos. Vinham da capela dos capuchinhos, em cuja escadaria eu sempre me ajoelhava, a caminho do jornal.

Como persistisse o meu desamparo, balbuciei uma oração para Marina, a Intangível. A prece ajudou-me a reprimir a angústia, porém não me libertou da incapacidade de cumprir as tarefas noturnas.

Sem me impressionar com o fato de a capela não possuir relógio, apertei a cabeça entre os dedos, procurando me concentrar nas minhas obrigações diárias. A cesta, repleta de papéis amarrotados, me desencorajava.

Movia-me, desinquieto, na cadeira, olhando com impotência as brancas folhas de papel, nas quais rabiscara umas poucas linhas desconexas. Além da sensação de plena inutilidade, o meu cérebro seguia vazio e não abrigava nenhuma esperança de que alguém pudesse me ajudar.

Para vencer a esterilidade, arremeti-me sobre o papel, disposto a escrever uma história, mesmo que fosse a mais caótica e absurda. Entretanto, o desespero só fez crescer a dificuldade de expressar-me. Quando as frases vinham fáceis e enchia numerosas laudas, logo descobria que me faltara o assunto. Escrevera a esmo.

Inventei várias desculpas para explicar a minha inesperada inibição. Culpei o silêncio da madrugada, a falta de colegas perto de mim. Não me convenci: e nos outros dias? Eu era o único jornalista destacado para o plantão da noite. Sendo o jornal um vespertino, logicamente só ocupava os seus redatores na parte da manhã.

Tentei ainda persuadir-me de que, escrevendo ou não, o resultado seria o mesmo. O redator-chefe nunca aproveitava, na edição do dia, os meus artigos e crônicas, nem deixava determinadas as tarefas que eu deveria cumprir. Para suprir essa desagradável omissão, restava-me inventar, a procurar, ansioso, em velhos papéis, a matéria que iria utilizar nas minhas reportagens. Já abordara, em trabalhos extensos, os menores detalhes do trajeto que, ordinariamente, fazia entre a minha casa e o jornal, sem me esquecer de falar (com ternura) do nosso jardim. Um pequenino jardim, em forma de meia-lua, com algumas roseiras e secas margaridas.

Muito antes de ouvir o surdo rumor das pancadas, a expectativa me enervava. Não mais podia esperar. Que surgisse o que ameaçava vir! A qualquer momento poderia ser arrastado da cadeira e atirado ao ar. A ação da gravidade estava prestes a ser rompida.

De novo abri a Bíblia. Agora menos intranquilo. O silêncio se desfizera e, mesmo sabendo que as horas eram marcadas por um relógio inexistente, tinha a certeza de que o tempo retomara o seu ritmo. (Isso era importante para mim, que não desejava ficar parado no tempo.)

Poucas páginas havia lido e descobri o assunto procurado. Iria falar do mistério de Marina, a Intangível, também conhecida por Maria da Conceição. (Mudou de nome ao fugir de Nova Lima com o namorado. Jamais lhe teve amor. Dizem que ele, um velho soldado, carregava no peito centenas de cicatrizes de numerosas revoluções. Nunca foi promovido.)

A alegria de ter encontrado com facilidade a frase que abriria o pequeno ensaio não durou muito. Quando ia escrevê-la, fugiu-me da pena.

Abri a janela, que dava para o jardim, a fim de sentir melhor o perfume das rosas. Talvez elas me ajudassem.

Porém, ao descerrar as venezianas, deparei com a fisionomia de um desconhecido. Rapidamente afastei os olhos noutra direção. Aquela cara me incomodava. Toda ela era ocupada por um nariz grosso e curvo. Tornei a observar o intruso e vi que me olhava com insistência.

Sem alterar o semblante ou mover os músculos da face, disse-me:

— Recebi o seu recado, José Ambrósio. Aqui estou.

Imobilizei-me ao contemplar-lhe o rosto sem movimento, a cabeça desproporcionada, tomando boa parte do espaço da janela.

Recuperando-me do espanto que a sua presença me trouxera, retruquei com vigor:

— Não o conheço, nem disponho de tempo para atendê-lo.

Em seguida, fiz-lhe um sinal para se afastar. A sua figura desajeitada e estranha atormentava-me, impedia que tentasse elaborar um novo texto.

Penso que interpretou o meu gesto como um convite para entrar, pois deu umas passadas miúdas e penetrou na sala pela porta principal.

Deteve-se a alguns passos da minha escrivaninha e continuou a encarar-me. O corpo franzino, vestido de brim ordinário, o nariz imenso, a face plácida. (Uma nova ideia emergia do meu pensamento e desisti de concretizá-la, adivinhando que ele jamais permitiria que ela se efetivasse.)

Sabendo ainda que naquela madrugada nenhuma das obrigações seria cumprida, afastei de perto de mim as folhas de papel, dispondo-me a ouvi-lo.

— São versos para publicar. Os que você me encomendou.

— Nada lhe encomendei. Por favor, afaste-se, tenho um trabalho urgente a terminar.

— Encomendou-me sim. Talvez não se recorde porque o pedido que me fez é anterior à sua doença.

Descontrolei-me, ouvindo tão cretina afirmação. Eu, doente?! O melhor seria encerrar o assunto e cortar de vez o nosso diálogo:

— Toda e qualquer modalidade poética foge à linha do jornal. Se nem os meus artigos, que são mais importantes, ele publica!

Já nervoso, irritado com o meu incompreensível interlocutor, saltei da cadeira:

— Morra a poesia, morram os poetas!

Avancei enfurecido, com a intenção de pegá-lo pelo pescoço. Ao menos aquele poeta eu mataria.

Ele afastou-se devagar, a cara impassível, sem demonstrar medo ante a ameaça. À medida que eu me aproximava, o homenzinho recuava cauteloso, até que as suas costas encontraram a parede. Acuado, tentou o último recurso para me comover:

— São versos para Marina, a Intangível.

Caí de joelhos.

Tínhamos que publicar o poema. Mas como? Passei amistosamente o braço pelo ombro do poeta e outra vez lhe esclareci que os meus superiores jogavam fora tudo o que, à força de penosa elaboração, eu escrevia noite adentro.

Não pareceu dar importância ao meu argumento e disse estar em nossas mãos afastar quantos empecilhos encontrássemos. Desde que havia desinteresse pela publicação, nós mesmos nos encarregaríamos de fazê-la. Seria uma edição extraordinária do vespertino, toda ela dedicada a Marina.

— E o pessoal para compor e imprimir o tabloide? — indaguei.

— Essa parte também ficará a nosso cargo.

Achei boa a ideia, apesar de saber que o jornal não possuía linotipos, impressora, e eu nada entendia de composição gráfica.

Pra ganhar tempo, pedi-lhe que me mostrasse os versos.

— Não os tenho aqui nem em parte alguma.

— Como poderemos imprimi-los, se não existem?
— Você os escreverá.
— Mas se eu apenas faço poemas bíblicos?
— São exatamente esses os que eu desejo. A existência de Marina está neste trecho dos *Cânticos*: "Eu vos conjuro, filhas de Jerusalém, que, se encontrardes o meu amado, lhe façais saber que estou enferma de amor".
— Mesmo assim, não sei como escrevê-los.
— Vá me olhando e escrevendo — ordenou.

E começou a fazer gestos com as mãos. Gestos vagarosos que, ritmadamente, lhe cobriam e descobriam a face plácida, imóvel.

Não pude traduzir os movimentos todos, entretanto — coisa estranha — sentia que o poema de Marina poderia estar nascendo. Lindos e invisíveis versos!

— Estão prontos — declarou com firmeza. — Agora é só compô-los.

Mirei o papel sem uma linha escrita, porém não tive coragem de contradizê-lo e o segui, casa adentro, em direção aos fundos do prédio.

Atravessamos algumas portas. Eu, com a lauda em branco nas mãos, andando devagar, procurava uma desculpa para lhe mostrar a impossibilidade de se editar extraordinariamente o jornal.

Ao chegarmos à velha cozinha, o último cômodo da casa, que dava acesso ao quintal, empurrei para trás o companheiro e gritei:

— É uma estupidez caminharmos mais. Não temos oficinas e este papel é uma odiosa mistificação!

— Os versos de Marina prescindem de máquinas — respondeu, afastando-me para o lado.

A minha capacidade de reagir se esgotara. Em silêncio, acompanhei-o ao terreiro.

— Traga as rosas — exigiu, logo que chegamos perto de uma mangueira.

Desanimado de formular uma objeção, a me roer o íntimo, fui buscá-las e as entreguei. Estava arrasado. Nem as flores, que nunca eram apanhadas e se desfolhavam ao sabor do tempo, escapavam à virulência do desconhecido. E eu, fraco, entregava-me aos seus caprichos.

Ele as foi desfolhando com certa lentidão, muito compenetrado do trabalho. Rasgou as pétalas, pela metade, e colocou-as no chão. Formou palavras que não cheguei a decifrar e, em voz baixa, concluiu:

— Os primeiros cantos são feitos de rosas despetaladas. Lembram o paraíso antes do pecado.

— E os últimos? — indaguei aflito.

— Inexistem — respondeu, continuando a espalhar as pétalas.

Não podiam deixar de existir, pensava eu, agoniado.

Alheio à minha ansiedade, o poeta prosseguia na sua tarefa. Decorrido algum tempo, murmurou:

— Só falta o girassol.

Percebi que chegara o momento de reagir com violência. (Primeiro foram as rosas, jamais tocadas por alguém. Agora os girassóis, que não existiam e nem podiam ser desfolhados!) Investi contra ele, disposto a partir-lhe os ossos. Sem recuar, levantou os braços, curtos e descarnados, para o alto: tocaram os sinos. Solenes e compassados.

Vieram os padres capuchinhos. Galgaram, ágeis, o muro, soprando silenciosas trombetas. (Dez muros tinham saltado e ainda teriam que saltar dez.) Um pouco atrás, vinha a Filarmônica Flor-de-Lis, com os pistonistas envergando fardas vermelhas. Tocavam os seus instrumentos separadamente e sem música. Simplesmente soprados. Encheram a noite de sons agudos, desconexos, selvagens.

O coral dos homens de caras murchas veio em seguida. Seus componentes escancaravam a boca como se desejassem cantar e nenhum som emitiam. Um deles, vestido de sacristão, carregava o relógio da capela dos capuchinhos.

Nem cheguei a me alegrar, constatando-lhe a existência, porque, num andor forrado de papel de seda, surgiu Marina, a Intangível, escoltada por padres sardentos e mulheres grávidas. Trazia no corpo um vestido de cetim amarfanhado, as barras sujas de lama. Na cabeça, um chapéu de feltro, bastante usado, com um adorno de pena de galinha. Os lábios, excessivamente pintados, e olheiras artificiais muito negras, feitas a carvão. Empunhava na mão direita um girassol e me olhava com ternura. Por entre o vestido rasgado, entrevi suas coxas brancas, benfeitas. Hesitei, um instante, entre os olhos e as pernas. Mas os anjos de metal me prejudicaram a visão, enquanto as figuras começaram a crescer e a diminuir com rapidez. Passavam velozes, pulando os muros, que se estendiam continuamente, ao mesmo tempo que os planos subiam e baixavam.

Eu corria de um lado para outro, afobado, arquejante, ora buscando os olhos, ora procurando as coxas de Marina, até que os gráficos encerraram a procissão. Os linotipos vinham voando junto aos obreiros, que compunham, muito atentos ao serviço. Letras manuscritas e garrafais. Os impressores, caminhando com o auxílio de compridas pernas de pau, encheram de papel o quintal.

O cortejo passou em segundos, e os muros, que antes via na minha frente, transformaram-se num só. Quis correr, para alcançar o andor que levava Marina, porém os papéis, jogados para o ar e espalhados pelo chão, atrapalharam-me.

Quando deles me desvencilhei, encontrava-me só no terreiro e nenhum som, nenhum ruído se fazia ouvir. Sabia, contudo, que o poema de Marina estava composto, irremediavelmente composto. Feito de pétalas rasgadas e de sons estúpidos.

Os três nomes de Godofredo

> As sombras cobrem a sua sombra, os salgueiros da torrente o rodearão.
>
> (Jó, XL, 17)

Ora, aconteceu que vislumbrei uma ruga na sua testa.

De uma data que não poderia precisar, todos os dias, ao almoço e ao jantar, ela sentava-se à minha frente na mesa onde por quinze anos seguidos fui o único ocupante.

Ao me certificar da sua constante presença, considerei o fato perfeitamente natural. O lugar não me pertencia por nenhum direito e além do mais minha vizinha nada fazia que me importunasse. Nem sequer me dirigia a palavra. Também o seu comportamento durante as refeições era discreto, alheio a qualquer ruído que chamasse a atenção.

Naquela noite, porém, sentia-me desinquieto, incomodado por desconhecer os motivos da sua preocupação. Já me dispusera a abandonar a mesa, convencido de que assim a minha companheira ficaria à vontade. Talvez estivesse atribulada e desejasse ficar só. Entretanto, percorrendo com os olhos o recinto, notei serem numerosos os lugares vagos, o que não deixava de ser comum no restaurante, cuja frequência era muito reduzida. Fiquei aborrecido e achei um desaforo ter que sair dali quando a moça poderia fazer o mesmo. E por que viera sentar-se justamente a meu lado?

Vencida a irritação e acreditando ser pouco educado alimentar semelhantes pensamentos, resolvi abandonar a mesa. Afinal, como eu, ela poderia preferir justamente aquela.

Virei-me para a jovem e lhe perguntei se não levaria a mal se eu mudasse de lugar.

A indiferença dela ante um gesto, que eu pensava ser o mais delicado possível, me decepcionou. Fiz-lhe um rápido cumprimento com a cabeça e me dirigi para a extremidade oposta da sala.

Tão logo me acomodei noutra cadeira, nova surpresa me aguardava: a mulher caminhava em minha direção, com o evidente propósito de voltar para perto de mim. Ao mesmo tempo, alegrei-me vendo que a ruga desaparecera de sua testa e me repreendi por não me ter ocorrido antes a ideia de escolher um lugar melhor, que fosse do agrado da minha companheira.

Passava-se, contudo, algo que eu ainda não conseguira entender: seria ela minha convidada naquela noite? E nos dias anteriores?

Insatisfeito com as dúvidas que me ocorriam, indaguei meio constrangido:

— Eu a convidei para o jantar, não?

— Claro! E não havia necessidade de um convite formal para me trazer aqui.

— Como?

— Bolas, desde quando se tornou obrigatório ao marido convidar a esposa para as refeições?

— Você é minha mulher?

— Sim, a segunda. E preciso lhe dizer que a primeira era loura e que você a matou num acesso de ciúmes?

— Não é necessário. (Já ficara bastante abalado em saber do meu casamento e não desejava que me criassem o remorso de um assassinato do qual não tinha a menor lembrança.) Gostaria somente de esclarecer se somos casados há muitos anos.

Um tanto forçada, querendo divertir-se comigo, retrucou:

— É uma história bem antiga. Nem me lembro mais.

— E temos dormido juntos? — insisti, à espera de que, a qualquer momento, se desfizesse o equívoco e, aliviado, verificasse que tudo decorria de uma farsa bem engendrada.

A resposta me desiludiu:

— Que bobagem! Sempre dormimos juntos.

Não restava muito a perguntar, mas continuei:

— Você poderia me dizer quando nos conhecemos?

A minha insistência não a contrariou e acho que se sentiu bem-humorada com o meu crescente embaraço:

— Lembro-me apenas de que não foi na primavera, época dos meus gerânios.

Precisava saber tudo, apesar de estar capacitado da inutilidade de alongar o interrogatório:

— A minha primeira mulher não se enciumava com a nossa camaradagem?

— Absolutamente. (E não era simples camaradagem.) Você, sim, é que se ressentia por qualquer coisa, sabendo — como ninguém — da fidelidade dela. Deve tê-la matado por essa mesma razão.

— Não me fale do crime — pedi, agarrando-lhe o rosto, um rosto macio e fresco. Contemplei os seus olhos, castanhos e meigos. Achei-a linda. Cauteloso, temendo ser repelido, acariciei as suas pequeninas mãos: — Pensei que fosse uma sombra.

— Tolice, João de Deus! Por que seria eu uma sombra?

— É que, ultimamente, não converso com ninguém nem reparo nas pessoas. Daí a razão da minha demora em aceitar a sua presença.

Parei um pouco. Olhei para os lados e vi que estávamos sós na sala. Mesmo sabendo que o restaurante fechava cedo, retomei o diálogo:

— O meu constante silêncio não a entediava?

— De maneira alguma, você nunca deixou de conversar comigo.

Tornei a fixar os olhos nela: diabólica era a sua beleza. Tão bela que me tirou a vontade de renovar as objeções.

Esperei que terminasse o jantar e indaguei para onde íamos.

— Para a nossa casa, creio.

Confesso que tive curiosidade de saber se a nossa casa seria diferente da minha. Não me recordava exatamente do seu aspecto e fiquei em dúvida se poderia localizá-la.

Em frente ao prédio, que minha companheira assegurava ser o nosso, eu hesitava:

— Tem certeza de que é aqui, Geralda?

Ela balançou a cabeça afirmativamente, porém não dei importância ao gesto. Preocupava-me unicamente em descobrir como conseguira adivinhar-lhe o nome, pois estava certo de tê-lo pronunciado pela primeira vez naquele exato instante.

Aberta a porta de entrada, dissiparam-se as minhas dúvidas: o meu sobretudo de gola de peles encontrava-se em cima do sofá. Apenas me perturbavam certos detalhes que antes não observara. Os móveis, embora antigos, eram sóbrios, enquanto os quadros, mal distribuídos pelas paredes, destoavam pelo mau gosto. E havia flores por toda a parte.

Geralda, em silêncio, acompanhava sem estranheza as minhas sucessivas descobertas.

Esgotada a curiosidade, lembrei-me da minha esposa. Desajeitado e incerto se me comportava bem, estendi minhas mãos para trazê-la de encontro a mim. Pálida, os cabelos negros, os olhos grandes, ela permanecia sorridente no centro da sala, esperando que eu a abraçasse. A emoção, somada a um temor inexplicável, me conteve momentaneamente. Não me foi possível, entretanto, controlar o instinto a exigir a posse daquela mulher que se oferecia integral aos meus braços. Para ela avancei, procurando-lhe a boca. Beijei-a com sofreguidão, sentindo um sabor novo, como se fosse a primeira fêmea que beijava.

Somente quando entrevi um bocejo nos seus lábios, dei conta de que era tarde. E fomos dormir.

Por instantes, achei estranho que Geralda me acompanhasse em direção ao quarto. Logo percebi que me preocupava sem necessidade: a cama era de casal e tinha dois travesseiros. Na nossa frente estava uma penteadeira com diversos objetos de uso feminino.

Ela começou a despir-se e, encabulado, eu não sabia se me retirava ou se vestia o pijama ali mesmo. Por culpa da indecisão ou pela beleza das suas pernas, faltou-me a iniciativa e permaneci parado no meio do aposento.

Vendo-a acomodada no leito, assentei-me na beirada da cama e fui me desembaraçando das roupas.

Já deitado, sentindo o calor daquele corpo, veio-me intensa sensação de posse, de posse definitiva. Não mais podia duvidar de que ela fora sempre minha.

Baixinho, quase sussurrando, lhe falei longamente, os seus cabelos roçando no meu rosto.

Os meses se aligeiravam e evitávamos sair de casa. (Não desejava que outros presenciassem a nossa intimidade, os meus cuidados com ela.)

Loquaz, alegre, eu agora gostava de vê-la comer aos bocadinhos, mastigando demoradamente os alimentos. Às vezes me interrompia com uma observação ingênua:

— Se a Terra roda, por que não ficamos tontos?

Longe de me impacientar, dizia-lhe, em resposta, uma porção de coisas graves, que Geralda ouvia com os olhos arregalados. No final, me lisonjeava com um descabido elogio aos meus conhecimentos.

Não tardaram a se acomprir os dias, tornando rotineiros os meus carinhos, criando o vácuo entre nós, até que me calei. Ela também emudeceu.

Restava-nos o restaurante. Para lá nos dirigimos, guardando um silêncio condenado a dolorosa permanência.

O rosto dela passou a aborrecer-me, bem como o reflexo do meu tédio no seu olhar. Enquanto isso, despontava em mim a necessidade de ficar só, sem que Geralda jamais me largasse, seguindo-me para onde eu fosse. Nervoso, a implorar piedade com os olhos, não tinha suficiente coragem de lhe declarar o que passava no meu íntimo.

Uma tarde, olhava para as paredes sem nenhuma intenção aparente e enxerguei uma corda dependurada num prego. Agarrei-a e disse para Geralda, que se mantinha abstrata, distante:

— Ela lhe servirá de colar.

Nada objetou. Apresentou-me o pescoço, no qual, com delicadeza, passei a corda. Em seguida puxei as pontas. Minha mulher fechou os olhos como se estivesse recebendo uma carícia. Apertei com força o nó e a vi tombar no assoalho.

Como fosse hora de jantar, maquinalmente, rumei para o restaurante, onde procurei a mesa habitual. Sentei-me distraído, sem que nada me preocupasse. Pelo contrário, envolvia-me doce sensação de liberdade. Ainda não escolhera o prato e senti um calafrio: na cadeira defronte à minha acabava de assentar-se uma jovem senhora que, não fossem os cabelos louros, juraria ser minha esposa. A semelhança entre elas me assombrava. Os mesmos lábios, nariz, os olhos, o modo de franzir a testa.

Passada a perplexidade, resolvi esclarecer a desagradável situação:

— É você, Geralda? (Perguntei mais para puxar conversa do que para receber uma resposta afirmativa. Minha mulher tinha os cabelos negros e um dente de ouro.)

— Não. Sou a sua primeira esposa, a segunda você acaba de matar.

— Sim, já sei. Matei-a num acesso de ciúmes...

— E poderia ser de forma diferente, meu pobre Robério?

— Robério?! (Em tempo algum me conheceram por esse nome. Havia um erro, um tremendo engano em tudo aquilo.)

Procurei recuperar a calma, a fim de desfazer o mal-entendido:

— Tudo passou, Joana. Chamo-me Godofredo.

— Engana-se, Robério, não lhe virá o esquecimento.

— Quem disse que não virá? — retruquei, agressivo, impaciente com a teimosia dela.

Ela ignorou a minha rispidez. Fria, irritantemente tranquila, me provocava:

— Pode gritar, o restaurante está vazio.

— E por que está vazio? — indaguei, áspero, elevando ainda mais a voz.

Joana sabia da inutilidade de explicar, mas respondeu, tentando disfarçar a piedade:

— Somente nós dois frequentamos este restaurante que papai comprou para você.

— Nada pedi a seu pai, nem sabia da existência dele. Ao diabo com vocês dois!

Entre a náusea e o medo, levantei-me apressado. Alcancei rápido o passeio e saí correndo sem ter noção do que iria fazer.

Só me detive frente ao portão de casa. Fechei-o com o cadeado e tranquei, por dentro, a porta de entrada. Ainda não guardara as chaves no bolso, quando me lembrei do cadáver de Geralda. Pensei em retroceder e me contive: diante de mim, parada no vestíbulo, encontrava-se uma mulher bastante parecida com as minhas outras esposas. Tinha os cabelos alourados de Joana e se distinguia das duas por ter, além das sobrancelhas arqueadas, um anel de ametista no dedo anular.

Envolveu-me uma aflição desesperante. Abri os braços para ela, que neles se aconchegou, colando o corpo bem rente ao meu. Levei as mãos ao seu pescoço e apertei-o.

Ficou estendida no tapete e prossegui até a copa. Mal penetrara na saleta, assustei-me: na cabeceira da mesa, posta para o jantar, uma jovem de rara semelhança com Joana e Geralda sorria.

— Naturalmente você é a minha quarta esposa?

— Não, João de Deus, somos apenas noivos — disse, indicando-me um lugar à sua esquerda.

— Minha noiva?! — Espantado, perguntei se vivíamos juntos há muito tempo.

— Moro sozinha desde a morte de meus pais. Você acaba de chegar e é meu hóspede. Após o casamento, iremos residir na sua cidade.

A fita de veludo, que prendia um medalhão antigo ao pescoço de Isabel, me fascinou por alguns segundos. Desviei os olhos para o prato, já servido, e percebi que perdera a fome. Ao levantar de novo a cabeça, ocorreu-me formular algumas perguntas, possivelmente as mesmas que fizera à minha segunda mulher, naquela noite, no restaurante. Desisti, preocupado em redescobrir uma cidade que se perdera na minha memória.

Memórias do contabilista
Pedro Inácio

Marcela amou-me durante quinze meses e onze contos de réis.
(Machado de Assis,
Memórias Póstumas de Brás Cubas)

Se te fatigaste em seguir, correndo, os que iam a pé, como poderás competir com os que vão a cavalo?

(*Jeremias*, XII, 5)

1 Ah! o amor.
O amor de Jandira me custou sessenta mil-réis de bonde, quarenta de correspondência, setenta de aspirina e dois anos de completo alheamento ao mundo. Fora cinquenta por cento de meus cabelos e as despesas com os clínicos que, erroneamente, concluíram ser hereditária a minha calvície.

Mas os médicos que procurei nada entendiam de alma e nem eu, tampouco, conhecia suficientemente a minha família.

Só mais tarde descobri o erro deles. Foi Dora, uma espanholinha cor de lírio, que gostava de dança clássica e mascar chicletes, quem me revelou a origem de meu mal.

2 Como os bons remédios, Dora me ficou barato. Algumas dúzias de chicletes, cinco bilhetes de festivais de caridade, onde — devo confessar — ela dançou divinamente; uma caixa de orquídeas e apenas dois envelopes de aspirina. Tudo por oitenta mil-réis.

Em troca dessa ridícula quantia, fiquei conhecendo a história de meus ancestrais, o motivo da minha irresistível atração pelo amor e pela contabilidade.

Antes não soubesse que o meu sentimentalismo era hereditário! Não teria adquirido essa obsessão de consultar alfarrábios e viver vasculhando árvores genealógicas.

Deste-me, inefável Dora, o ofício mais cansativo do mundo.

3 Porém a minha mania de escrever não nasceu dos movimentos graciosos e harmônicos do corpo de Dora. Não. Teve origem no meu noivado com Aspásia. (Como é dispendioso um noivado! Até hoje não sei em quanto me ficou esse meu desafortunado romance.) Ou, melhor, a culpa também não coube a minha noiva, como por muito tempo me pareceu. Mas a certo antepassado, um alentejano beberrão, que chegou a escrever dez volumes sobre a utilidade das bebidas espirituosas e seis sobre a não hereditariedade do vício alcoólico.

Para maior entendimento destas memórias, devo ainda esclarecer que esse meu ancestral, José Antônio da Câmara Bulhões e Couto, morreu de desgosto ao descobrir que dois de seus bisavós tinham falecido em consequência de cirrose hepática. Não resistiu à derrocada de suas teorias e criou, assim, uma lamentável exceção entre os da minha honrada estirpe: foi seu único membro que não desapareceu vitimado pelo amor.

4 Quem chegar a ler estas páginas poderá pensar que estou exagerando. Todavia, incorrerá em erro. Os desatinos amorosos dos meus antepassados chegaram a tal ponto que um deles, Basílio da Câmara Bulhões e Couto, piedoso bispo, cujos milagres cronistas portugueses, os mais sérios, registram, faleceu em virtude de uma paixão. Isso se deu quando, vindo das Índias, de volta a Portugal, o navio em que viajava foi assaltado por piratas chineses, que levaram a tripulação e passageiros para a China. Nesse país, o virtuoso bispo, por uma dessas enigmáticas circunstâncias que só o diabo pode explicar, veio a se apaixonar por uma chinesa excepcional. Excepcional porque comia arroz com as mãos, em vez de com os clássicos pauzinhos.

Pobre bispo! Ele que tantos milagres fizera não conseguiu que a anticonvencional chinesinha lhe dedicasse uma parcela sequer de seu meigo coração oriental.

E numa tarde brumosa — a descrição vai por conta da minha imaginação —, entre juncos, papoulas e flores de lótus, faleceu murmurando o nome da paganíssima Lu-chu-tzé. (Que em paz esteja a sua alma, que a do meu tio padre por certo está.)

5 Mas de todos os Bulhões o mais notável foi o meu tataravô Pedro Inácio, cujo nome herdei.

Um lírico, o meu tataravô Pedro Inácio! Usava fraque, monóculo, e todas as tardes reunia os escravos da fazenda para ouvi-lo recitar os clássicos franceses. E tamanha era sua estima pelas artes que a seus escravos deu nomes de pintores, músicos e poetas.

Quando moço, foi o maior conquistador de nossa terra. Casado, cedeu o lugar a seu irmão Acácio.

A morte da esposa, porém, fez renascer nele a chama amorosa da mocidade. Sem atentar para a velhice já se aproximando, vivia a peregrinar pelas fazendas de seus filhos e sobrinhos, tentando em vão conquistar noras e sobrinhas.

Certa ocasião, pernoitando em uma fazenda de parentes, onde moças bonitas e alegres passavam as férias, coincidiu que o quarto dado ao meu avô Pedro Inácio ficasse junto de um dos ocupados por aquelas. E como as paredes dos aposentos não chegassem até o teto, alta noite, ele as escalou. Contudo, não logrou sucesso em seu intento. Não contara com uma despensa estreita que separava seu quarto do das moças.

No dia seguinte, encontraram-no morto, vitimado por uma fratura na espinha. Morrera gloriosamente, buscando o amor, entre queijos e cebolas.

6 Seu irmão Acácio, entretanto, não se casou. Tinha um aguçado instinto de viajante que o levava a perseguir as mulheres aonde quer que elas fossem.

Em determinada época, passou pela cidade uma companhia de óperas, cuja prima-dona distinguia-se pelo encanto e invulgar beleza. E lá se foi o tio Acácio, companhia e tudo.

Percorreu vários países, assistiu a mil e tantas representações, aplaudindo com entusiasmo crescente a sua bela amante.

Mas como lhe acabasse o dinheiro e já se tornassem raros seus presentes em moeda e joias, a mulher abandonou-o em Roma. Lá morreu, não se sabe se de fome ou paixão. Os da minha família preferem que em razão desta última, pois Acácio é para eles um belo exemplo de fidelidade sentimental. Além de belo, o único que conheceram entre seus componentes.

* * *

7 Tio Paulo, o mais moço dos irmãos do avô Pedro Inácio, preferia jogar damas, contar anedotas picantes e dar beliscões nas nádegas das escravas. Por limitar suas conquistas ao elemento africano e a sua cultura a histórias frascárias, foi sumariamente banido da crônica de nossa família.

Todavia, não se envergonharam os seus irmãos, quando da partilha da herança paterna, de o lesarem, dando-lhe, em vez das melhores terras, as melhores negras.

Nem por isso sentiu-se espoliado e repetia sempre aos que lhe insinuavam o contrário:

— Sou grato a meu pai pelo gosto apurado em escolher as escravas e a meus irmãos por não lhe reconhecerem essa qualidade.

Atacado por terrível moléstia (por que não dizer lepra?), que aos poucos lhe arruinava o físico e já sem recursos para tratar-se, preferiu alforriar as escravas a vendê-las. Estas, por seu turno, não o abandonaram e até a sua morte proveram o sustento dele.

Próximo à agonia, assistido pelas devotadas mulheres, balbuciava continuamente:

— O outro mundo não me assustaria tanto se me garantissem ser negras as onze mil virgens de Maomé.

8 Deus meu! Não terminarei minhas memórias. O homem põe e seus antepassados dispõem. Acabo de fazer uma descoberta espantosa: não sou filho de meu pai, nem de minha mãe!

Tomei conhecimento dessa incômoda revelação por acaso, dias atrás, quando discutia as minhas teorias sobre a hereditariedade com o médico que assistiu o parto da minha suposta mãe. Disse-me, num momento em que ele não conseguia contestar meus argumentos, que eu apenas substituíra um aborto.

Como a minha mãe verdadeira não tivesse sobrevivido ao

meu nascimento — explicou-me o médico — e fosse difícil saber, entre tantos homens que frequentavam a sua casa, qual seria meu pai, trocaram-me pelo feto da minha mãe adotiva.

Maldita revelação! Agora não posso mais saber a causa da minha vocação para o amor e a razão da minha calvície. E só de pensar que nos meus estudos genealógicos gastei seis contos, duzentos e trinta e cinco mil e quinhentos réis, sinto vontade de destruir o mundo.

Resta-me somente um consolo: a queda das minhas teorias não beneficiará meus clínicos. Entre os dez indivíduos que o doutor Damião afirma estar o meu pai, não há um calvo sequer.

9 Acabo de me reconciliar com o mundo. Dora, que no início destas memórias, erradamente, julguei ter-me custado apenas oitenta mil-réis (não sabia naquela época em quanto ficariam as minhas pesquisas genealógicas), surgiu ontem, aos meus olhos, numa esquina. Há dois anos não a via. E foi com surpresa que a encarei, vendo-a na minha frente, a ostentar uma gordura exagerada naquele corpo que um dia pertencera a um cisne.

Não pude conter a piedade ao vê-la gorda e flácida, sem a antiga harmonia de movimentos, sem a graciosidade de formas. Nem mesmo no olhar trazia aquela ternura de lírios, que tanto bem fazia aos que dela se aproximavam.

Conversamos pouco, o bastante para saber que retornava de um sanatório, onde deixara encerrado todo o sonho de levar a existência bailando para os homens.

10 Ao chegar a casa, senti remorsos de não ter consolado Dora, de não lhe ter falado ternamente que também sou demasiado infeliz.

Mas durante os poucos minutos que conversamos, nada disso pude dizer-lhe, porque o esforço de conter, a todo custo, uma pergunta que desejava fazer-lhe não me permitiu. Foi uma tarefa dura a de refrear minha curiosidade em saber quanto lhe custara a estada no sanatório, talvez bem mais do que meus estudos de genealogia.

Bruma (a estrela vermelha)

E toda a ilha fugiu, e os montes não foram encontrados.
(Apocalipse, XVI, 20)

Não era apreensão. Simples rancor. Bastava vê-los sair, encaminharem-se ao campo, para que o ódio me transtornasse:

— Você o põe louco, Bruma!

Ela nunca respondia. Passava os braços pela cintura do meu irmão e afastavam-se rápidos.

Na hora do almoço, Og chegava correndo, ansioso por contar-me detalhes de novos astros que vira durante o passeio. A qualquer demonstração de dúvida de minha parte, ele apelava para o testemunho de Bruma:

— Não era uma linda estrela? Tão vermelha que parecia o sol!

— Pois era mesmo o sol, seu imbecil! — retrucava eu, irritado com a morbidez da sua imaginação.

Ela discordava. Com o mais meigo dos gestos e exibindo

uma compreensão que atingia diretamente os meus nervos, pedia-me que acreditasse nele.

Tínhamos que discutir asperamente todas as manhãs, após os enervantes giros dos dois pela várzea da fazenda. Og, jurando ter divisado astros azuis, verdes, amarelos, rubros, enquanto eu, cada vez mais convencido de que era Bruma que lhe enfiava aquelas tolices na cabeça, exaltava-me:

— Não existem.

Ele insistia:

— Você ainda os verá, Godô.

— Godô, não, sua anta! Godofredo!

Jamais se magoava com a minha agressividade, se bem que demonstrasse alguma pena por não lhe ser possível convencer-me. Os olhos vagos, distantes, como se dirigisse as palavras aos campos ou aos animais pastando ao longe, prosseguia:

— Como são lindos pela manhã! A violência das cores, no primeiro momento, assusta-nos. Depois, as tonalidades se amaciam, as nossas pupilas absorvem os raios...

— Raios! Só o médico acabará com essa loucura!

Geralmente acompanhava a frase com um murro no rosto dele.

Bruma chamava-me covarde e o conduzia para o interior da casa.

Nem sempre me arrependia das minhas bruscas reações. Mas, constantemente, após os atritos, procurava mamãe e tentava convencê-la da necessidade de levar meu irmão a um psiquiatra.

Ela ladeava o assunto, vencida pelo estranho carinho que dedicava ao filho mais moço.

— Godofredo, você está amando Dora. (Bruma era o apelido de nossa irmã de criação.) Por que você não se aproxima dela, em vez de martirizar Og, que só cuida dos astros?

Mais irritado eu ficava, ouvindo-a falar daquele modo, sem que acreditasse estar agindo sob a inspiração do despeito.

Não amava Bruma. O que me perturbava era o seu corpo. Ao certificar-me, mais tarde, de que há muito uma paixão me rondava, já me encontrava tolhido por sentimentos contraditórios, e nenhum impulso generoso poderia levar-me a confessar um amor que se turvara ao contato do rancor. Em vez de atrair Bruma, conforme aconselhava minha mãe, agarrei-me à ideia de separá-los. E a oportunidade surgiu mais breve do que esperava. Foi na volta de um dos passeios matinais que os dois faziam. Eu estava lendo os jornais, na varanda, e quase não dei pela aproximação de Og, pois, contrariando suas normas de procedimento, entrara silencioso. Caminhava devagar, indo e vindo pela minha frente, até que, não mais se aguentando, entregou-se ao entusiasmo da última descoberta:

— Este tem todas as cores, Godô. É o mais belo que já vi. Olha, olha! — E arrastava-me para fora, apontando o firmamento. Abstive-me de qualquer comentário e apressei-me em chamar por nossa mãe. Levei-a ao terreiro, mal ela me atendeu. Pedi que olhasse o céu, limpo como nunca estivera.

Não foi sem relutância que ela autorizou a ida de Og ao médico. Impossibilitada de negar o progresso da demência do filho, ainda reagia:

— Só consulta, nada de hospício!

Bruma seguiu-nos. Caminhava em silêncio e só na entrada da cidade rompeu o seu mutismo:

— Você sabe que ele não está louco.

No fundo, talvez desejasse me dizer que eu não agia em razão de um impulso fraternal. Mas, por lhe faltar a coragem ou por saber-me ciente do verdadeiro sentido de suas palavras, tergiversava.

Evitei uma resposta direta, que poderia desnudar meus sentimentos, torcendo o rumo da conversa:

— E você, Bruma, consegue ver esse astro?

— Ainda não — respondeu, erguendo a cabeça em direção às grossas nuvens que cobriam o céu.

Alguns quarteirões antes de chegarmos ao edifício, onde iríamos procurar o médico, Og nos deteve:

— Repare, Godô! É impossível que você não o veja. Quantas cores!

Pupilas dilatadas, o rosto transfigurado, Og parecia mesmo contemplar um espetáculo único, que a ninguém mais seria dado ver. Estive para propor o nosso regresso a casa. Controlei-me. Não a avassalante ternura que me tomara. Abracei-o, procurando esconder as lágrimas que desciam:

— Sim, é lindo. Não o perca de vista, que esta será a última vez que você o contemplará.

Barba ruiva, cortada rente, o olhar inamistoso, dr. Sacavém tinha uma fisionomia grave.

Contei-lhe as manias de Og, suas visões, o motivo da consulta. Não o impressionei nem tampouco despertei o interesse dele para as minhas informações. Limitou-se a pedir a meu irmão que falasse dos seus astros prediletos. Og acedeu prontamente ao pedido, satisfeito com o tratamento que lhe dispensavam. Repetiu, com o ardor de costume, as histórias que nos contava diariamente.

Aborrecido com aquele gasto inútil de tempo, aparteei:

— Não acredito em estrelas durante o dia!

Até então calada, Bruma riu:

— Acredita em porcos, não é?

Embora um pouco descontente, ao ver-se interrompido por nós, meu irmão continuou, a voz ligeiramente alteada pelo entusiasmo, a enumerar constelações, contando-lhes os hábitos, cores e formas. Quando chegou a vez do astro policrômico, o psiquiatra demonstrou sádica curiosidade pela narração, numa atitude que julguei indecorosa para um profissional. Parecia mais um astrônomo inexperiente do que um clínico.

Para desfazer certas dúvidas, experimentei a reação do dr. Sacavém:

— Francamente, não entendo o seu método.

A minha intervenção lhe desagradou e respondeu-me rispidamente:

— Entenderá mais tarde quando tratarmos do seu caso.

— Do meu caso?! Então o senhor não percebe que somente um louco pode ver astros coloridos?!

— Não, nada vejo de anormal nisso.

Já mais calmo, limpou os óculos com a gravata e indagou de Bruma se eu reagia sempre daquela maneira — irritado e agressivo.

Por ser afirmativa a resposta, o psiquiatra caminhou para mim, prendendo-me os braços. Examinou-me atentamente e balançou, desalentado, a cabeça.

Libertei-me das suas mãos com um gesto brusco e, correndo, abandonei o consultório.

Minha mãe esperava-me no alpendre da fazenda.

— Ficaram lá e não quero vê-los mais — gritei, subindo a escada.

Abrigando somente duas pessoas, a nossa casa parecia ter ficado maior. Também a quietude crescia lá dentro, onde apenas o olhar de mamãe formulava perguntas. Perguntas que ficavam sem respostas e me obrigavam a escapar para o campo, a vagar pelas estradas. Não ia longe. A lembrança de Bruma feria-me. Tinha a impressão de que, a qualquer momento, surgiria na minha frente. Porque ela havia passado por todos aqueles caminhos e as sebes me falavam dos contornos do seu corpo.

    A resolução veio lenta, conformada em saudade e remorso. E até chegar à cidade não sabia o que desejava fazer. De súbito, tudo se aclarou. Resoluto, tomei a direção do consultório do dr. Sacavém.

    Sentia-me, no entanto, bastante confuso, pois não encontrava o edifício procurado. No lugar em que ele deveria erguer-se havia um lote vago. Parei um instante, a fim de orientar-me. Em vão. Não atinava com outro percurso. A rua era mesmo aquela. Restava informar-me, mas as pessoas a quem recorri não sabiam da existência de prédios com dez andares mencionados por mim. O maior da cidade possuía dois pavimentos. Nem ao menos, entre os cinco médicos do lugar, conheciam um com o nome de Sacavém. Percorri novamente o lugarejo, fiz outras perguntas. Inútil e angustiante busca.

    Voltei ao lote. Sentei-me na grama e me abandonei ao desespero, sabendo que jamais reencontraria Bruma. Sobre os braços, chorei longamente. Ao me levantar, prestes a findar a tarde, estendia-se na minha frente uma estrela vermelha. Pouco a pouco, ela se desdobrou em cores. Todas as cores.

D. José não era

Vinde todos, ajuntai-vos, povos indignos de ser amados.
(Sofonias, II, 1)

Uma explosão violenta sacudiu a cidade. Seguiram-se outras — menores e maiores. Desnorteado, o povo corria de um lado para o outro. Alguém que se conservara calmo no meio de tanta desordem gritou:
— Não é o fim do mundo!
Eliminada a pior hipótese, surgiram novas conjeturas:
— Para um bombardeio, faltavam os aviões.
— Exercícios de artilharia?
— Muito provável — apoiaram alguns, apressados em explicar o mistério.
— E os canhões? — indagaram os mais lúcidos.
Houve quem falasse de uma invasão misteriosa, para em seguida concordarem todos: d. José estava matando a esposa a dinamite.

Os populares hesitaram em aproximar-se do prédio. Após curto silêncio, vários estampidos foram ouvidos. Um vagabundo, que ainda não se emocionara com os acontecimentos, comentou:

— Será que a dinamite foi insuficiente e ele recorreu ao revólver?

Tornaram-se pálidos os rostos e, ansiosos, aguardaram o final do drama.

1 Tragédia?

Não. D. José estava experimentando fogos de artifício.

Ninguém quis confessar o desapontamento nem o gasto inútil de imaginação que, naquela meia hora de terror, fora exagerado nos espectadores.

— Não a matou desta vez, mas ela não escapará de outra. Seu ódio por dona Sofia é incontrolável.

2 D. José odiava alguém?

Calúnia! Amava a mulher, os pássaros e as árvores. Ela, sim, detestava-o, irritava-se com os animais.

Infelicidade conjugal?

Nunca! Os esposos combinavam admiravelmente bem.

Mas, entre os habitantes do lugar, não havia quem acreditasse nisso:

— Ela finge amá-lo somente pelo seu dinheiro.

Estúpidos! D. José era o homem mais pobre da cidade e tinha uma úlcera no estômago.

3 À mais leve contestação, contrapunham-se novas acusações:

— E os meninos, que choram noite adentro, famintos, espancados?

Falso! D. José perdera os filhos (cinco), vítimas da tuberculose. Agora recordava-se deles manipulando um aparelho que imitava o pranto infantil. E comovia muito mais que qualquer choro de criança.

4 D. José falava sempre de um livro que estava escrevendo. Um livro sobre duendes.
Era um fabulista?
Não. Os duendes habitavam a sua própria casa, ao alcance de seus olhos.
Seria a mulher um deles?

5 Um dia encontraram-no enforcado. Disseram imediatamente:
— É só fingimento. O nó está pouco apertado.
— Vejam que cara matreira! Está zombando de nós.
Infâmia! D. José suicidara-se mesmo.
Por quê?
Todo o mundo fingiu não saber.

6 Aos que lhe tomaram a defesa, anos após a sua morte, perguntavam:
— Afinal, o que fazia esse d. José? Se não fumava, não bebia, não tinha amantes?
— Amava o povo.
— E o povo?
— Observava-o com ferocidade.

7 Mais tarde erigiram-lhe uma estátua. Com um dístico: "D. José, nobre espanhol e benfeitor da cidade".

Derradeira mentira. D. José era um pobre-diabo e não possuía nenhum título de nobreza. Chamava-se Danilo José Rodrigues.

A Lua

Seja aquela uma noite solitária, e não digna de louvor.

(Jó, III, 7)

Nem luz, nem luar. O céu e as ruas permaneciam escuros, prejudicando, de certo modo, os meus desígnios. Sólida, porém, era a minha paciência e eu nada fazia senão vigiar os passos de Cris. Todas as noites, após o jantar, esperava-o encostado ao muro da sua residência, despreocupado em esconder-me ou tomar qualquer precaução para fugir aos seus olhos, pois nunca se inquietava com o que poderia estar se passando em torno dele. A profunda escuridão que nos cercava e a rapidez com que, ao sair de casa, ganhava o passeio jamais me permitiram ver-lhe a fisionomia. Resoluto, avançava pela calçada, como se tivesse um lugar certo para ir. Pouco a pouco, os seus movimentos tornavam-se lentos e indecisos, desmentindo-lhe a determinação anterior. Acompanhava-o com dificuldade. Sombras maliciosas e traiçoeiras vinham a meu encontro, forçando-me a enervantes recuos. O invisível andava pelas minhas mãos, enquanto Cris, sereno e desembaraçado, locomovia-se facilmente. Não parasse ele repetidas vezes, impossível seria a minha tarefa. Quando vislumbrava seu vulto, depois de tê-lo perdido por momentos, encontrava-o agachado, enchendo os bolsos internos com coisas impossíveis de serem distinguidas de longe.

Bem monótono era segui-lo sempre pelos mesmos caminhos. Principalmente por não o ver entrar em algum edifício, conversar com amigos ou mulheres. Nem ao menos cumprimentava um conhecido.

Na volta, de madrugada, Cris ia retirando de dentro do paletó os objetos que colhera na ida e, um a um, jogava-os fora. Tinha a impressão de que os examinava com ternura antes de livrar-se deles.

Alguns meses decorridos, os seus passeios obedeciam ainda a uma regularidade constante. Sim, invariável era o trajeto seguido por Cris, não obstante a aparente falta de rumo com que caminhava. Partindo da sua casa, descia dez quarteirões em frente, virando na segunda avenida do percurso. Dali andava pequeno trecho, enveredando imediatamente por uma rua tortuosa e estreita. Quinze minutos depois atingia a zona suburbana da cidade, onde os prédios eram raros e sujos. Somente estacava ao deparar uma casa de armarinho, em cuja vitrina, forrada de papel crepom, se encontrava permanentemente exposta uma pobre boneca. Tinha os olhos azuis, um sorriso de massa.

Uma noite — já me acostumara ao negro da noite — constatei, ligeiramente surpreendido, que os seus passos não nos conduziriam pelo itinerário da véspera. (Havia algo que ainda não amadurecera o suficiente para sofrer tão súbita ruptura.)

Nesse dia, o andar firme, seguiu em linha reta, evitando as ruas transversais, pelas quais passava sem se deter. Atravessou o centro urbano, deixou para trás a avenida em que se localizava o comércio atacadista. Apenas se demorou uma vez — assim mesmo momentaneamente — defronte a um cinema, no qual meninos de outros tempos assistiam a filmes em série. Fez menção de comprar entrada, o que deveras me alarmou. Contudo, sua indecisão foi breve e prosseguiu a caminhada. Enfiou-se pela rua do meretrício, parando a espaços, diante dos portões, espiando pelas janelas, quase todas muito próximas do solo.

Em frente a uma casa baixa, a única da cidade que aparecia iluminada, estacionou hesitante. Tive a intuição de que aquele seria o instante preciso, pois se Cris retrocedesse, não lograria outra oportunidade. Corri para seu lado e, sacando do punhal, mergulhei-o nas suas costas. Sem um gemido e o mais leve estertor, caiu no chão. Do seu corpo magro saiu a Lua. Uma meretriz que passava, talvez movida por impensado gesto, agarrou-a nas mãos, enquanto uma garoa de prata cobria as roupas do morto. A mulher, vendo o que sustinha entre os dedos, se desfez num pranto convulsivo. Abandonando a Lua, que foi varando o espaço, ela escondeu a face no meu ombro. Afastei-a de mim, e, abaixando-me, contemplei o rosto de Cris. Um rosto infantil, os olhos azuis. O sorriso de massa.

A armadilha

Porque se a trombeta der um som confuso, quem se preparará para a batalha?
   (*Primeira Epístola de São Paulo aos Coríntios*, XIV, 8)

Alexandre Saldanha Ribeiro. Desprezou o elevador e seguiu pela escada, apesar da volumosa mala que carregava e do número de andares a serem vencidos. Dez.

Não demonstrava pressa, porém o seu rosto denunciava a segurança de uma resolução irrevogável. Já no décimo pavimento, meteu-se por um longo corredor, onde a poeira e detritos emprestavam desagradável aspecto aos ladrilhos. Todas as salas encontravam-se fechadas e delas não escapava qualquer ruído que indicasse presença humana.

Parou diante do último escritório e perdeu algum tempo lendo uma frase, escrita a lápis, na parede. Em seguida passou a mala para a mão esquerda e com a direita experimentou a maçaneta, que custou a girar, como se há muito não fosse utilizada.

Mesmo assim não conseguiu franquear a porta, cujo madeiramento empenara. Teve que usar o ombro para forçá-la. E o fez com tamanha violência que ela veio abaixo ruidosamente. Não se impressionou. Estava muito seguro de si para dar importância ao barulho que antecedera a sua entrada numa saleta escura, recendendo a mofo. Percorreu com os olhos os móveis, as paredes. Contrariado, deixou escapar uma praga. Quis voltar ao corredor, a fim de recomeçar a busca, quando deu com um biombo. Afastou-o para o lado e encontrou uma porta semicerrada. Empurrou-a. Ia colocar a mala no chão, mas um terror súbito imobilizou-o: sentado diante de uma mesa empoeirada, um homem de cabelos grisalhos, semblante sereno, apontava-lhe um revólver. Conservando a arma na direção do intruso, ordenou-lhe que não se afastasse.

Também a Alexandre não interessava fugir, porque jamais perderia a oportunidade daquele encontro. A sensação de medo fora passageira e logo substituída por outra mais intensa, ao fitar os olhos do velho. Deles emergia uma penosa tonalidade azul.

Naquela sala tudo respirava bolor, denotava extremo desmazelo, inclusive as esgarçadas roupas do seu solitário ocupante:

— Estava à sua espera — disse, com uma voz macia.

Alexandre não deu mostras de ter ouvido, fascinado com o olhar do seu interlocutor. Lembrava-lhe a viagem que fizera pelo mar, algumas palavras duras, num vão de escada.

O outro teve que insistir:

— Afinal, você veio.

Subtraído bruscamente às recordações, ele fez um esforço violento para não demonstrar espanto:

— Ah, esperava-me? — Não aguardou resposta e prosseguiu exaltado, como se de repente viesse à tona uma irritação antiga:

— Impossível! Nunca você poderia calcular que eu chegaria hoje, se acabo de desembarcar e ninguém está informado da minha presença na cidade! Você é um farsante, mau farsante. Certamente aplicou sua velha técnica e pôs espias no meu encalço. De outro modo seria difícil descobrir, pois vivo viajando, mudando de lugar e nome.

— Não sabia das suas viagens nem dos seus disfarces.

— Então, como fez para adivinhar a data da minha chegada?

— Nada adivinhei. Apenas esperava a sua vinda. Há dois anos, desta cadeira, na mesma posição em que me encontro, aguardava-o certo de que você viria.

Por instantes, calaram-se. Preparavam-se para golpes mais fundos ou para desvendar o jogo em que se empenhavam.

Alexandre pensou em tomar a iniciativa do ataque, convencido de que somente assim poderia desfazer a placidez do adversário. Este, entretanto, percebeu-lhe a intenção e antecipou-se:

— Antes que me dirija outras perguntas — e sei que tem muitas a fazer-me — quero saber o que aconteceu com Ema.

— Nada — respondeu, procurando dar à voz um tom despreocupado.

— Nada?

Alexandre percebeu a ironia e seus olhos encheram-se de ódio e humilhação. Tentou revidar com um palavrão. Todavia, a firmeza e a tranquilidade que iam no rosto do outro venceram-no.

— Abandonou-me — deixou escapar, constrangido pela vergonha. E numa tentativa inútil de demonstrar um resto de altivez, acrescentou:

— Disso você não sabia!

Um leve clarão passou pelo olhar do homem idoso:

— Calculava, porém desejava ter certeza.

Começava a escurecer. Um silêncio pesado separava-os e ambos volveram para certas reminiscências que, mesmo contra a vontade deles, sempre os ligariam.

O velho guardou a arma. Dos seus lábios desaparecera o sorriso irônico que conservara durante todo o diálogo. Acendeu um cigarro e pensou em formular uma pergunta que, depois, ele julgaria desnecessária. Alexandre impediu que a fizesse. Gesticulando, nervoso, aproximara-se da mesa:

— Seu caduco, não tem medo que eu aproveite a ocasião para matá-lo? Quero ver sua coragem, agora, sem o revólver.

— Não, além de desarmado, você não veio aqui para matar-me.

— O que está esperando, então?! — gritou Alexandre. — Mate-me logo!

— Não posso.

— Não pode ou não quer?

— Estou impedido de fazê-lo. Para evitar essa tentação, após tão longa espera, descarreguei toda a carga da arma no teto da sala.

Alexandre olhou para cima e viu o forro crivado de balas. Ficou confuso. Aos poucos, refazendo-se da surpresa, abandonou-se ao desespero. Correu para uma das janelas e tentou atirar-se através dela. Não a atravessou. Bateu com a cabeça numa fina malha metálica e caiu desmaiado no chão.

Ao levantar-se, viu que o velho acabara de fechar a porta e, por baixo dela, iria jogar a chave.

Lançou-se na direção dele, disposto a impedi-lo. Era tarde. O outro já concluíra seu intento e divertia-se com o pânico que se apossara do adversário:

— Eu esperava que você tentaria o suicídio e tomei a precaução de colocar telas de aço nas janelas.

A fúria de Alexandre chegara ao auge:

— Arrombarei a porta. Jamais me prenderão aqui!
— Inútil. Se tivesse reparado nela, saberia que também é de aço. Troquei a antiga por esta.
— Gritarei, berrarei!
— Não lhe acudirão. Ninguém mais vem a este prédio. Despedi os empregados, despejei os inquilinos.

E concluiu, a voz baixa, como se falasse apenas para si mesmo:
— Aqui ficaremos: um ano, dez, cem ou mil anos.

O bloqueio

O seu tempo está próximo a vir, e os seus dias não se alongarão.
(Isaías, XIII, 22)

1 No terceiro dia em que dormia no pequeno apartamento de um edifício recém-construído, ouviu os primeiros ruídos. De normal, tinha o sono pesado e mesmo depois de despertar levava tempo para se integrar no novo dia, confundindo restos de sonho com fragmentos da realidade. Por isso não deu de imediato importância à vibração de vidros, atribuindo-a a um pesadelo. A escuridão do aposento contribuía para fortalecer essa frágil certeza. O barulho era intenso. Vinha dos pavimentos superiores e assemelhava-se aos produzidos pelas raspadeiras de assoalho. Acendeu a luz e consultou o relógio: três horas. Achou estranho. As normas do condomínio não permitiam trabalho dessa natureza em plena madrugada. Mas a máquina prosseguia na impiedosa tarefa, os sons se avolumando, e crescendo a irritação de Gérion contra a companhia imobiliária

que lhe garantira ser excelente a administração do prédio. De repente emudeceram os ruídos.

Pegara novamente no sono e sonhou que estava sendo serrado na altura do tórax. Acordou em pânico: uma poderosa serra exercitava os seus dentes nos andares de cima, cortando material de grande resistência, que se estilhaçava ao desintegrar-se.

Ouvia, a espaços, explosões secas, a movimentação de uma nervosa britadeira, o martelar compassado de um pilão bate-estaca. Estariam construindo ou destruindo?

Do temor à curiosidade, hesitou entre verificar o que estava acontecendo ou juntar os objetos de maior valor e dar o fora antes do desabamento final. Preferiu correr o risco a voltar para sua casa, que abandonara, às pressas, por motivos de ordem familiar. Vestiu-se, olhou a rua, através da vidraça tremente, na manhã ensolarada, pensando se ainda veria outras.

Mal abrira a porta, chegou-lhe ao ouvido o matraquear de várias brocas e pouco depois estalos de cabos de aço se rompendo, o elevador despencando aos trambolhões pelo poço até arrebentar lá embaixo com uma violência que fez tremer o prédio inteiro.

Recuou apavorado, trancando-se no apartamento, o coração a bater desordenadamente. — É o fim, pensou. — Entretanto, o silêncio quase que se recompôs, ouvindo-se ao longe apenas estalidos intermitentes, o rascar irritante de metais e concreto.

Pela tarde, a calma retornou ao edifício, encorajando Gérion a ir ao terraço para averiguar a extensão dos estragos. Encontrou-se a céu aberto. Quatro pavimentos haviam desaparecido, como se cortados meticulosamente, limadas as pontas dos vergalhões, serradas as vigas, trituradas as lajes. Tudo reduzido a fino pó amontoado nos cantos.

Não via rastros das máquinas. Talvez já estivessem distantes, transferidas a outra construção, concluiu aliviado.

Descia tranquilo as escadas, a assoviar uma música em voga, quando sofreu o impacto da decepção: dos andares inferiores lhe chegava toda a gama de ruídos que ouvira no decorrer do dia.

2 Ligou para a portaria. Tinha pouca esperança de receber esclarecimentos satisfatórios sobre o que estava ocorrendo. O próprio síndico atendeu-o:

— Obras de rotina. Pedimos-lhe desculpas, principalmente sendo o senhor nosso único inquilino. Até agora, é claro.

— Que raio de rotina é essa de arrasar o prédio todo?

— Dentro de três dias estará tudo acabado — disse, desligando o aparelho.

— Tudo acabado. Bolas. — Encaminhou-se à minúscula cozinha, boa parte dela tomada por latas vazias. Preparou sem entusiasmo o jantar, enfarado de conservas.

Sobreviveria às latas? — Olhava melancólico o estoque de alimentos, feito para durar uma semana.

O telefone tocou. Largou o prato, intrigado com a chamada. Ninguém sabia do seu novo endereço. Inscrevera-se na Companhia Telefônica e alugara o apartamento com nome suposto. Um engano, certamente.

Era a mulher, a lhe aumentar o desânimo:

— Como me descobriu? — Ouviu uma risadinha do outro lado da linha. (A gorda devia estar comendo bombons. Tinha sempre alguns ao alcance das mãos.)

— Por que nos abandonou, Gérion? Venha para casa. Você não viverá sem o meu dinheiro. Quem lhe arranjará emprego? (A essa altura Margarerbe já estaria lambendo os dedos lambuzados de chocolate ou limpando-os no roupão estampado de vermelho, sua cor predileta. A porca.)

— Vá para o diabo. Você, seu dinheiro, sua gordura.

* * *

3 Desligara-se momentaneamente dos ruídos, imerso na desesperança.

Buscou no bolso um cigarro e verificou com desagrado que tinha poucos. Esquecera de fazer maior provisão de maços. Mandou o nome da mãe.

A mão pousada no fone, colocado no gancho, Gérion fez uma careta ao ouvir de novo o toque da campainha.

— Papai?

Abriu-se num sorriso triste:

— Filhinha.

— Você bem poderia voltar, ler para mim aquele livro do cavalo verde.

A parte decorada terminara e Seateia começava a gaguejar:

— Pai... A gente gostaria que viesse, mas sei que você não quer. Não venha, se aí é melhor...

A ligação foi interrompida bruscamente. De início suspeitara e logo se convenceu de que a filha fora obrigada a lhe telefonar, numa tentativa de explorá-lo emocionalmente. Àquela hora estaria apanhando por não ter obedecido à risca as instruções da mãe.

Nauseado, lamentava o fracasso da fuga. Tornaria a partilhar do mesmo leito com a esposa, espremido, o corpo dela a ocupar dois terços da cama. O ronco, os flatos.

Mas não poderia deixar que fosse transferido a Seateia o ódio que Margarerbe lhe dedicava. Recorreria a todas as formas de tortura para vingar-se dele, através da filha.

4 Os ruídos tinham perdido a força inicial. Diminuíam, cessaram por completo.

* * *

5 Gérion descia a escadaria indeciso quanto à necessidade do sacrifício.

Oito andares abaixo, a escada terminou abruptamente. Um pé solto no espaço, retrocedeu transido de medo, caindo para trás. Transpirava, as pernas tremiam.

Não conseguia levantar-se, pregado ao degrau.

Foi demorada a recuperação. Passada a vertigem, viu embaixo o terreno limpo, nem parecendo ter abrigado antes uma construção. Nenhum sinal de estacas, pedaços de ferro, tijolos, apenas o pó fino amontoado nos cantos do lote.

Voltou ao apartamento ainda sob o abalo do susto. Deixou-se cair no sofá. Impedido de regressar a casa, experimentou o gosto da plena solidão. Sabia do seu egoísmo, omitindo-se dos problemas futuros da filha. Talvez a estimasse pela obrigação natural que têm os pais de amar os filhos.

Gostara de alguém? — Desviou o curso do pensamento, fórmula cômoda de escapar à vigilância da consciência.

Aguardava paciente nova chamada da mulher e, ao atendê-la, ia nos seus olhos um sádico prazer. Há longo tempo vinha aguardando essa oportunidade, para revidar duro as humilhações acumuladas e vingar-se da permanente submissão a que era constrangido pelos caprichos de Margarerbe, a lhe chamar, a toda hora e na presença dos criados, de parasita, incapaz.

Escolhera bem os adjetivos. Não chegou a usá-los: uma corrente luminosa destruiu o fio telefônico. No ar pairou durante segundos uma poeira colorida. Fechava-se o bloqueio.

6 Depois de algumas horas de absoluto silêncio, ela volvia: ruidosa, mansamente, surda, suave, estridente, monocórdia, dis-

sonante, polifônica, ritmadamente, melodiosa, quase música. Embalou-se numa valsa dançada há vários anos. Sons ásperos espantaram a imagem vinda da adolescência, logo sobreposta pela de Margarerbe, que ele mesmo espantou.

Acordou tarde da noite com um grito terrível a ressoar pelos corredores do prédio. Imobilizou-se na cama, em agônica espera: emitiria a máquina vozes humanas? — Preferiu acreditar que sonhara, pois de real só ouvia o barulho monótono de uma escavadeira a cumprir tarefas em pavimentos bem próximos do seu.

Tranquilizado, analisava as ocorrências dos dias anteriores, concluindo que pelo menos os ruídos vinham espaçados e não lhe feriam os nervos com o serrar de ferros e madeira. Caprichosos e irregulares, eles mudavam rapidamente de andar, desnorteando Gérion quanto aos objetivos da máquina. — Por que uma e não várias, a exercer funções diversas e autônomas, como inicialmente acreditou? — A crença na sua unidade entranhara-se nele sem aparente explicação, porém irredutível. Sim, única e múltipla na sua ação.

7 Os ruídos se avizinhavam. Adquiriam brandura e constância, fazendo-o acreditar que em breve encheriam o apartamento.

Abeirava-se o momento crucial e custava-lhe conter o impulso de ir ao encontro da máquina, que perdera muito do antigo vigor ou realizava seu trabalho com propositada morosidade, aprimorando a obra, para fruir aos poucos os instantes finais da destruição.

A par do desejo de enfrentá-la, descobrir os segredos que a tornavam tão poderosa, tinha medo do encontro. Enredava-se, entretanto, em seu fascínio, apurando o ouvido para captar os sons que àquela hora se agrupavam em escala cromática no corredor, enquanto na sala penetravam os primeiros focos de luz.

Não resistindo à expectativa, abriu a porta. Houve uma súbita ruptura na escalada dos ruídos e escutou ainda o eco dos estalidos a desaparecerem céleres pela escada. Nos cantos da parede começava a acumular-se um pó cinzento e fino.

Repetiu a experiência, mas a máquina persistia em se esconder, não sabendo ele se por simples pudor ou se porque ainda era cedo para mostrar-se, desnudando seu mistério.

No ir e vir da destruidora, as suas constantes fugas redobravam a curiosidade de Gérion, que não suportava a espera, a temer que ela tardasse em aniquilá-lo ou jamais o destruísse.

Pelas frinchas continuavam a entrar luzes coloridas, formando e desfazendo no ar um contínuo arco-íris: teria tempo de contemplá-la na plenitude de suas cores?

Cerrou a porta com a chave.

A diáspora

E eles saberão que eu sou o Senhor, quando eu os tiver espalhado entre as gentes, e os lançar dispersos por vários países.

(*Ezequiel*, XII, 15)

Desceram vagarosamente pela trilha sinuosa até alcançarem mais adiante o fundo do vale. Descansaram por algum tempo à beira de um riacho, permitindo que os animais se fartassem de água. Retomaram a viagem e subiram através da encosta íngreme. Ao chegarem à planura, no fim da tarde, os viajantes descarregaram as mulas, aliviando-as dos teodolitos, picaretas, pás, enxadas e provisões. Enquanto armavam as barracas, do meio deles se destacou um homem robusto. Dirigiu-se, resoluto, para um grupo de pessoas da aldeia que, de longe, observava a cena:

— Trago aqui — mostrava uma pasta preta — as ordens de serviço e toda a documentação necessária para executar o projeto.

— Isto não nos diz respeito e nada entendemos de documentos — responderam.

— Chamem, então, o chefe de vocês ou alguém que possa receber minhas credenciais.

— Aqui, em Mangora, não gostamos de chefes. Em todo o caso, converse com Hebron. Ele é quem sabe das coisas. E apontaram para um senhor idoso que vinha na direção deles.

O desconhecido esperou que o outro se aproximasse para apresentar-se:

— Sou Roque Diadema, o engenheiro. Fui encarregado de construir a ponte suspensa e estou satisfeito com as condições do terreno. Ademais, não necessitaremos de um prazo superior a dois anos para unir as duas margens, pois a garganta é mais estreita do que pensávamos.

O velho examinou sem pressa o maço de papéis que o estranho lhe entregara:

— Apesar de sermos contrários à construção de qualquer tipo de obra de arte no desfiladeiro, submeterei esta papelada à decisão dos companheiros.

— Penso que não me fiz entender — observou o visitante. — O que lhe mostrei decorre de um preceito legal e não precisa ser aprovado por mais ninguém.

— Também acho que não fui preciso — replicou Hebron. — Nada se faz aqui sem a concordância da maioria. O assunto será discutido amanhã. Desde já, convido-o, bem como a seus subordinados, a participar da reunião. E com direito a voto.

Todos compareceram, na tarde seguinte, ao adro da igreja, inclusive os forasteiros. Estes estranharam a ausência do padre e das autoridades civis. Explicaram-lhes que prescindiam do clero para a celebração do culto e a ordem era mantida pela própria comunidade.

De acordo com as normas seguidas em assembleias destinadas a tratar de questões de interesse coletivo, permitiram a Roque Diadema justificar a sua pretensão.

Não logrando o orador convencer os presentes, ou a maior parte deles, a proposta foi recusada.

A impassibilidade com que o grupo vencido recebeu a derrota desconcertou o velho: estavam tramando alguma coisa. Mas não o pegariam desprevenido. Conhecia de perto a astúcia dos que viviam do outro lado da montanha.

Nem mesmo quando ao acampamento começaram a afluir com regularidade extensas caravanas de trabalhadores, trazendo consigo rolos de grossos fios de arame trançado, sacos de cimento e ferramentas, ele mostrou-se apreensivo. Apenas pediu a três de seus filhos — Zebulon, Sedoc e Ater — para anotarem o número dos desconhecidos, à medida que fossem chegando, e vigiassem de perto suas atividades.

Os operários, mal descarregavam a tropa, punham-se a trabalhar na pedreira ou na olaria, ao mesmo tempo que outros se encarregavam do empilhamento de pedras e tijolos.

Somente uma coisa deixava perplexos os moradores do lugar: por que todo aquele trabalho ordenado e paciente, se jamais lhes seria permitido iniciar as obras?

A Hebron não ocorriam semelhantes dúvidas. Tanto que, procurado pelo engenheiro, não se surpreendeu:

— Naturalmente o senhor deseja nova reunião?

— Sim, pois já temos os meios necessários para levar adiante o projeto da ponte.

Matreiro, o velho sorriu:

— O que decidimos anteriormente ainda prevalece. Não houve, daquela época para cá, nenhum acontecimento que justificasse uma mudança em nosso ponto de vista.

— E o aumento da população, não conta?

— Engana-se, não cresceu, entre nós, o número de pessoas

em condições de votar, se considerarmos que os senhores estão de passagem, acampados em barracas, e nunca manifestaram vontade de residir aqui.

— No entanto, votamos da outra vez. Não entendo as razões de tão súbita mudança de comportamento.

— Falso. Não mudamos as regras. Permitimos que votassem, naquela ocasião, por cortesia, tratamento que raramente concedemos aos visitantes.

Diadema quis retrucar, porém se arrependeu e afastou-se. Se não convencido, pelo menos impassível.

A notícia da inesperada viagem do engenheiro e a paralisação das operações na pedreira e na olaria deram a muitos a certeza de que os obreiros teriam renunciado a seus planos e se preparavam para partir.

Após um mês de ausência, para desapontamento geral, Roque Diadema regressou. Fazia-se acompanhar de numerosa comitiva, onde predominavam os mecânicos, facilmente reconhecíveis por usarem macacões azuis.

Nos dias subsequentes, com a chegada incessante de levas maciças de homens, madeirame, peças e material pesado, os trabalhos no acampamento seriam intensificados ao máximo. E ganhariam em eficiência com a montagem, num dos flancos do desfiladeiro, de gigantescos guindastes, com a ajuda dos quais seriam içadas vigas de aço, viaturas e estranhas máquinas. Enquanto isso, na aldeia, o clima era de mal-estar e desconfiança. Não havia mais quem acreditasse que os intrusos se limitavam a acumular absurdas quantidades de material para nada.

Quando os obreiros começaram a construir as primeiras residências, os mangorenses, concentrados em frente à igreja, resolveram conter pela força a invasão das terras da comunidade.

Pressentiam que chegara a hora de se livrarem dos forasteiros. Empunhando facões, machados, ancinhos, facas de cozinha, paus e toda a sorte de armas, exceto as de fogo, que não possuíam sequer uma, avançaram contra o acampamento.

Não encontraram resistência. Somente o engenheiro esperava-os. Surpresos por encontrar um único opositor pela frente, atenuaram a agressividade. Contudo, exigiram a imediata demolição das construções.

O ultimato não perturbou Roque Diadema. Buscou a pasta e dela retirou diversas escrituras.

— Aproveitei minha viagem para adquirir os terrenos. Sou hoje proprietário de dois terços da área urbana do povoado.

À vista das certidões, os mais exaltados emudeceram. Hebron, ainda que consciente da inutilidade do seu gesto, adiantou-se para apanhar os papéis:

— Não há dúvida — murmurou decepcionado —, os títulos de propriedade são legítimos.

Além de moradias, edificadas sem planejamento, os operários construiriam imenso galpão na parte traseira das barracas. Terminada a obra, o acesso principal da planura, por onde continuavam a chegar homens e material, ficaria totalmente encoberto, tornando inócua a vigilância que Zebulon e seus irmãos ali exerciam, desde os seus postos de observação.

Entrementes, o lugarejo crescia desordenadamente, as casas brotavam em todos os cantos, grimpando nos morros, dependurando-se nas ladeiras. Os veículos, antes sem uso, espalhavam a densa poeira que se acumulava nas ruelas irregulares.

O aparecimento de viaturas coincidiu com a chegada dos familiares dos obreiros. Vieram aos magotes e, apressados, ocuparam inacabados bangalôs e chalés.

Um odor fétido empestava o ar, vindo das residências desprovidas de esgoto canalizado ou fossas. A premência de se instalar na primeira habitação que encontrassem obrigava os recém-chegados a se despreocuparem do mínimo de conforto e higiene.

Naquele domingo, após a celebração do culto, os habitantes de Mangora conversavam sobre pequenos problemas que afetavam a comunidade, quando o mau cheiro, trazido pelo vento, invadiu a praça. A uma reação inicial de asco, os dedos a apertar as narinas, sucedeu-se a revolta. Os ânimos se exaltaram, clamou-se pela violência como meio de estancar a desordem reinante no lugar. Uns poucos, atentos à inferioridade numérica deles em relação ao adversário, optaram por soluções conciliadoras, logo repelidas com aspereza pelos demais.

No momento em que crescia a irritação, o ódio turvava os semblantes, Roque Diadema, sem avaliar o risco que corria, aproximou-se de um dos grupos, por sinal o mais violento:

— Muito bom encontrar vocês todos juntos. Desde que cumprimos as exigências que nos fizeram, só resta nos reunirmos fraternalmente para acertar nossas diferenças.

— Que exigências, que diferenças, seu trapaceiro?! Não faremos reunião alguma, nem vamos nos misturar com calhordas!

O engenheiro, de repente, viu-se empurrado, sacudido pelo paletó, o rosto cuspido. Aproveitou-se de uma brecha entre os agressores e escapuliu. Mais tarde, refeito do susto, ordenou a seus homens que iniciassem a construção da ponte.

Apanhado de surpresa pelos acontecimentos da véspera, Hebron recriminava-se por não ter procurado impedir que se rompesse a tradição de cada um expor livremente suas ideias. Mesmo assim, duvidava da eficácia da sua intervenção. A partir do dia em que confirmara a legitimidade das escrituras apresentadas por Diadema, percebeu que a sua liderança sobre os companheiros declinava. Olhavam-no com desconfiança e a sua companhia passou a ser evitada por todos. Nesse meio-tempo, perdeu regalias e funções. Até as de encarregado das compras no outro lado das montanhas, antes de sua exclusiva responsabilidade, foram delegadas a meia dúzia de rapazes inexperientes, escolhidos pela posição radical que mantinham contra a permanência dos forasteiros em Mangora. As viagens que, anteriormente, se verificavam de raro em raro, e destinadas à aquisição de sal, querosene e tecidos, tornaram-se mais frequentes do que exigiam as reais necessidades da população. As saídas e o regresso dos jovens efetuavam-se sob rigoroso sigilo, de preferência a horas mortas. Tomavam a precaução de retirar os cincerros dos pescoços das bestas e de envolver as mercadorias com folhas grossas de papel, prevenindo-se da possibilidade de serem surpreendidos por algum curioso ao descarregarem a tropa.

Tamanhos cuidados chamaram a atenção de Hebron, já intrigado pela indiferença que os mangorenses demonstraram ante o deslocamento das operações dos trabalhadores para as duas margens do desfiladeiro, à esquerda e um pouco atrás do antigo acampamento. Pareceram até zombar da eficácia e rapidez com que foram instalados novos guindastes e algumas betoneiras nas proximidades do local onde seriam assentadas as torres de sustentação dos cabos principais da ponte.

Vinte meses decorridos, podia-se prever para breve a conclusão das obras. A fase mais trabalhosa fora vencida, restava somente a montagem do passadiço. Roque Diadema experimentava pela primeira vez, naqueles anos em que exercitara à exaustão a sua capacidade de transigir e esperar, o gosto da vitória.

O homem do boné cinzento

Eu, Nabucodonosor, estava sossegado em minha casa, e florescente no meu palácio.

(*Daniel*, IV, 1)

O culpado foi o homem do boné cinzento.

Antes da sua vinda, a nossa rua era o trecho mais sossegado da cidade. Tinha um largo passeio, onde brincavam crianças. Travessas crianças. Enchiam de doce alarido as enevoadas noites de inverno, cantando de mãos dadas ou correndo de uma árvore a outra.

A nossa intranquilidade começou na madrugada em que fomos despertados por desusado movimento de caminhões, a despejarem pesados caixotes no prédio do antigo hotel. Disseram-nos, posteriormente, tratar-se da mobília de um rico celibatário, que passaria a residir ali. Achei leviana a informação. Além de ser demasiado grande para uma só pessoa, a casa estava caindo aos pedaços. A quantidade de volumes, empilhados na espaçosa varanda do edifício, permitia suposições menos inverossímeis.

Possivelmente a casa havia sido alugada para depósito de algum estabelecimento comercial.

Meu irmão Artur, sempre ao sabor de exagerada sensibilidade, contestava enérgico as minhas conclusões. Nervoso, afirmava que as casas começavam a tremer e apontava-me o céu, onde se revezavam o branco e o cinzento. (Pontos brancos, pontos cinzentos, quadradinhos perfeitos das duas cores, a substituírem-se rápidos, lépidos, saltitantes.)

Daquela vez, a mania de contradição me arrastara a um erro grosseiro, pois antes de decorrida uma semana chegava o novo vizinho. Cobria-lhe a cabeça um boné xadrez (cinzento e branco) e entre os dentes escuros trazia um cachimbo curvo. Os olhos fundos, a roupa sobrando no corpo esquelético e pequeno, puxava pela mão um ridículo cão perdigueiro. Ao invés da atitude zombeteira que assumi ante aquela figura grotesca, Artur ficou completamente transtornado:

— Esse homem trouxe os quadradinhos, mas não tardará a desaparecer.

Não foram poucos os que se impressionaram com o procedimento do solteirão. Os seus hábitos estranhos deixavam perplexos os moradores da rua. Nunca era visto saindo de casa e, diariamente, às cinco horas da tarde, com absoluta pontualidade, aparecia no alpendre, acompanhado pelo cachorro. Sem se separar do boné que, possivelmente, escondia uma calvície adiantada, tirava baforadas do cachimbo e se recolhia novamente. O tempo restante conservava-se invisível.

Artur passava o dia espreitando-o, animado por uma tola esperança de vê-lo surgir antes da hora predeterminada. Não esmorecia, vendo burlados os seus propósitos. A sua excitação crescia à medida que se aproximava o momento de defrontar-se com o solitário inquilino do prédio vizinho. Quando os seus olhos o divisavam, abandonava-se a uma alegria despropositada:

— Olha, Roderico, ele está mais magro do que ontem!

Eu me agastava e lhe dizia que não me aborrecesse, nem se ocupasse tanto com a vida dos outros.

Fazia-se de desentendido e, no dia seguinte, encontrava-o novamente no seu posto, a repetir-me que o homenzinho continuava definhando.

— Impossível — eu retrucava —, o diabo do magrela não tem mais como emagrecer!

— Pois está emagrecendo.

Ainda encontrava-me na cama, quando Artur entrou no meu quarto sacudindo os braços, gritando:

— Chama-se Anatólio!

Respondi irritado, refreando a custo um palavrão: chamasse Nabucodonosor!

Repentinamente emudeceu. Da janela, surpreso e quieto, fez um gesto para que eu me aproximasse. Em frente ao antigo hotel acabara de parar um automóvel e dele desceu uma bonita moça. Ela mesma retirou a bagagem do carro. Com uma chave, que trazia na bolsa, abriu a porta da casa, sem que ninguém aparecesse para recebê-la.

Impelido pela curiosidade, meu irmão não me dava folga:

— Por que ela não apareceu antes? Ele não é solteiro?

— Ora, que importância tem uma jovem residir com um celibatário?

Por mais que me desdobrasse, procurando afastá-lo da obsessão, Artur arranjava outros motivos para inquietar-se. Agora era a moça que se ocultava, não dava sinal da sua permanência na casa. Ele, porém, se recusava a aceitar a hipótese de que ela tivesse ido embora e se negava a discutir o problema comigo:

— Curioso, o homem se definha e é a mulher que desaparece!

Três meses mais tarde, de novo abriu-se a porta do casarão para dar passagem à moça. Sozinha, como viera, carregou as malas consigo.

— Por que segue a pé? Será que o miserável lhe negou dinheiro para o táxi?

Com a partida da jovem, Artur retornou ao primitivo interesse pelo magro Anatólio. E, rangendo os dentes, repetia:

— Continua emagrecendo.

Por outro lado, a confiança que antes eu depositava nos meus nervos decrescia, cedendo lugar a uma permanente ansiedade. Não tanto pelo magricela, que pouco me importava, mas por causa do mano, cujas preocupações cavavam-lhe a face, afundavam-lhe os olhos. Para lhe provar que nada havia de anormal no solteirão, passei a vigiar o nosso enigmático vizinho.

Surgia à hora marcada. O olhar vago, o boné enterrado na cabeça, às vezes mostrava um sorriso escarninho.

Eu não tirava os olhos do homem. Sua magreza me fascinava. Contudo, foi Artur que me chamou a atenção para um detalhe:

— Ele está ficando transparente.

Assustei-me. Através do corpo do homenzinho viam-se objetos que estavam no interior da casa: jarras de flores, livros, misturados com intestinos e rins. O coração parecia estar dependurado na maçaneta da porta, cerrada somente de um dos lados.

Também Artur emagrecia e nem por isso fiquei apreensivo. Anatólio tornara-se a minha única preocupação. As suas carnes se desfaziam rapidamente, enquanto meu irmão bufava, pleno de gozo:

— Olha! De tão magro, só tem perfil. Amanhã desaparecerá.

Às cinco horas da tarde do dia seguinte, o solteirão apareceu na varanda, arrastando-se com dificuldade. Nada mais tendo para emagrecer, seu crânio havia diminuído e o boné, folgado na cabeça, escorregara até os olhos. O vento fazia com que o corpo dobrasse sobre si mesmo. Teve um espasmo e lançou um jato de fogo, que varreu a rua. Artur, excitado, não perdia o lance, enquanto eu recuava atemorizado.

Por instantes, Anatólio se encolheu para, depois, tornar a vomitar. Menos que da primeira vez. Em seguida, cuspiu. No fim, já ansiado, deixou escorrer uma baba incandescente pelo tórax abaixo e incendiou-se. Restou a cabeça, coberta pelo boné. O cachimbo se apagava no chão.

— Não falei! — gritava Artur, exultante.

A sua voz foi ficando fina, longínqua. Olhando para o lugar onde ele se encontrava, vi que seu corpo diminuíra espantosamente. Ficara reduzido a alguns centímetros e, numa vozinha quase imperceptível, murmurava:

— Não falei, não falei.

Peguei-o com as pontas dos dedos antes que desaparecesse completamente. Retive-o por instantes. Logo se transformou numa bolinha negra, a rolar na minha mão.

Mariazinha

A tua prata se transformou em escória; o teu vinho se misturou com água.

(Isaías, I, 22)

1943

— Josefino Maria Albuquerque Pereira da Silva! — A voz veio declamada, lenta, lúgubre. As palavras fizeram curvas no ar e chegaram ao meu ouvido como gotas de óleo. Penetraram vagarosas, deixando o Silva de fora. O último nome não cabia nele. E o óleo pesava.

Desgovernou-se o meu cérebro: os nomes balançavam indolentes, se comprimindo, buscando um lugar para o Silva, que permanecia no vestíbulo.

Levantei a cabeça e lancei os olhos esgazeados para a frente, para os lados. A paisagem dançou, mudou de plano e, afinal, consegui distinguir a fisionomia monótona do padre Delfim, que, sentado na beirada da cama, tinha o olhar fixo na minha testa. Movi os lábios repetidas vezes, a implorar-lhe que se fosse, me deixasse em paz. Os movimentos se perderam no vácuo e não ouvi o meu apelo.

Vieram as frases latinas.

Também meu irmão estava no quarto. Pesaroso, escondia nas mãos o perfil de Mariazinha. (O cigarro me fizera mal, o álcool me extenuara, mas não ouvira o estampido. Empunhara resoluto o revólver, visei um ponto negro que saía dos meus olhos e que, no ar, acompanhava a cadência das pupilas. Tangeram os sinos.)

Devia ser a bala que não permitia entrar o Silva.

O badalo do sino maior tangia os outros: uns de bronze, alguns de lata e zinco. A música se fez ríspida, mortificante — chorou os mortos e os quase mortos.

1923

Maio — mês infeliz. Conheci Mariazinha e ouvi a sua história — deu pinotes, esticou-se todo. Dentro dele couberam os anos passados, voltaram-me os cabelos e Mariazinha recuperou a sua virgindade.

Tudo recomeçou para os habitantes de Manacá. Houve alguns protestos, porque muitos não se conformaram em perder os filhos, recolhidos aos ventres maternos, ou com as ruas que ficaram sem calçamento. Mas o excesso de poeira nas vias públicas não conseguiu perturbar a alegria de outros que, por repentina mudança do seu estado civil, voltaram a ser solteiros. (Juraram que nunca mais se casariam.)

Padre Delfim foi nomeado bispo. Agora os sinos tinham que ficar alegres, esquecer os defuntos. Porém a tristeza sufocava, mudava os sons. Demitiram o sineiro.

Dom Delfim era calmo e tinha a fisionomia insípida. Mandou buscar as lâminas de aço, os instrumentos de metal e proibiu a melancolia, as queixas contra as ruas empoeiradas.

Mariazinha se casaria, o seu sedutor seria enforcado na torre da igreja.

Os sinos concordaram, bimbalharam alegremente e dom Delfim ficou escarlate, perdeu a monotonia. Ordenou que se expulsassem as lâminas de aço, os instrumentos de metal.

Zaragota protestou:

— Enforcado é que não! — Estava certo se o matassem antes, quando seduzira Mariazinha. Agora não. Vinte anos tinham sido recuados. Não era mais noivo de mulher alguma, nem pertencia à diocese do eminente bispo.

Dom Delfim coçou o queixo, satisfeito com o adjetivo e com o perfume que vinha do lencinho branco de rendas.

Somente se preocupava com a festa comemorativa da sua elevação a bispo, temendo que algum acontecimento imprevisível roubasse a pompa das homenagens que deveria receber.

Entretanto, precisava dar ao povo um pouco mais de alegria. Foi inflexível. Ser eminente era um direito que ninguém lhe podia negar. Levantou a cabeça, altivo, enérgico, e ordenou:

— Josefino Maria Albuquerque Pereira da Silva, enforque o homem!

Depois, dando ao olhar uma expressão terna, pediu-me com humildade (eclesiástica): toque os sinos e case com Mariazinha.

Como não houvesse quem discordasse, enforcou-se o canalha do Zaragota e deu-se início aos preparativos do meu casamento.

Pensou-se primeiro no vestido de noiva. Que não podia ser comprido, de cauda, fomos todos acordes, sem que alguém ousasse mencionar a razão: dom Delfim jamais ameaçava duas vezes. (Omitiu-se, portanto, qualquer referência à poeira das ruas.)

Mariazinha, irrequieta, extasiada com os seus novos quinze anos, não punha objeção a nada. Agarrava-me pela mão e me obrigava a acompanhá-la em longos passeios. Deixávamos a vila para trás e corríamos pelas estradas, varávamos as matas, galgávamos montes. Ia, pelo caminho, enchendo-me de flores e beijos. Enquanto isso, Manacá se enfeitava toda. Colocavam arcos de triunfo e bandeirinhas de papel de seda nas ruas, repicavam os sinos. Dom Delfim, a calva protegida por enorme chapéu de couro, passava apressado em sua caleça, fiscalizando tudo.

No dia marcado para as núpcias, a cidade amanheceu alvoroçada. (Zaragota balançava no topo da torre da igreja.)

O povo se concentrara, logo às primeiras horas do dia, no largo da matriz. José Alfinete comandava a populaça. Há mais de uma hora derramava inflamada oratória sobre os seus conterrâneos. Já analisara a situação caótica do país, a crise da lavoura, sem se esquecer de falar mal do farmacêutico, seu adversário político.

A não ser o orador, que convocara os manaquenses para ouvir terrível notícia, ninguém sabia o motivo da reunião. Duas horas após o início do discurso, Alfinete revelou que Mariazinha fora seduzida novamente e o sedutor fugira.

Os populares, indignados com o que acabavam de ouvir, saíram no meu encalço, dispostos a me enforcar em praça pública.

Quando os meus perseguidores me encontraram, era relativamente tarde para que se pensasse em me executar. Eu já atirara no ponto negro que no ar acompanhava o movimento das minhas pupilas e jazia de bruços no solo.

Na véspera, ao contrário do que ardilosamente tinham anunciado, eu fora seduzido por Mariazinha.

Ao regressar à vila, não tinha mais dúvidas de que minha noiva era uma depravada. Zaragota nenhuma culpa tivera.

À noite não consegui adormecer. Insatisfeito com o que acontecera, tomei a decisão de não me casar. Saí de casa e fui bebendo pelos botequins que encontrava no caminho. Desejava me sufocar no álcool.

Mais tarde retomei a caminhada que fizera ao entardecer daquele dia.

Detive-me no mesmo lugar em que me deitara com Mariazinha. As estrelas se afundaram nos meus olhos e o ponto negro se destacou nítido ao luar. Puxei o gatilho da arma suavemente.

De novo se puseram tristes os sinos de Manacá. Dom Delfim se viu privado das honras episcopais.

1943

— Josefino Maria Albuquerque Pereira da Silva!

A voz era declamada, lenta, lúgubre. Padre Delfim chamava-me em vão.

As ruas da cidade ostentavam o seu primitivo calçamento e os filhos dos seus moradores começaram a se desprender — sem que fosse necessária a intervenção das parteiras — dos ventres das mulheres. Manacá tornara a ser elevada a sede de comarca e os homens que juraram nunca mais se casar, juraram inutilmente.

Ao meu enterro, Zaragota, amigo fiel, compareceria ainda convalescente do enforcamento que sofrerá.

Não compareceu. Padre Delfim julgou-o culpado de sua demissão e ordenou, para consolo próprio, que o enforcassem no mesmo local da outra vez.

Tangeram os sinos, tristes e rachados. O sineiro fora readmitido.

O luar inundou, por várias noites, as ruas sem poeira da cidade e maio caminhou lentamente para o seu termo.

Elisa

> *Eu amo os que me amam; e os que vigiam desde a manhã, por me buscarem, achar-me-ão.*
>
> (*Provérbios*, VIII, 17)

Uma tarde — estávamos nos primeiros dias de abril — ela chegou à nossa casa. Empurrou com naturalidade o portão que vedava o acesso ao pequeno jardim, como se obedecesse a hábito antigo. Do alpendre, onde me encontrava, escapou-me uma observação desnecessária:

— E se tivéssemos um cachorro?

— Não me atemorizam os cães — retrucou aborrecida.

Com alguma dificuldade (devia ser pesada a mala que carregava), subiu a escada. Antes de entrar pela porta principal, voltou-se:

— Nem os homens tampouco.

Surpreso por vê-la adivinhar meu pensamento, apressei-me em desfazer a situação cada vez mais embaraçosa:

— Hoje o tempo está ruim. Se continuar assim...
Interrompi a série de bobagens que me ocorria e, encabulado, procurei evitar o seu olhar repreensivo.
Sorriu levemente, enquanto eu, nervoso, torcia as mãos.

Logo a desconhecida se adaptou aos nossos hábitos. Raramente saía e nunca aparecia à janela.
Talvez não tivesse reparado no primeiro momento em sua beleza. Bela, mesmo no desencanto, no seu meio sorriso. Alta, a pele clara, de um branco pálido, quase transparente, e uma magreza que acusava profundo abatimento. Os olhos eram castanhos, mas não desejo falar deles. Jamais me abandonaram.

Cedo começou a engordar, a ganhar cores e, no rosto, já estampava uma alegria tranquila.
Não nos disse o nome, de onde viera e que acontecimentos lhe abalaram a vida. Respeitávamos, entretanto, o seu segredo. Para nós era ela, simplesmente ela. Alguém que necessitava de nossos cuidados, do nosso carinho.
Aceitei os seus longos silêncios, as suas repentinas perguntas. Uma noite, sem que eu esperasse, interrogou-me:
— Já amou alguma vez?
Por ser negativa a resposta, deixou transparecer a decepção. Pouco depois, abandonava a sala, sem nada acrescentar ao que dissera. Na manhã seguinte, encontramos vazio o seu quarto.

Todos os dias, mal começava a cair a tarde, eu ia para o alpendre, à espera de que ela surgisse a qualquer momento na esquina. Minha irmã Cordélia desaprovava-me:

— É inútil, ela não voltará. Se você estivesse menos apaixonado, não teria tanta esperança.

Um ano após a sua fuga — estávamos novamente em abril — a vi aparecer no portão. Trazia mais triste a fisionomia, maiores as olheiras. Dos meus olhos, que se puseram alegres ao vê-la, desprendeu-se uma lágrima, e disse, esforçando-me para lhe tornar cordial a recepção:
— Cuidado, agora temos uma cadelinha.
— Mas o dono dela ainda é manso, não? Ou se tornou feroz na minha ausência?
Estendi-lhe as mãos, que ela segurou por algum tempo. E, sem conter a minha ansiedade, indaguei:
— Por onde andou? O que fez esse tempo todo?
— Andei por aí e nada fiz. Talvez amasse um pouco — concluiu, sacudindo a cabeça com tristeza.

A sua vida entre nós retomou o ritmo da outra vez. Mas eu estava intranquilo. Cordélia olhava-me penalizada, insinuava que eu não deveria ocultar mais a minha paixão.
Faltava-me, contudo, a coragem e adiava a minha primeira declaração de amor.
Meses depois, Elisa — sim, ela nos disse o nome — partiu de novo.
E como lhe ficasse sabendo o nome, sugeri à minha irmã que mudássemos de residência. Cordélia, apegada ao extremo à nossa casa, nada objetou. Limitou-se a perguntar:
— E Elisa? Como poderá encontrar-nos ao regressar?
Refreei a custo a angústia e repeti completamente idiotizado:
— Sim, como poderá?

A noiva da Casa Azul

A figueira começou a dar os seus primeiros figos; as vinhas, em flor, exalam o seu perfume. Levanta-te, amiga minha, formosa minha, e vem.

(*Cântico dos Cânticos*, II, 13)

Não foi a dúvida e sim a raiva que me levou a embarcar no mesmo dia com destino a Juparassu, para onde deveria ter seguido minha namorada, segundo a carta que recebi.

Sim, a raiva. Uma raiva incontrolável, que se extravasava ao menor movimento dos outros viajantes, tornando-me grosseiro, a ponto dos meus vizinhos de banco sentirem-se incomodados, sem saber se estavam diante de um neurastênico ou débil mental.

A culpa era de Dalila. Que necessidade tinha de me escrever que na véspera de partir do Rio dançara algumas vezes com o ex-noivo? Se ele aparecera por acaso na festa, e se fora por simples questão de cortesia que ela não o repelira, por que mencionar o fato?

Não me considero ciumento, mas aquela carta bulia com os meus nervos. Fazia com que, a todo instante, eu cerrasse os dentes ou soltasse uma praga.

Acalmei-me um pouco ao verificar, pela repentina mudança da paisagem, que dentro de meia hora terminaria a viagem e Juparassu surgiria no cimo da serra, mostrando a estaçãozinha amarela. As casas de campo só muito depois, quando já tivesse desembarcado e percorrido uns dois quilômetros a cavalo. A primeira seria a minha, com as paredes caiadas de branco, as janelas ovais.

Deixei que a ternura me envolvesse e a imaginação fosse encontrar, bem antes dos olhos, aqueles sítios que representavam a melhor parte da minha adolescência.

Sem que eu percebesse, desaparecera todo o rancor que nutrira por Dalila no decorrer da viagem. Nem mesmo a impaciência de chegar me perturbava. Esquecido das prevenções anteriores, aguardava o momento em que eu apertaria nos braços a namorada. Cerrei as pálpebras para fruir intensamente a vontade de beijá-la, abraçá-la. Nada falaria da suspeita, da minha raiva. Apenas diria:

— Vim de surpresa para ficarmos noivos.

O chefe do trem arrancou-me bruscamente do meu devaneio:
— O senhor pretende mesmo desembarcar em Juparassu?
— Claro. Onde queria que eu desembarcasse?
— É muito estranho que alguém procure esse lugar.

Não sabendo a que atribuir a impertinência e a estranheza do funcionário da estrada, resmunguei um palavrão, que o deixou confuso, a pedir desculpas pela sua involuntária curiosidade.

Juparassu! Juparassu surgia agora ante os meus olhos, no alto da serra. Mais quinze minutos e estaria na plataforma da estação, aguardando condução para casa, onde mal jogaria a bagagem e iria ao encontro de Dalila.

Sim, ao encontro de Dalila. De Dalila que, em menina, tinha o rosto sardento e era uma garota implicante, rusguenta. Não a tolerava e os nossos pais se odiavam. Questões de divisas dos terrenos e pequenos casos de animais que rompiam tapumes, para que maior fosse o ódio dos dois vizinhos.

Mas, no verão passado, por ocasião da morte de meu pai, os moradores da Casa Azul, assim como os ingleses das duas casas de campo restantes, foram levar-me suas condolências, e tive dupla surpresa: Dalila perdera as sardas, e seus pais, ao contrário do que pensava, eram ótimas pessoas.

Trocamos visitas e, uma noite, beijei Dalila.

Nunca Juparassu apareceu tão linda e nunca as suas serras foram tão azuis.

Logo que desci na estaçãozinha, solícito, o agente tomou-me as malas:

— O senhor é o engenheiro encarregado de estudar a reforma da linha, não? Por que não avisou com antecedência? Arrumaríamos o nosso melhor quarto.

— Ora, meu amigo, não sou engenheiro, nem pretendo ver obra alguma.

— Então, o que veio fazer aqui?

Refreei uma resposta malcriada, que a insolente pergunta merecia, notando ser sincero o assombro do empregado da estrada.

— Tenciono passar as férias em minha casa de campo.

— Não sei como poderá.

— É coisa tão fantástica passar o verão em Juparassu? Ou, quem sabe, andam por aqui temíveis pistoleiros?

— Pistoleiros não há, mas acontece que as casas de campo estão em ruínas.

Tive um momento de hesitação. Estaria falando com um cretino ou fora escolhido para vítima de desagradável brincadeira? O homem, entretanto, falava sério, parecia uma pessoa normal. Achei melhor não insistir no assunto:

— Quem me alugaria um cavalo, para dar umas voltas pelas vizinhanças?

A resposta me desconcertou: não existiam cavalos no lugar.

— E para que cavalos, se nada há de interesse para ver nos arredores?

Procurei tranquilizar o meu interlocutor, pois pressentia estar sob suspeita de loucura. Menti-lhe, dizendo que há muitos anos não vinha àquelas paragens. O meu objetivo era apenas o de rever lugares por onde passara em data bem remota.

O agente sentiu-se aliviado:

— O senhor me assustou. Pensei que conversava com um paranoico. — E, amável, se prontificou a me acompanhar no passeio. Recusei o oferecimento. Necessitava da solidão a fim de refazer-me do impacto sofrido por acontecimentos tão desnorteantes.

Não caminhara mais de vinte minutos, quando estaquei aturdido: da minha casa restavam somente as paredes arruinadas, a metade do telhado caído, o mato invadindo tudo.

Apesar das coisas me aparecerem com extrema nitidez, espelhando uma realidade impossível de ser negada, resistia à sua aceitação. Rodeei a propriedade e encontrei, nos fundos, um colono cuidando de uma pequena roça. Aproximei-me dele e indaguei se residia ali há muito tempo.

— Desde menino — respondeu, levantando a cabeça.

— Certamente conheceu esta casa antes dela se desintegrar. O que houve? Foi um tremor de terra? — insisti, à espera de uma palavra salvadora que desfizesse o pesadelo.

— Nada disso aconteceu. Sei da história toda, contada por meu pai.

A seguir, relatou que a decadência da região se iniciara com uma epidemia de febre amarela, a se repetir por alguns anos, razão pela qual ninguém mais se interessou pelo lugar. Os moradores das casas de campo sobreviventes nunca mais voltaram, nem conseguiram vender as propriedades. Acrescentou ainda que o rapaz daquela casa fora levado para Minas com a saúde precária e ignorava se resistira à doença.

— E Dalila? — perguntei ansioso.

Disse que não conhecera nenhuma pessoa com esse nome e foi preciso explicar-lhe que se tratava da moça da Casa Azul.

— Ah! A noiva do moço desta casa?

— Não era minha noiva. Apenas namorada.

— Não? Será que... — deixou a frase incompleta. — É o senhor, o jovem que morava aqui?

Para evitar novas perguntas, preferi negar, insistindo na pergunta anterior:

— E Dalila?

— Morreu.

Fiquei siderado ao ver ruir a tênue esperança que ainda alimentava. Sem me despedir, retomei a caminhada. Os passos trôpegos, divisando confusamente a vegetação na orla da estreita picada, subi até uma pequena colina. Do alto da elevação, avistei as ruínas da Casa Azul. Avistei-as sem assombro, sem emoção. Cessara toda a minha capacidade emocional. Os meus passos se tornaram firmes novamente, e de lá de dentro dos escombros eu iria retirar a minha amada.

* * *

    Descolorida e quieta a Casa Azul está na minha frente. Caminho por entre os seus destroços. A escadinha de tijolos semidestruída. Aqui nos beijamos. Beijamo-nos no alpendre, cheio de trepadeiras, cadeiras de balanço, onde, por longas horas, ficávamos assentados. Depois do alpendre esburacado, o corredor. Dalila me veio fortemente. Subo a custo os degraus apodrecidos da escada de madeira. Chego ao quarto dela: teias de aranha. Vazio, vazio, meu Deus! Grito: Dalila, Dalila! Nada. Corro aos outros quartos. Todos vazios. Só teias de aranha, as janelas saindo das paredes, o assoalho apodrecendo.
    Desço. Grito mais: Dalila, Dalila! Grito desesperado: Dalila, minha querida! O silêncio, um silêncio brutal responde ao meu apelo. Volto ao quarto dela: parece que Dalila está lá e não a vejo. O seu corpo miúdo, os olhos meigos, os cabelos dourados. Abraça-me e não sinto os seus braços.
    A noite já estava aparecendo por entre o teto fendido. Grito ainda: Dalila, Dalila, meu amor! Corta-me a agonia. Corro desvairado.

O bom amigo Batista

Bem-aventurados os mansos: porque eles possuirão a terra.
(*Mateus*, V, 4)

I

Desde a infância procuraram meter-me na cabeça que devia evitar a companhia de João Batista, o melhor amigo que já tive. A começar pelo meu irmão:

— Não vê, José, que Batista está abusando de você? Todos os dias come da sua merenda, copia seus exercícios escolares e ainda banca o valente com os outros meninos, fiado nos seus braços. Todavia, quando os moleques lhe deram aquela surra, nem se abalou para ajudá-lo.

Era uma injustiça. Batista não viera em meu auxílio, como explicou em seguida, porque fora acometido de cãibra justamente no momento em que fui agredido.

II

Após o grupo, veio o ginásio e lá em casa meus pais, unidos a meu irmão, na faina de me separar do amigo, pouco variavam de estribilho:

— Você precisa deixar de ser burro, de ser idiota. Batista está aproveitando do seu trabalho como uma sanguessuga. Você estuda e ele, copiando suas provas, recebe as melhores notas da classe. E os discursos? Você os escreve, para que seu amigo, lendo-os apenas, fique com a glória de bom orador e de líder da turma.

Tio Eduardo, o mais novo dos irmãos de mamãe, que à falta de um ofício morava conosco havia anos, deixava sua observação para o final:

— Além de tudo, é filho daquele mandrião do Honório, o caça-dotes!

Não adiantava argumentar com meus pais. Muito menos com titio, que fora noivo da mãe de Batista, mulher bonita e rica.

Discutir seria pior. Ficavam irritados e me agrediam com uma torrente de adjetivos dificilmente toleráveis por pessoas de maior sensibilidade.

Ante essa perspectiva desfavorável, contentava-me em saber que não tinham razão e em tornar cada vez mais sólida a minha amizade pelo colega.

De fato, ajudava-o nos exames e discursos. Também não era menos verdade ser ele mais brilhante do que eu. Dava-lhe uns poucos dados, que dependiam da minha boa memória, e Batista, desenvolvendo-os com inteligência, fazia magníficas provas.

Quanto aos discursos, poderia escrevê-los sem a minha colaboração e bem superiores aos meus. Só não os redigia em virtude da preguiça que o assaltava nas vésperas de pronunciá-los, ou mesmo por saber que esse trabalho me dava prazer.

Que me custava prestar-lhe ajuda se, além de gago e tímido, eu não pretendia seguir carreira que dependesse da oratória?

III

Não conseguindo convencer-me, meus parentes mudaram de tática. Em vez da reiteração das censuras, que resultavam inócuas, passaram a meter-me em ridículo. Serviu de pretexto para a nova ofensiva uma namorada que me foi tomada por Batista. Eu gostava da moça — uma ruiva de dentes alvos e miúdos —, razão por que quase rompi com o amigo. Desculpei--o posteriormente ao saber que assim procedera pelo temor de que a ruiva me levasse a praticar alguma tolice. Eu estava apaixonado e ela era bastante leviana. Tanto era — dizia-me o companheiro — que me abandonara por ele! O argumento me satisfez e não mais me incomodaram as pequenas ironias que a todo instante me atiravam.

IV

Quando mais tarde, juntos, entramos para o Ministério da Fazenda, disseram os da minha família que eu ditara para meu colega as provas do concurso e isso, de certo modo, explicava o primeiro lugar conquistado por Batista.
Sórdida mentira! Apenas o auxiliara na prova de matemática, matéria da qual ele não tinha grandes conhecimentos. Mas quem deixaria de ajudar seu semelhante numa contingência dessas?

V

Os que não viam com bons olhos a nossa amizade nos deram tréguas por algum tempo.

Não demoraram, porém, em romper as hostilidades contra nós. Serviram de motivo as promoções, que vieram um ano após o concurso. Para cúmulo do azar, o despeito dos nossos colegas de trabalho fez com que considerassem uma injustiça a promoção do meu companheiro. (Eu é que merecia ser promovido. O acesso de Batista à classe superior — segundo eles — se devia à permanente adulação com que cercava nossos chefes.)

Argumentavam de diferentes maneiras, mas no fundo apenas tentavam disfarçar uma grosseira inveja de alguém que subia pelos próprios méritos.

À minha casa chegaram esses murmúrios e ninguém fez o menor comentário. Fizeram pior: forçavam um silêncio constrangedor todas as vezes que o nome do meu amigo vinha à baila. Punham-se a olhar-me, atentamente, sem pronunciar uma palavra sequer.

Dissimulei o desagrado que o procedimento dos meus parentes me provocava e deixei de falar do companheiro na presença deles.

Enquanto isso, os anos passando, outras promoções vieram. Em algumas fui preterido, em outras não, ao passo que João Batista foi galgando postos, até chegar a chefe da minha seção.

VI

Por essa época, já me assaltara insistente melancolia. Sentia-me deslocado em casa, uma necessidade de andar pela noite adentro, sem parar, cansando-me, evitando os pensamentos. Só me acalmava a companhia de Batista, meu guia e conselheiro.

Certo dia, ao largar o serviço, deixei-me ficar no banco de uma pracinha, a remoer ideias infelizes, um desejo de diluir-me nas nuvens claras que se mesclavam com o azul do céu. A meu lado, uma jovem — silenciosa e triste — parecia compartilhar do mesmo desamparo que me afligia.

A identidade de angústia nos aproximou. Conversamos e um mês depois fomos a uma igreja gótica, onde um padre holandês e rubicundo disse muita coisa que não entendemos, mas como nos declarasse casados e fosse meu padrinho o bom amigo Batista, senti-me feliz apesar de não se encontrar no templo nenhum dos meus parentes. Ou por essa mesma razão.

VII

Mal decorrera um ano de casados, a tranquilidade do nosso lar, até então completa, veio a ser abalada por um incidente de mínima importância. Para uma promoção a que tinha direito, meu companheiro indicou outro funcionário. Sendo o beneficiado sobrinho do ministro, aconselhei Batista a não sugerir meu nome para a vaga, pois a minha indicação poderia, no futuro, prejudicar-lhe a carreira funcional.

Assim não entendeu minha esposa. Pensando que eu fora deliberadamente preterido, cortou relações com meu amigo, não mais lhe permitindo entrar em nossa casa. Desse dia em diante, tornou-se irritadiça, declarando a todo momento que se sacrificara por um imbecil.

Amargurado, eu não fazia nenhum reparo às acusações, evitando o confronto, como sempre foi do meu feitio. Deixava-

-me ficar pelos bancos das praças, invejando a insensibilidade das nuvens.

VIII

Não me sendo possível deixar de aparecer em casa e, nela, escapar aos insultos de Branca, resolvi fingir-me doido.

Após duas semanas, a trepar nas mesas, os olhos arregalados, a gritar ou quebrando louças, eu já estava saturado do meu próprio espetáculo. Para aumentar-me o desalento, minha mulher não cuidava de chamar o médico que constatasse minha insanidade. Contentava-se em olhar-me e dizer:

— Não é que esse cretino está maluco mesmo! Que se dane. A gente casa com uma toupeira e ainda tem que lhe aturar as maluquices.

Falava e se recolhia ao silêncio, espiando-me com seus olhos maus.

Entretanto, aquele que sempre cuidou de mim e, em várias circunstâncias, me livrou de situações difíceis, veio em meu socorro. Tão logo soube do que se passava, buscou-me em casa para internar-me em um hospício. Minha esposa, que me desejava ter à mão, a fim de descarregar sua raiva, não concordou com a providência. Aos gritos, esgotou o repertório de palavrões, sem que tomassem em consideração o seu protesto. E fui internado na poética casa de saúde da rua Lopes Piedade.

Enquanto correm os meses, calado, eu ficava a observar os meus companheiros. Bons e espirituosos amigos: trocaram o meu nome pelo de Alvarenga — Alvarenga Peixoto. Talvez pelo meu ar tristonho ou por ter sempre os olhos postos nas magnólias do parque.

IX

Uma manhã — eu estava de bom humor e um tanto loquaz — conversava com Napoleão sobre o desastre de suas tropas em Waterloo, divergindo dele, que afirmava ter sido derrotado somente por falta de queijos suíços na intendência do seu exército, quando um guarda me chamou a mandado do diretor do hospício.

Na sala da diretoria encontrei meu irmão e um homem de olhinhos espertos, que me apresentaram como sendo o delegado João Francisco. Usava um pequeno bigode empastado de vaselina e foi logo me dizendo:

— Estou aqui para esclarecer fatos relativos a uma denúncia apresentada por pessoas de sua família. Alegam que o senhor jamais sofreu das faculdades mentais e se encontra neste hospício em virtude de uma trama urdida pela sua esposa com a conivência de João Batista Azeredo. De tudo isso já apurei que os dois estão vivendo juntos.

Percebendo aonde ele iria chegar, não me contive e comecei a berrar:

— É uma calúnia! Estou louco! Doido varrido!

Distribuí murros, quebrei armários, os óculos do diretor. Antes que alcançasse o bigodinho vaselinado do policial, fui subjugado pelos guardas.

X

Agora, livre da camisa de força e dos enfermeiros, tenho meditado sobre os acontecimentos de dias atrás e sou levado a acreditar que meu companheiro esteja amasiado com Branca.

Não posso desprezar essa possibilidade, mesmo sabendo do ódio que nutriam um pelo outro. Naturalmente Batista descobriu que minha mulher planejava retirar-me daqui e, para evitar que tal acontecesse, foi ao extremo da renúncia, atraindo-a para si. Pobre amigo.

Epidólia

E vi um céu novo e uma terra nova; porque o primeiro céu e a primeira terra se foram, e o mar já não é.

(*Apocalipse*, XXI, 1)

Como poderia ter escapado, se há poucos instantes a estreitava de encontro ao ombro?

Manfredo se distraíra por alguns segundos, observando um menino parado em frente às jaulas das onças, quando percebeu que o braço, estendido sobre o encosto do banco, perdera o contato com o corpo de Epidólia. Ainda conservava o calor dele na mão encurvada, a prender o vazio.

Reagia lentamente, incapaz de explicar o que acontecera. Olhava para os lados, atônito, até render-se à evidência do desaparecimento da moça.

A uns dez metros, balançando um bastão curto, Arquimedes, o velho guarda, que o acompanhara do grupo escolar à universidade, deveria saber o rumo que ela tomara.

Antes nada perguntasse:

— Manfredinho, você conhece meu sistema. Sempre deixo os casais à vontade, procurando ignorar o que eles fazem. Por que vocês brigaram?

— Manfredinho é a vó. Será que não crescerei nunca? E não houve briga. — Deixou a explicação pelo meio e gritou: — E-PI-DÓ-LIA! — No grito ia todo um desespero a substituir a perplexidade dos primeiros momentos.

Atirou-se parque adentro, atravessando-o com uma rapidez que em outra circunstância lhe causaria estranheza. Mesmo assim, calculou ter caminhado mais do que devia.

Passou pelo portão dos fundos, detendo-se no passeio deserto. Nem de longe via caminhar ou correr mulher alguma. O desapontamento quase o levou a retroceder e verificar se Epidólia utilizara a entrada principal do parque para escapar. Percebeu o absurdo da hipótese: se ela houvesse tomado aquela direção, passaria por Arquimedes, e isso não acontecera.

Sentia-se sem condições de raciocinar objetivamente. Desanimado, decidiu regressar à casa. Logo tornou atrás, na decisão, lembrando-se que Epidólia lhe dissera estar hospedada no Hotel Independência, numa cidade vizinha, a cinquenta minutos do lugar onde se encontrava.

Como estivesse de pijama, ficou indeciso se o trocava por um terno. Temeroso de perdê-la caso se atrasasse, resolveu tomar imediatamente um táxi. O automóvel que estacionou a um sinal seu diferia muito dos outros que até a véspera vira circular na Capital. Comprido, os metais brilhantes, oferecia extraordinário conforto. Deu o endereço ao motorista, pedindo-lhe a máxima velocidade.

Os olhos atentos ao velocímetro, a marcar cento e vinte quilômetros, Manfredo já se impacientava por não terem cruzado a zona rural, quando uma freada brusca jogou-o de encontro ao para-brisa. Apalpou a testa, imaginando-se ferido, porém nada de grave ocorrera. Na sua frente estava o hotel. Foi recebido na portaria pelo próprio gerente. Este, cara amarrada, certo de estar atendendo a um hóspede, perguntou-lhe se desconhecia a proibição regulamentar do uso de pijama fora dos alojamentos.

— Para dizer a verdade, nunca me hospedei em hotéis, nada sabendo de seus regulamentos. — Veemente, expressando-se de maneira confusa, falava dos motivos de sua presença ali. Só articulou com clareza o nome da pessoa procurada.

O homenzinho ouvia-o emburrado, sem encontrar saída para o problema que defrontava: como impedir a um estranho de apresentar-se em trajes vedados somente aos hóspedes?

— Epidólia?

Distante da rotina, seu raciocínio emperrava, sobretudo se estavam em jogo pessoas de condição social acima da sua.

Vagarosamente, superou a indecisão: o rapaz tinha boa aparência e as suas palavras, agressivas ou obscuras (ora, uma mulher desaparecer dos braços de alguém!), não seriam motivadas por um choque emocional. O anel de grau no dedo do desconhecido valeu como argumento definitivo para decidi-lo a prestar informações:

— Não a vejo desde a semana passada.

— E o fato não o preocupou?

— Por que haveria de me preocupar se conheço seus hábitos singulares? Costuma permanecer vários dias sem sair do hotel ou dele se ausenta por extensa temporada. Mesmo procedendo dessa maneira, é correta nos pagamentos e só nos queixamos do péssimo costume que mantém de levar consigo a chave do quarto.

— Ela não poderia ter entrado no momento em que o senhor estava fora da portaria?

— Impossível. Estive aqui toda a manhã e a quarteira já me

prevenira que, por falta de uso, não tem trocado a roupa de cama de Epidólia.

(Onde dormiria?) Manfredo ocultou o ciúme, atribuindo tudo a uma cadeia de equívocos.

— Contudo, gostaria de ir lá.

Subiram pela escada e num dos apartamentos do terceiro andar tocaram a campainha. Não sendo atendidos, o hoteleiro abriu a porta, valendo-se da chave mestra. O quarto estava vazio, nenhum vestido nos cabides ou malas em cima dos armários.

— Veja! — O gerente chamava-lhe a atenção para uma calcinha manchada de vermelho. — Aquela rata! Só deixou esta porcaria!

Manfredo arrancou-a das mãos impuras, impedindo que elas maculassem aquela peça íntima, a lembrar-lhe intensamente o corpo da amada.

Era sangue, ainda úmido. Prova de que Epidólia estivera ali recentemente. Renascia nele a esperança de encontrá-la e para isso removeria quaisquer obstáculos, procurando-a em todos os recantos da cidade.

O mais simples, porém, seria informar-se primeiro dos lugares que ela costumava frequentar, pois em duas semanas de encontros diários, no parque, nada indagara de sua vida, como se já soubesse tudo ou não houvesse interesse maior pelo acessório, à margem do instante que estavam vivendo.

Talvez o homem que o acompanhava, conhecendo-a há mais tempo, pudesse dar-lhe as indicações precisas.

Deu-as cautelosamente:

— Não se zangue comigo, tenho que ser franco. Somente uma pessoa está em condições de informá-lo com segurança. É o Pavão, um marinheiro velho, amante dela. Poderá encontrá-lo num dos botequins da orla marítima.

— Orla marítima? A cidade nunca teve mar! O senhor está

maluco. E essa história de amante de marinheiro? É uma calúnia, seu crápula! — Aos brados, avançava de punhos cerrados na direção do hoteleiro. Este recuou, pedindo-lhe calma. Esclareceria toda a situação sem o recurso da violência. (O rapaz, além de amnésico, estava transtornado. Precisava ganhar tempo, para escapar de sua fúria.)

— Antes eram três localidades distintas: Natércia, Pirópolis e a Capital. Tendo se expandido, encheram os vazios, juntando-se umas às outras. Com Pirópolis veio o mar.

Manfredo se desinteressou do resto, dando-lhe as costas. Decidira retornar à sua residência para trocar de roupa. Depois procuraria o marujo.

No trajeto, confirmou parte do que ouvira. A ausência de vegetação, notada por ele na vinda, testemunhava a união das cidades.

Com o advento de Epidólia a casa se transformara. Desde a varanda e suas grades de ferro, os ladrilhos de desenhos ingênuos e seus crótons, desses que pensava não existirem mais.

Pelas salas circulavam pessoas do interior, hóspedes habituais do avô, antigo fazendeiro. Entre eles e o mofo, a velha tia passeava a cara enrugada, o vestido sujo, amarfanhado. Veio ao encontro do sobrinho, abraçando-o carinhosamente. Com agulha e linha invisíveis, tenta pregar no pijama dele um botão solidamente preso:

— Tão desmazelado, o meu menino!

Manfredo acha graça, sem rir, vendo em comparação o estado das roupas dela. Segue para o quarto, nele encontrando mais três camas — os roceiros! Busca um terno e não encontra nenhum dos seus, nem em cima da mesinha de cabeceira o aparelho de barbear, a escova de dentes.

— Tia, as minhas coisas?! — grita por tia Sadade, que veio correndo:

— Oh! Manfredinho, estão no ginásio, onde poderiam estar?

Sorri: largara o colégio interno havia tanto tempo! Lembrou-se do pai, a lhe recomendar que não desse muita atenção às bobagens da sua cunhada.

Vestiu um dos ternos, cujas medidas se aproximavam do seu corpo, calçou uma botina de elástico.

Teve sorte de encontrar Pavão no terceiro bar em que entrou. Usava longas barbas acinzentadas e delas pendiam moedinhas de ouro, a tilintar a cada movimento seu. O aspecto dele era deplorável: as mãos encardidas, os dedos amarelados pela nicotina, o uniforme da marinha mercante esgarçado. Sentia repugnância só de pensar que ele tocara o corpo de Epidólia.

Às perguntas que lhe eram feitas, respondia com monossílabos, mantendo no canto da boca um cachimbo de espuma.

— Moço, você já perguntou muito, mas não disse o seu nome.

— Manfredo.

— Um nome antigo, bem antigo.

— Não, são as roupas. Por sinal, nem me pertencem.

— Mau costume, meu rapaz, esse de usar roupas dos outros. A sua história também está muito enrolada.

— O senhor não pode compreender. Nós nos amávamos.

— Aquela vaca ninfomaníaca? E arranja um trouxa para gostar dela! Dá vontade de rir.

Manfredo descontrolou-se, aguentara demais a grosseria do velho:

— Seu devasso, avarento, decrépito! — E cuspiu na cara do marinheiro.

Em resposta recebeu um soco na testa com uma violência dificilmente esperada dos punhos de um homem idoso.

Derrubado ao chão, em meio a pedaços da cadeira espatifada na queda, ainda ouviu:

— Não devia ajudar cornos e imbecis, mas procure na casa da frente o pintor. Foi o último amante dela.

Seguiu-se às suas palavras uma estridente gargalhada, que acompanhou Manfredo até o outro lado da rua.

O pintor pediu-lhe desculpas. Só poderia responder o essencial. Padecia de uma caxumba, entranhada no corpo todo, perdoado o exagero. Falavam por si as paredes totalmente ocupadas por retratos de mulheres nuas. Antes que o visitante, desconcertado frente às telas, dissesse qualquer coisa, antecipou-se:

— Nos últimos anos só pintei Epidólia. — A voz estava em desarmonia com o seu físico jovem, parecendo vir de alguém envelhecido precocemente. Exprimia dolorosa fadiga, a necessidade de livrar-se de incômodas reminiscências:

— Não foi minha amante, apenas modelo — prosseguia com dificuldade crescente. Nada lhe pagava, sabia pouco do seu passado.

— A última vez em que a vira? — Sim, lembrava-se inclusive do vestido que usava no dia, ele que só lhe pintara o corpo. Fora na porta da Farmácia Arco-íris, de propriedade de um tio dela.

Fez uma pausa, para recuperar-se do cansaço. Limpou o suor com o lenço:

— Sinto que você também a amou muito. Não quer um dos retratos? Pode escolher o melhor ou levar todos. — Parecia mais cansado e o rosto começava a enrugar-se.

Manfredo recusou a oferta, dando uma vaga desculpa. Pensava no escândalo que a nudez do retrato causaria nos hóspedes do avô. Riu, sem que o pintor entendesse a graça.

A farmácia devia ser do século passado, com grandes vidros contendo líquidos coloridos. Ao lado, potes de porcelana, com os nomes dos medicamentos gravados a ouro. O farmacêutico, um velhinho de terno branco, chinelas de lã, teria quase a idade da botica. Ele mesmo aviava as receitas e atendia a clientela no balcão:

— Algum remédio?

— Procuro a sua sobrinha, sabe onde posso encontrá-la?

— Esteve aqui há poucos dias. Pediu umas pílulas anticoncepcionais e, em razão da minha estranheza, por sabê-la virgem, disse-me ter encontrado o homem que merecia seu corpo.

— Como? Se um marinheiro velho acaba de me afirmar o contrário!

— Certamente você conversou com o Pavão, pai de Epidólia, tipo ordinário, depravado. Abandonou-a logo após o nascimento, alegando ter sido traído pela esposa, morta durante o parto.

— Perdoe-me a insistência: quem mais poderia saber do paradeiro dela?

— Ninguém, ou muitos. Ela some e reaparece a cada experiência sentimental. Não resiste ao sortilégio do mar e a ele retorna sempre. É possível que a esta hora já esteja nas docas, abrigada na casa de um de seus amigos, ou se encaminhando para aqui.

Manfredo seguiu pela parte velha do porto, atravessando ruas encardidas, sem prestar atenção à fuligem das paredes, ao calçamento enlameado de barro e óleo. Nada lhe repugnava, nem mesmo o cheiro intenso de frituras de peixe, porque Epidólia por ali caminhara e poderia surgir inesperadamente em uma janela ou sair de um jardim sobraçando flores. A sua imagem crescia, tomava forma, quase adquirindo consistência. Perto e longe, a amada se perdia por detrás do casario.

Batia de porta em porta, perguntava — o coração opresso — ou nada dizendo, apenas vasculhando com os olhos corredores, alpendres e quintais.

O processo era lento, desesperador. Abandona-o. Afasta-se do passeio e vai pelo meio da rua. Acredita que gritando pelo nome ela acudiria. Grita.

Atrás dele ajuntavam-se crianças, formando um cortejo a que em seguida se incorporariam adultos — homens e mulheres, moços e velhos — unidos todos em uníssono grito: Epidólia, Epidólia, Epidólia. Começavam alto. Aos poucos, as vozes desciam de tom, transformando-se em soturno murmúrio, para de novo se altearem em lenta escala.

Chegara à exaustão e o nome da amada, a alcançar absurdas gradações pelo imenso coral, levava-o ao limite extremo da angústia. Apertou o ouvido com as mãos, enquanto o coro se distanciava, até desaparecer. Pirópolis recuara no tempo e no espaço, não mais havia o mar.

O parque readquirira as dimensões antigas, Manfredo pisava uma cidade envelhecida.

Petúnia

E nascerão nas suas casas espinhos e urtigas e nas fortalezas o azevinho.

(Isaías, XXXIV, 13)

Nem sempre amou Petúnia. Mas não sabia de quem a tivesse amado tanto, enquanto Petúnia.

Eles gostavam dos jardins, dos pássaros, dos cavalos-marinhos, de suas filhas — três louras Petúnias, enterradas na última primavera: Petúnia Maria, Petúnia Jandira, Petúnia Angélica.

Quando dos pequeninos túmulos, colocados à margem da estrada, saíram os minúsculos titeus, nada mais pertencia a Éolo. Cacilda se assenhoreara do seu talento, das suas recordações. Proibira-lhe visitar os jazigos das meninas, levar-lhes copos-de-leite, azáleas. Vedou-lhe o jardim, tomou-lhe o binóculo. É que apareceram os timóteos, umas flores alegres, eméritos dançarinos. Divertiam as miúdas Petúnias, brincando de roda, ensinando-lhes a dança, despindo-se das pétalas. A sua nudez aborrecia Cacilda. Sem protesto, Éolo aguardava as begônias, naquele ano ausentes.

Longa se tornou a espera e se punha triste por andar sozinho pelo quarto úmido. Impedido de franquear as janelas, que a esposa mandara trancar com pregos, ele imaginava com amargura os lindos bailados dos timóteos, a alegria das louras Petúnias. Por que Petúnia-mãe as julgava mortas, se nada apodrecera?

A primeira Petúnia, Petúnia Maria, filha de Petúnia Joana, levou-o a acreditar que os dias seriam felizes.

— Chamo-me Cacilda. Nenhuma delas se chama Petúnia — gritava a mulher. (Cacos de vidro, perdeu-se o amor de encontro à vidraça.)

Por que begônias? Felônia, felonia. Fenelão comeu a pedra. — Petúnia Jandira gostava de histórias:

— Papai, quando virão os proteus?

— Não come a gente, são dançarinos, filhinha.

— E os homens?

— Fenelão comeu a pedra. Era lírico o Fenelão.

Éolo não tinha planos para casamento, porém sua mãe pensava de outro modo:

— Sou rica e só tenho você. Não admito que minha fortuna vá para as mãos do Estado. — E, irritada diante dessa possibilidade, alteava a voz: — Quero que ela fique com os meus netos!

Vendo que não conseguia mudar as convicções do filho, nem seduzi-lo com a visão antecipada de possíveis descendentes, descaía para a pieguice:

— Além do mais, amor, quem cuidará do meu Eolinho?

O diminutivo era o bastante para enfurecê-lo. Saía batendo portas até seu quarto.

* * *

Periodicamente dona Mineides promovia festinhas, enchendo a casa de moças, esperançosa de que o rapaz casasse com uma delas. Às que reuniam, na sua opinião, melhores qualidades para o matrimônio, insinuava aparentando uma infelicidade um tanto fingida: "Alguém terá que substituir-me e cuidar dele com o mesmo carinho". — As jovens concordavam, felizes por se tornarem cúmplices da velha.

O filho bocejava. Ou se irritava ouvindo os gritinhos histéricos, as perguntas idiotas, a admiração das mocinhas pelo casarão, onde o mau gosto predominava.

Enfastiado, esperava esvaziar-se o recinto, cessar o alvoroço das inquietas raparigas. Terminada a festa, dona Mineides e os criados já recolhidos aos aposentos, os pássaros invadiam as salas, voavam em torno dos lustres, pousavam nos braços das cadeiras. Não cantavam. Ruflavam de leve as asas, para não despertar os que dormiam, pois jamais permitiam que outras pessoas, além dele, os vissem em seus voos noturnos.

Estava Éolo, uma tarde, a soltar bolhas de sabão quando ouviu de longe a mãe berrar:

— Éolo, seu surdo, venha cá!

Relutou em atender ao chamado, tal o seu desagrado pelo tom brusco com que solicitavam a sua presença na sala.

A velha aguardava-o impaciente. Logo que pressentiu seus passos no corredor, avançou em direção do filho, arrastando pelas mãos uma moça que pouco à vontade a acompanhava:

— É ela.

Não se lembraria em seguida de ter ouvido o nome de Cacilda, talvez pela surpresa do encontro. O rubor subiu-lhe à face, ele que de ordinário mostrava-se seguro de si ou indiferente no trato com as mulheres. Ficou a contemplar em silêncio os olhos castanhos e grandes, os lábios carnudos, os cabelos longos da desconhecida. Vagaroso, aproximou-se dela e tomou-a nos braços. Apertou-a, a princípio com suavidade, para depois estreitá-la fortemente. Dominado pela sensualidade que aquele corpo lhe provocava, esqueceu-se da mãe. A jovem mulher não se perturbou. Desprendeu-se dele e disse com naturalidade:

— Lindos pássaros.

Dona Mineides olhou para os lados e nada vendo perguntou:

— Que pássaros?

Éolo ignorou a pergunta, já convencido de que sempre amara Petúnia, porque na sua frente estava Petúnia.

A mãe não presenciou o casamento. Antes de morrer, manifestou o desejo de ver seu retrato transferido da sala de jantar para os aposentos que iriam abrigar o casal. Petúnia apressou-se em concordar, enquanto Éolo, consciente dos motivos que levavam a moribunda a expressar o estranho pedido, hesitava em dar sua aquiescência.

Casados, os dias corriam tranquilos para os dois. A casa vivia povoada de pássaros e cavalos-marinhos, estes trazidos pela noiva. Até o nascimento da terceira filha nenhum atrito criara desarmonia entre eles.

Alguns dias após o último parto, aterrorizada, Petúnia acordou o marido:

— Olha, olha o retrato!

Éolo demorou a entender por que fora despertado de maneira tão repentina. Finalmente compreendeu a razão: a maquilagem da mãe se desfazia no quadro, escorrendo tela abaixo.

Levantou-se resmungando. Com a ajuda de batom e cosméticos retocou o rosto de dona Mineides.

— Pronto — disse. O sorriso demonstrava sua satisfação pelo trabalho realizado.

Petúnia fez uma cara de nojo e virou-se para o canto. Custou a reencetar o sono interrompido. Por mais que tentasse esquecer a cena, tinha o pensamento voltado para o retrato da sogra a derreter-se, sujando a moldura e o assoalho.

A repetição do fato nas noites subsequentes aumentou o desespero dela. Suplicava ao esposo que retirasse o quadro da parede. Éolo fingia-se desentendido. Pacientemente recompunha sempre a pintura da velha.

Houve um momento em que Petúnia descontrolou-se:

— Como é possível amar, com essa bruxa no quarto?

As relações entre os dois, aos poucos, tornavam-se frias, sem que deixassem de compartilhar a mesma cama. Quase não se falavam, os corpos distantes, nunca se tocando. Cacilda lhe dava as costas e entediada lia um livro qualquer. Também descuidava das filhas e muitas vezes as evitava.

Éolo acabava de entrar em casa, vindo da cidade, quando sentiu o corpo tremer, afrouxarem-lhe as pernas, a náusea chegando à boca: jogadas no sofá, as três Petúnias jaziam inertes, estranguladas. Cambaleante, deu alguns passos. Depois retrocedeu, apoiando-se de encontro à parede. Transcorridos alguns minutos, superou a imensa fadiga que se entranhara nele e pôde observar melhor as filhas. Quis reanimá-las, endireitar-lhes os pescocinhos, firmar as cabecinhas pendidas para o lado.

Percebeu a inutilidade dos seus esforços e rompeu-se num pranto convulsivo. Não entendia por que alguém poderia ter feito aquilo. De repente tudo se aclarou e saiu à procura de Cacilda. Encontrou-a sentada na cama, segurando a cabeça nas mãos.

Inquirida sobre o que acontecera, levantou os olhos secos na direção do marido:

— Foi ela, a megera. — A voz era inexpressiva, sumida. O dedo apontava o retrato da velha a se desmanchar na tela.

Perdera a noção de quantas horas havia dormido. O primeiro pensamento, ao acordar, foi para as Petúnias. Seguiu até a sala e surpreendeu-se por não vê-las no mesmo lugar. Vasculhou os aposentos. Nenhum sinal das filhas ou da mulher. Teve o pressentimento de que tinham sido levadas para o jardim e desceu rápido as escadas. Não transpôs a porta. Os cavalos-marinhos obstruíam a passagem. Avançaram sobre ele, subindo pelas suas roupas, cobrindo-lhe o rosto, os cabelos. Recuou apavorado, a sacudir para longe os agressores.

Cacilda retornou tarde. Não deu explicações do que se passara, nem justificou sua ausência. Daí por diante, Éolo habituou-se às constantes fugas da esposa, que saía de manhã e só regressava com o sol-posto. Não dirigia uma palavra sequer ao marido, mas aparentava tranquilidade e espelhava, às vezes, certa euforia. Também costumava assobiar.

Por muito tempo Éolo se absteve de sair de casa, temeroso da fúria dos cavalos-marinhos. Impossibilitado de saber o que se passava lá fora, através das janelas hermeticamente trancadas, vagava pelos quartos, afogava-se na tristeza.

Quando, por acaso, descobriu que os pequenos animais tinham o sono tão profundo quanto o de Cacilda, a alegria lhe retornou. Bem-sucedido na primeira tentativa de chegar ao pátio sem ser molestado, adquiriu a confiança de que jamais seria pressentido em seus passeios noturnos. Tão logo a esposa adormecia, escapava sorrateiro da cama, escorregando por debaixo das cobertas. Fazia o menor ruído possível e ao alcançar o jardim desenterrava as filhas, transferidas de seus túmulos para um canteiro de açucenas. Elas se desvencilhavam rápidas de suas mãos e ensaiavam imediatamente os primeiros passos de uma dança que se prolongaria pela madrugada afora. Ao lado, bailavam risonhos os titeus e proteus.

Em uma das ocasiões em que se preparava para levantar-se, descuidou-se um pouco, suspendendo demasiadamente o lençol que cobria a companheira: no ventre dela nascera uma flor negra e viscosa. Recém-desabrochada. Cortou-a pela haste, utilizando uma faca que buscara na cozinha, e levou-a consigo. Caminhava sem precaução, a esbarrar nas portas, tropeçando nos degraus. Contudo manteve os seus hábitos. Apenas não prestou grande atenção nos bailados nem limpou cuidadosamente as Petúnias.

Nas noites seguintes sempre encontrava a rosa escura presa à pele de sua mulher. Não mais a cortava. Arrancava-a com violência e a desfazia entre os dedos. Nervoso, descia ao jardim, para cumprir o ritual a que se acostumara.

Mesmo contra a sua vontade, não conseguia abandonar o leito sem descobrir o corpo da esposa, muito menos desviar os olhos da flor. Na impossibilidade de livrar-se daquela presença obcecante, procurou a faca com que decepara a flor negra da primeira vez e enterrou-a em Cacilda.

Éolo, o olhar fixo no busto da morta, contemplava-o sem a avidez de anos atrás. Voltou-se, por instantes, para os lábios carnudos, dos quais desaparecera a antiga sensualidade. Ao levantar a cabeça, notou que a maquilagem da mãe se desfizera. Recompôs a pintura e sentou novamente na cama. O sangue ainda escorria da ferida, quando multiplicaram as flores no ventre de Cacilda.

Carregou-a nos braços até o quintal. Depois de alguma hesitação quanto à escolha do local onde abriria a cova, optou por um canteiro de couves. Cavou um buraco fundo, jogando nele o corpo. Mal o cobrira com terra, da improvisada sepultura emergiram pétalas viscosas e pretas. Maquinalmente foi arrancando uma a uma. Em meio à tarefa, lembrou-se das filhas. Largou o que estava fazendo e correu para desenterrá-las. Sentia-se extenuado, porém aguardou que elas terminassem a dança, antes que subisse ao quarto. Jogou-se na cama sem despir-se e adormeceu imediatamente. Não dormiu muito. Os estalidos, que vinham do assoalho, acordaram-no. Sobressaltado, viu o aposento atapetado de rosas negras. Urgia destruí-las, senão passariam a outras dependências, chegariam às casas mais próximas, levando consigo a prova do crime. E os vizinhos não deixariam de denunciá-lo à polícia. Alarmou-se com a possibilidade de ser encarcerado: quem cuidaria do retrato da mãe, quem retiraria da terra as Petúnias?

Não dorme. Sabe que os seus dias serão consumidos em desenterrar as filhas, retocar o quadro, arrancar as flores. Traz o rosto constantemente alagado pelo suor, o corpo dolorido, os olhos vermelhos, queimando. O sono é quase invencível, mas prossegue.

Aglaia

Eu multiplicarei os teus trabalhos e os teus partos.
(Gênesis, III, 16)

Vinha do seu giro habitual pelos bares da praia. Cambaleava, apesar de amparar-se no ombro da moça morena. O recepcionista do hotel observou que Colebra estava mais embriagado do que nas outras noites. A mulher também não era a mesma da véspera, mas já se acostumara a vê-lo mudar constantemente de companhia. Retirou do escaninho, juntamente com a chave do apartamento, um envelope volumoso, que entregou ao hóspede. Este, numa voz pastosa, pediu que mandassem para seu quarto uma garrafa de uísque e dois copos:

— Sempre comemoro o dia em que minha mulher me envia a mesada.

Os dedos incertos, teve dificuldade em abrir o envelope. Ao rompê-lo, espalharam-se pelo chão fotografias de recém-nascidos. Recolheu no meio delas o cheque:

— São meus filhos. Os da última safra. — E apontava para as fotos.

Pronunciara as palavras com ódio, procurando ser sarcástico. Passou o braço pela cintura da companheira e a conduziu até o elevador. Ficaram no décimo andar.

A moça morena desistiu de dormir com ele na terceira dose da bebida. Largou-o, inconsciente, e ainda vestido.

Tão logo ela abandonou o aposento, os meninos começaram a entrar pela porta semicerrada. Depois de ocuparem o espaço livre do quarto, subiram uns nos ombros dos outros, para permitir a entrada dos que permaneciam no corredor. Invadiram a cama e foram-se amontoando sobre o corpo de Colebra, que forcejava para escapar à letargia alcoólica e desvencilhar-se do peso incômodo, a crescer gradativamente. Tarde recuperou a consciência. Ainda esbracejou, ouvindo o estalar de pequenos ossos, romperem-se cartilagens, uma coisa viscosa a empapar-lhe os cabelos. Quis gritar, a boca não lhe obedeceu. Sufocado por fezes e urina, que desciam pelo seu rosto, vomitou.

1 O pai não se opunha ao casamento, desde que realizado sob o regime de separação de bens. Procurava, assim, preservar a fortuna da filha, havida com o falecimento de uma tia.

Colebra concordou:

— A sua desconfiança é justa, pois sabe que, no momento, nem emprego tenho. Em contrapartida, só me casarei mediante o compromisso de não termos filhos.

A exigência era fácil de ser atendida, porque a noiva tinha idêntico pensamento. Repugnava-lhe uma prole — pequena ou numerosa.

* * *

2 Após a cansativa cerimônia nupcial e uma viagem aérea, os dois olhavam o mar da janela do hotel. Aglaia, porém, tinha pressa de ir para a cama:

— Posso despir-me aqui?

Um insólito pudor instigou-o a apontar o banheiro do apartamento. Em seguida voltou atrás:

— Onde quiser. (O que lhe acontecera? Jamais se envergonhara diante de mulheres desnudas!)

Ela retornou ao quarto vestida com uma camisola transparente, entremostrando a carnadura sólida e harmônica.

Colebra esqueceu a momentânea reação de recato. Envolveu a jovem mulher nos braços e, ao acomodá-la no leito, Aglaia se desnudou: do busto despontaram os seios duros. Subiu as mãos pelas coxas dela e pensou, satisfeito, que nenhum filho nasceria para deformar aquele corpo.

3 Tudo era festa e ruído na vida deles. Acompanhados de grupos irrequietos, corriam para a luz, refugiavam-se na penumbra. Vidros e espelhos, tinham de sugar sofregamente o que a noite lhes oferecia. Pela madrugada, insaciados, abrigavam-se em casa e prosseguiam o ritual orgíaco até a explosão final do sexo. (O cemitério de copos e garrafas.)

De repente houve uma ruptura violenta: cessaram as regras de Aglaia.

Tentaram se enganar, acreditando que a suspensão menstrual seria temporária e retornaram aos programas noturnos, interrompidos durante a semana. Para ela, entretanto, o champanha perdera o antigo sabor, a penumbra a deprimia, sua apreensão contaminava o marido.

Implorantes, abatidos, procuraram o ginecologista, que procedeu ao exame da paciente e concluiu por uma possível gravidez.

— Possível? — indagou aborrecida.

— Exato. Certeza só daqui a algum tempo, através do teste de laboratório.

— Doutor, tudo que o senhor diz é vago e reticente. Como posso estar grávida, se tomei a pílula?

— Provavelmente não observou a prescrição do anovulatório. Conheço vários casos iguais ao seu.

— Se ocorrer o pior, qual o prazo que terei para abortar?

— Entre dois e três meses... Mas a senhora não vai cometer essa tolice. Sem contar os riscos que sua saúde correrá, está sujeita a ganhar alguns anos de prisão.

A advertência do médico não os demoveu da intenção de impedir, de qualquer modo, o nascimento da criança. Esperaram somente a época oportuna para procurar a pessoa que se encarregaria da tarefa.

4 Estava, desde a manhã do dia anterior, recostada no sofá, com uma sonda no útero.

Além do corpo dolorido, a náusea aumentava seu mal-estar. Dormitava a pequenos intervalos e vagarosamente o sangue começou a escorrer, intensificaram-se as dores.

No instante em que Aglaia, impaciente com a demora do aborto, entrou em crise histérica, a parteira a transferiu para a mesa obstétrica.

— Por favor, a anestesia — pediu numa voz lamurienta.

Preocupada em observar a dilatação do colo uterino, a mulher encarou-a com raiva:

— Isto aqui não é hospital.

Concentrou-se novamente no seu trabalho e notou que a hemorragia tornava-se abundante, aceleravam-se as contrações. Pouco depois o embrião caía nas suas mãos. Jogou-o numa bacia e caminhou até o armário. De lá trouxe um instrumento semelhante a uma colher de bordas cortantes, que utilizou para fazer a curetagem. A paciente cerrou os olhos, temerosa de ver a cena. Ultrapassara os limites do sofrimento físico. Desmaiou.

Ao chegar a casa, ela ingeriu uma dose avultada de barbitúricos. Mesmo assim, não dormiu muito e acordou de madrugada com agudas cólicas abdominais. Ansiada, sacudida pelos vômitos, seus gemidos despertaram o marido. Assustado com o estado dela, telefonou ao ginecologista e lhe fez um breve relato do que se passava. A resposta seria de uma pessoa ofendida:

— Vocês são uns irresponsáveis! Como puderam fazer isso, se foram alertados das consequências?! Sigam imediatamente para o hospital.

5 Útero perfurado — fora o diagnóstico do médico.

Nos três dias posteriores à hospitalização, enfraquecida pelas sucessivas hemorragias, Aglaia teve seu quadro clínico agravado por uma septicemia.

Colebra se desesperou: tinham de salvá-la, senão ele retrocederia na escala social, os amigos desapareceriam à notícia de que voltara a ser um pobretão. (E a estúpida não usara corretamente a pílula!)

O dinheiro era sua ideia fixa. Sem diploma, habilitação para aspirar ocupações rendosas e detestando trabalhar, temia o possível retorno aos tempos dos pequenos empregos, dos biscates humilhantes.

Ia e vinha pelos corredores, importunando as enfermeiras, à espera de palavras tranquilizadoras.

Insatisfeito com as respostas, sentindo-se vítima da incompetência dos médicos, pensou ter descoberto uma saída, a única: pedir à esposa que fizesse o testamento. Não desejava tudo para si, o sogro herdaria a metade.

Ela aquiesceu, sem forças para negar, prostrada pela anemia.

No momento exato em que o tabelião, diante das testemunhas, perguntou se a enferma estava em condições de decidir sobre o destino de seus bens, o ginecologista entrou no quarto e, revoltado com a imprudência, pois proibira as visitas, enxotou-os:

— Abutres, para fora!

6 Por fim, o alívio, a convalescença, a alegria, um pouco murcha, voltando. Bebiam menos descontraídos, sentindo pesar-lhes a sombra do anovulatório, a ser usado sob rigoroso controle.

De nada valeram as precauções e de novo Aglaia engravidou. Indignada, saiu atrás do médico, que estranhou o fato: não compreendia, porém os tratados confirmavam a existência de percentagem pequena de falhas na utilização da pílula. Insistiu que continuasse a usá-la e mudasse a marca do anticoncepcional.

Surpreendentemente ela sofreu outra gravidez. Desconcertado, o ginecologista recomendou o uso de um dispositivo intrauterino, que também não produziu o efeito previsto.

Colebra achou melhor procurarem outros médicos e estes sugeriram métodos antigos, que incluíam tabelas e preservativos, sob a forma de *condoms*, espermicidas, esponjas, supositórios. Não obstante os filhos continuavam a vir.

Experimentaram evitar os contatos sexuais. Nem com essa decisão Aglaia deixou de engravidar. E o marido não podia suspeitar dela porque as crianças só pareciam com ele: os mesmos cabelos louros, as sardas, os olhos esverdeados, a pele clara, enquanto a mãe era morena.

Na desesperança deixaram-se esterilizar e o resultado os decepcionou. Em prazo mais curto do que o normal nasceram trigêmeos.

7 Desencadeara o processo e de súbito o nascimento dos filhos não obedecia ao período convencional, a gestação encurtava-se velozmente. Nasciam com seis, três, dois meses e até vinte dias após a fecundação. Jamais vinham sozinhos, mas em ninhadas de quatro e cinco. Do tamanho de uma cobaia, cresciam com rapidez, logo atingindo o desenvolvimento dos meninos normais.
Não se prendiam ao corpo materno pelo cordão umbilical. Essa circunstância facilitava o parto, sem que amenizasse as dores e fossem menores os incômodos da gravidez.
Com o tempo, tiveram de contratar uma parteira permanente e fazer acréscimos na casa, pequena para conter a família.
Desde que uma das crianças nascera dentro de um táxi, evitavam sair à rua. O episódio serviu para acirrar as rixas entre os dois, que se acusavam mutuamente da interminável série de partos.
Os amigos pediam-lhes calma, os médicos insistiam que todo um processo de fecundação fora violentamente alterado e a medicina não podia explicar o inexplicável.
Insensíveis aos conselhos e advertências, viam no sexo a maldição, a origem do caos.
Consumiam-se no rancor e, como fórmula de atenuar os atritos, concordaram em dormir em quartos separados. A medida foi ineficaz. Em qualquer lugar em que se defrontassem, reiniciavam as discussões.
Partiu dela a iniciativa do desquite. Oferecia em troca, ao companheiro, generosa pensão mensal. O marido hesitou em aceitá-la, julgando conveniente não dar uma resposta imediata. Na simulação de indiferença pela oferta, esperava negociar um acordo e obter uma quantia maior que a oferecida.

* * *

8 A mulher parecia ter-se desinteressado do assunto e ele se impacientava, irritava-se com as crianças, barulhentas e sujas, que um batalhão de empregadas se esforçava em vão para manter limpas. Além da algazarra, das brigas, a desordem dominava a casa. Em meio a móveis quebrados, fraldas molhadas e pedaços de brinquedos, os pequenos destruidores se divertiam em jogar para o ar as bolas e urinóis nem sempre vazios. Apesar da contínua vigilância, Colebra se surpreendia, às vezes, com o impacto de um objeto atirado na sua cabeça. Nessas ocasiões, reagia brutalmente, jogando os meninos contra a parede. Reprimia, a custo, o impulso de esmagá-los com os pés.

9 Quando nasceram as primeiras filhas de olhos de vidro, Colebra ficou confuso e uma dúvida, que nunca lhe ocorrera, perturbou-o, apressando sua decisão de aceitar o desquite sugerido pela esposa. Procurou-a um tanto temeroso de que, arrependida, ela recusasse o acordo ou reduzisse o valor da mesada. Não houve, todavia, dificuldade no acerto final. Disfarçando seu contentamento, ele se afastou para cuidar da bagagem.

Do seu quarto, ouviu gritos. Correu de volta à sala e encontrou Aglaia soluçando:

— Não me abandone, não me deixe sozinha a parir essas coisas que nem ao menos se parecem comigo! Por favor, não me abandone!

O marido ficou indeciso se ela se arrependera em consentir na separação ou se apenas sofria as dores provocadas pelas contrações uterinas. Na incerteza, retrocedeu para apanhar as malas e, no caminho, chamou a parteira.

O convidado

Vê pois que passam os meus breves anos, e eu caminho por uma vereda, pela qual não voltarei.

(Jó, XVI, 23)

O convite que acabara de receber muito contrariava o seu gosto pelos detalhes. Além de não mencionar a data e o local da festa, omitia o nome das pessoas que a promoviam. Silenciava quanto ao traje das senhoras, apesar de exigir para os cavalheiros fardão e bicorne ou casaca irlandesa sem condecorações. À falta de outros esclarecimentos, julgou tratar-se de alguma festividade religiosa ou de insípida comemoração acadêmica.

José Alferes tornou a examinar o envelope, preocupado com a possibilidade de um equívoco ou de simples brincadeira de desocupados. — Mas a quem interessaria divertir-se à custa de um estranho em uma metrópole de cinco milhões de habitantes? — A ideia era evidentemente absurda, tendo-se em conta que o seu círculo de relações não excedia o corpo de funcionários do hotel, onde se encontrava hospedado havia quatro meses.

Pensou em jogar fora a carta, só não o fazendo ao lembrar-se de Débora, a estenógrafa, pensionista de um dos apartamentos no mesmo andar do seu. Poderia ser ela, sem dúvida, poderia. O talhe feminino da caligrafia autorizava essa suposição. Despreocupou-se das omissões do convite — coisa de mulher — para concentrar-se apenas nas formas sensuais da sua vizinha: ancas sólidas, seios duros, as pernas perfeitas.

Fizera diversas tentativas de abordá-la e fora repelido. Com um meio sorriso, uma frase reticente, olhava-o furtivamente e, sem virar-se para trás, sabia que Alferes ficara parado, o sangue fervendo, a acompanhar-lhe os passos por toda a extensão do corredor.

A janela do seu quarto dava para uma casa que alugava roupas destinadas a qualquer tipo de solenidade, bailes ou recepções. Mesmo com estoque variado, a sua freguesia era reduzida. Naquela manhã, entretanto, apresentava um movimento considerável de pessoas entrando e saindo, na maioria carregando embrulhos. Durante algum tempo, José Alferes observou sem grande interesse o que se passava no outro lado da rua. De súbito bateu a mão na testa, apressando-se em trocar o pijama pelo primeiro terno que encontrou no guarda-roupa. E, no embalo de repentina euforia, ensaiou um passo de dança abraçado a uma dama invisível que mais tarde poderia adquirir a solidez do corpo de Débora, porque já se convencera: a festa estava bem próxima. Se não, como explicar o procedimento de tanta gente alugando indumentárias especiais nessa época do ano, quando o calendário não indicava nenhuma festividade tradicional?

Ao entrar na loja, encontrou-a vazia. O único empregado da

firma, um senhor idoso, atendeu-o. A agitação de Alferes não lhe permitiu ir direto ao assunto. Perguntou ao velho se tinha notícia de recepção ou algo parecido para aquela noite.

A resposta pouco o esclareceu: acreditava que sim, porém nada de positivo soubera pela boca dos fregueses atendidos na parte da manhã. Aconselhava-o a procurar Faetonte, o motorista de táxi do posto da esquina que era, no setor hoteleiro, o condutor habitual dos que procuravam divertimentos noturnos na cidade.

José Alferes percebeu que o seu interlocutor ocultava alguma coisa. Contudo preferiu não insistir. Tirou do bolso o convite e indagou se poderia conseguir um dos trajes nele sugeridos.

O homem relanceou os olhos pelos armários, reexaminou o papel, enrolou-o entre os dedos, limpou os óculos e, sem pressa, dirigiu-se aos fundos da loja, para reaparecer sobraçando umas vestes negras e um chapéu de plumas:

— Não é exatamente o exigido, mas servem.

Havia tal segurança na voz e nos modos do caixeiro que Alferes, mesmo vendo não ser bicórneo o chapéu, evitou contradizê-lo. A um sinal do outro, acompanhou-o a um cubículo revestido de espelhos.

Um pouco constrangido e desajeitado, ia experimentando as peças do vestuário, quase todas em seda preta: um gibão, calções, meias longas, sapatilhas e, para adornar o pescoço, rufos brancos engomados. Por último o espadim.

A carteira de dinheiro aberta, deteve-se um instante na contagem das notas que cobririam o pagamento do aluguel, procurando localizar algo perdido na memória.

— Não está satisfeito? — perguntou o velho, incomodado com o silêncio do cliente.

— Estou. Apenas tentava recompor a imagem de um rei antigo, com esta mesma roupa, numa gravura também antiga. Talvez um rei espanhol ou o retrato de um desconhecido.

* * *

De volta ao hotel, meteu-se novamente no pijama. Pediu o almoço no quarto e, fora de seus hábitos, recomendou um vinho estrangeiro, prelibando o encontro da noite. A custo refreou a vontade de telefonar para a estenógrafa. — Se a carta não vinha assinada — raciocinava — é que era desejo dela permanecer incógnita. Dada a natureza vacilante de Débora, um gesto precipitado seu poderia levá-la a negar qualquer participação na remessa do convite.

Conteve a impaciência, apesar do lento fluir do tempo. Aproveitou-o mais tarde para aprontar-se com amoroso cuidado, desde o banho, a água morna perfumada por essências, o ajeitar dos rufos, o esticar das meias compridas, eliminando as menores rugas. Os calções justos traziam-lhe certo desconforto e a figura refletida no espelho desagradava-lhe pelo aspecto sombrio. Sorriu ao pôr o chapéu: as plumas suavizavam um pouco a austeridade do vestuário. Entre um e outro pensamento, tentava relembrar onde vira alguém vestido do mesmo modo. Um rei espanhol ou um desconhecido?

Pairava no elevador um perfume vagamente familiar. Gostaria que pertencesse à sua vizinha e perguntou ao cabineiro se ela acabara de descer.

— A senhorita Débora viajou de férias ontem à tarde.

— Viajou? — A surpresa quase o desmontou da naturalidade que imprimira à pergunta. Sentia ruir os planos de um dia inteiramente construído para uma noite singular. O primeiro impulso foi de retornar ao apartamento e livrar-se daquele traje incômodo. Os gastos feitos, a dificuldade de substituir por outro o programa idealizado e principalmente o medo de cair no ridículo, se descobrissem ter sido convidado a participar de uma festa por uma mulher que viajara na véspera, fizeram-no prosseguir.

— Ah, sabia sim, tinha-me esquecido — desculpou-se. E deu ao ascensorista uma gorjeta maior que a de costume, como se ela o redimisse da decepção sofrida.

Não saberia explicar por que entre vários táxis no estacionamento escolhera exatamente o de Faetonte. Seria pelo uniforme incomum que envergava — uma túnica azul com alamares dourados e a calça vermelha? — Isso pouco importava. Já se acomodara no banco traseiro do carro.

— Calculo que o nosso destino é o bairro de Stericon, na parte nobre da cidade.

— Não estou certo — respondeu Alferes —, apenas sei que devo ir a uma recepção, para a qual exigem uma roupa igual a esta.

— Então é lá mesmo — retrucou o chofer, pondo o veículo em movimento.

Rodaram durante meia hora, passando por residências ricas, de arquitetura requintada ou de mau gosto. Detiveram-se ao deparar um sobrado mal iluminado e meio escondido por muros altos.

— Tem certeza que é neste lugar, Faetonte? — A ausência de outros automóveis em frente à casa e sua minguada iluminação justificavam seu ceticismo.

— Absoluta. Olha ali, é o porteiro se dirigindo ao nosso encontro.

De fato, na direção deles vinha um homem de terno azul e boina verde. Fez uma reverência exagerada, girando em seguida a maçaneta do carro:

— Tenha a bondade de descer, cavalheiro.

Alferes apreciou a deferência:

— Esta roupa atende às determinações do protocolo?

— Desculpe-me, minha função não vai a tanto. Fui encarregado somente de receber o convidado.

— Ótimo, assim as coisas tornam-se mais simples. Sou a pessoa que o senhor aguarda. — E mostrou-lhe o convite.

O porteiro pediu-lhe que esperasse: iria comunicar sua chegada ao comitê de recepção. Minutos depois retornava acompanhado de três senhores discretamente trajados. Moveram de leve as cabeças num cumprimento inexpressivo. Examinaram Alferes, do rosto ao vestuário, demonstrando visível insegurança pela dificuldade em reconhecer nele a pessoa esperada. Silenciosos, retrocederam alguns passos, para mais adiante fecharem-se em círculo, as mãos apoiadas nos ombros uns dos outros. Confabulavam.

Voltaram descontraídos e coube ao mais velho interpretar o pensamento dos três:

— Concordamos que o seu traje obedece às normas preestabelecidas e a autenticidade do convite é incontestável. Aliás, foi o único expedido através dos correios. Os demais convivas foram avisados pelo telefone. Apesar da evidência, o instinto nos diz que o nosso homenageado ainda está por chegar. Não podemos, todavia, impedir a entrada do senhor, mesmo sabendo de antemão os transtornos que a sua presença acarretará, pois muitos o confundirão com o verdadeiro convidado. À medida que isso aconteça, nos apressaremos em esclarecer o equívoco.

Entraram juntos por um corredor estreito e escuro. De repente, ao abrir-se uma porta larga, deram com um salão fartamente iluminado e repleto de pessoas conversando, rindo, enquanto os garçons serviam bebidas. Alferes foi empurrado de um lado para outro. Todas as vezes que alguém se encontrava frente a frente com ele, pedia-lhe desculpas, cumprimentava-o efusivamente. Os membros da Comissão intervinham, desfazendo o engano. Prosseguiram assim por outras salas, também cheias, repetindo-se os equívocos e os desmentidos.

A notícia da presença de um falso convidado na festa circulara rápido, o que permitiu a Alferes atravessar sem ser importunado os últimos salões e chegar aos fundos da casa. Uma leve brisa refrescou seu rosto alagado pelo suor. Vinha do parque, onde numerosas pessoas em trajes de passeio se reuniam em bandos dispersos entre árvores e bancos dos jardins. Estes se projetavam pela propriedade adentro, separados uns dos outros, a espaços regulares, por sebes de fícus cortadas em estreitas passagens.

Embora soubessem da delicada situação de José Alferes, ninguém o tratava a distância ou com hostilidade. Pelo contrário, procuravam cercá-lo de atenções, insistindo que se juntasse às alegres rodas, formadas de senhoras e cavalheiros excessivamente corteses. Mas logo ele se retraía e se afastava ante a impossibilidade de acompanhar os diálogos, que giravam em torno de um único e cansativo tema: a criação e corridas de cavalos.

Não ficava muito tempo sozinho. Dele se aproximavam outros participantes da reunião, dispostos a tudo fazer para interessá-lo em potrancas, baias, selins, charretes, puros-sangues. Ouvia-os enfadado, desde que nunca fora a hipódromos, fazendas e jamais montara sequer um burro. Tentava desviar a conversa, falando do homem esperado, aquele que daria sentido à recepção. Respondiam com evasivas: não o conheciam, ignoravam o seu aspecto físico, os motivos da homenagem. Sabiam, entretanto, que sem ele a festa não seria iniciada.

Sentado num banco de pedra, José Alferes sente aumentar sua irritação pelas lisonjas, as apresentações cerimoniosas, os gestos delicados. Rejeitava firme, às vezes duro, novas solicitações para aderir aos grupos de criaturas cativantes e vazias.

Acabara de repelir a investida de uns poucos inconformados com o seu isolamento, quando viu caminhar na sua direção uma bela mulher. Alta, vestida de veludo escuro, o rosto muito claro, o cabelo entre o negro e o castanho, parecia nascer da noite.

Vinha sorrindo, o copo de uísque na mão. Os seus olhos brilhavam como se umedecidos pela neblina que começava a cair.

— Vamos, tome. Nem tudo é ruim nesta festa — disse, estendendo-lhe o copo.

A voz agradável, os dentes perfeitos realçavam sua beleza, a crescer à medida que se aproximava:

— O seu nome todos sabem, o meu é Astérope.

Rendeu-se à espontaneidade dela, receando uma só pergunta, e esta veio:

— Costuma ir ao hipódromo?

Lamentou sua dificuldade em mentir ou contornar situações embaraçosas:

— Francamente, este é um assunto que me dá o maior tédio.

Encabulada, ela procurou disfarçar o desapontamento, indagando se ele gostaria de conhecer os jardins da casa. Sem esperar resposta, deu-lhe o braço:

— São lindos.

A Alferes escapavam as boas maneiras, daí a necessidade de penitenciar-se constantemente das frases bruscas, onde a intenção de ferir inexistia:

— Desculpe-me, não quis ofendê-la. Aqui se reúnem unicamente aficionados de cavalos?

— Simples coincidência, nada programamos nesse sentido.

O terreno era perigoso. Mudou rápido o curso da conversa:

— Você conhece o convidado?

Astérope olhou-o fixamente, como se pretendesse descobrir nele algo que ainda não decifrara:

— Vagamente, de referências. Vou conhecê-lo melhor hoje, na cama, pois dormiremos juntos.

— Um absurdo, você nem sabe quem é ele!

— Fui escolhida pela Comissão.

— Considero isso uma estupidez. E se for um homem doente, feio ou aleijado?

— Vale a pena correr o risco.

Além do desagrado de saber que mais tarde ela estaria deitada com outro, algo de inquietante emanava de Astérope. Da excessiva beleza ou do brilho dos olhos?

Foram varando jardins. Intranquilo, metido em dúvidas, Alferes ouvia desatento a companheira.

Por vezes, olhando em torno, achava o parque demasiado extenso. Calava a desconfiança, preocupado em descobrir se teria visto uma jovem senhora parecida com ela num quadro, folhinha ou livro.

Estacou. Aqueles jardins intermináveis, a sua incapacidade de falar a linguagem dos convivas, um convidado cuja ausência retardava a realização da festa. A beleza de Astérope. Agarrou-a pelos ombros, obrigando-a a encará-lo. Seria o brilho dos olhos?

Teve medo.

Retrocedeu apressadamente, fazendo o mesmo percurso de horas atrás, atropelando pessoas, empurrando-as. Todos desejavam segurá-lo, porém ele se desvencilhava dos obsequiosos cavalheiros e damas amáveis.

No final do corredor, o porteiro quis retê-lo e foi afastado com uma cotovelada.

* * *

Sentiu-se aliviado ao deixar para trás a atmosfera opressiva da recepção. Dentro de meia hora estaria no seu apartamento a contar os dias restantes das férias de Débora, mulher saudável, farta de carnes.

Quase nada enxergava porque neblinava forte. Cauteloso no pisar, dirigiu-se a um automóvel estacionado nas imediações, por sorte o de Faetonte.

Entrou rápido nele:

— Depressa, ao hotel.

— Lamento, pediram-me que aguardasse o convidado. Depois dele levarei os membros da Comissão, cabendo ao senhor a última viagem, entendido?

— Seu hipócrita! Você e essa corja de simuladores sabem que o convidado não virá nunca!

O chofer ignorou o desabafo do passageiro, retrucando delicadamente:

— Tenha paciência, estamos próximos ao acontecimento.

Alferes desceu do carro resmungando, disposto a enfrentar a cerração. Pelos seus cálculos, bastaria caminhar um quilômetro para chegar à parte mais habitada do bairro, onde encontraria condução fácil. Mal andara cem metros, as dificuldades começaram a surgir. Tropeçou no meio-fio, indo chocar-se contra um muro. Seguiu encostado a este durante curto espaço de tempo e logo as mãos feriram-se numa cerca de arame farpado. Afastando-se dela, teve a impressão de que se embrenhara num matagal. Daí por diante, perdeu-se. Ia da direita para a esquerda, avançava, retrocedia, arranhando-se nos arbustos.

Perdera o chapéu de plumas, a roupa rasgara-se em vários lugares, romperam-se as sapatilhas no calçamento irregular dos diversos sítios pelos quais passara.

Os pés sangravam. Aflito, buscando na escuridão luz de casa ou de rua que o orientasse, desequilibrou-se e rolou por um declive. Ao levantar-se, avistou bem próximo, frouxamente iluminado, o edifício que há pouco deixara.

O porteiro recebeu-o com a cordialidade cansativa dos que naquela noite tudo fizeram para integrá-lo num mundo desprovido de sentido. Alheio aos cumprimentos e mesuras, encaminhou-se direto a Faetonte, a quem procurou comover, mostrando-lhe o estado da roupa, o sangue coagulado nas feridas. Lacrimoso e subserviente, adulava o motorista, a ressaltar nele qualidades, virtudes inexistentes:

— Sei da sua bondade e o favor é pequeno, basta deixar-me no ponto do ônibus. Você volta rápido, a tempo de atender a seus compromissos.

Vendo que suas palavras não alcançavam o objetivo, partiu para o suborno. Ofereceu-lhe elevada soma em dinheiro. Faetonte recusou: permaneceria no local, aguardando as determinações da Comissão.

Corriam as horas, a neblina caindo, José Alferes renovava a espaços o oferecimento de gratificar generosamente o motorista pela corrida. A cada recusa, ele ia à porta de entrada, espiava para dentro do corredor, na ilusão de que aparecessem outras pessoas também cansadas de esperar inutilmente o início da festa e o guiassem até o centro da cidade.

Curvado, no seu desconsolo, já aceitava a ideia de retornar ao parque, quando lhe tocaram no braço. Assustou-se: era Astérope. Ela fingiu não perceber o temor estampado no rosto dele e arrastou-o consigo:

— Sei o caminho.

Saberia? — Dos olhos de Alferes emergiu avassaladora dúvida. Mas deixou-se levar.

Botão-de-Rosa

> *Aroma de mirra, de aloés e cássia exala de tuas vestes, desde as casas de marfim.*
>
> (*Salmos*, XLIV, 9)

Quando, numa segunda-feira de março, as mulheres da cidade amanheceram grávidas, Botão-de-Rosa sentiu que era um homem liquidado. Entretanto não se preocupou, absorto em pentear os longos cabelos.

Concluído o penteado, passou a alisar a barba com uma escova especial umedecida em perfume. Nesse instante ouviu gritos vindos da rua. Não distinguia bem o que gritavam, mas de uma coisa estava certo: vinham pegá-lo. — Deu de ombros e buscou uma fita colorida para prender a cabeleira.

Antes de despir a camisola de seda, escolheu para o dia o seu melhor traje: uma túnica branca, bordada a ouro, e calças de um tecido azul com tachas prateadas, presente dos companheiros do conjunto de guitarras — Molinete, Zelote, Judô, Pedro Taguatinga, Simonete, Bacamarte, André-Tripa-Miúda, Ion, Mataqueus, Pisca, Filipeto e Bartô — com os quais acertara novo encontro no Festival. Até lá Taquira teria o filho. (Fora obrigado a separar-se da companheira porque os pais recusaram a recebê-lo em casa, alegando que não eram casados. Teve, à época, vaga premonição de que jamais se reencontrariam.)

Separou as meias, o cinturão de fivela dourada e procurou uma sandália que combinasse com o vestuário. Sua escolha recaiu numa de solas grossas, apropriadas ao péssimo calçamento da cidade.

O clamor crescia lá fora, aumentava-lhe a impaciência: não podiam esperar que acabasse de se aprontar? Ou temiam pela sua fuga? Malta de ignorantes, como poderia fugir? Antes que apelassem para a força, procurou acalmá-los, mostrando-se na varanda.

A turba emudeceu à sua presença. Fez-se um silêncio hostil, os olhos enfurecidos cravados na sua figura tranquila. Um moleque atirou-lhe uma pedra certeira na testa e a multidão de novo se assanhou: Cabeludo! Estuprador! Piolhento!

Quando compreenderiam? — Retrocedeu até a sala. Não por covardia, apenas para estancar o sangue que começava a descer pela face e certamente lhe mancharia a roupa.

Medicava-se ainda e ouviu baterem na porta. Era o sargento, comandante do destacamento, acompanhado de seis soldados e um mandado de prisão. Nem leu o papel. Alçando a mão, num apelo mudo, para que o esperassem, voltou ao quarto. Após jogar suas coisas na maleta, colocar nos dedos os anéis e no pescoço os colares, seguiu os policiais.

A autoridade deles devia ser grande, pois cessaram as vaias, ouvindo-se somente o rosnar de alguns populares. Das sacadas, em todo o percurso, mulheres com os rostos protegidos por máscaras, que ocultavam as deformações da gravidez, observavam ansiosas o cortejo. As únicas janelas fechadas pertenciam à residência dos pais de Taquira.

O delegado, um tenente reformado, recebeu-o com afetada cortesia, indiferente à hostilidade geral contra o prisioneiro:
— O senhor é acusado de estupro e de ter engravidado as... — Interrompeu a frase para atender ao telefone:
— Pronto. Às ordens, meritíssimo. Estou atento. Novas diligências? Quantas quiser. Encontraram drogas? Mudarei o rumo dos interrogatórios.
O telefonema perturbara-o. Menos empertigado e sem afetação, voltou-se para o detido:
— Houve um equívoco: você está preso sob suspeita de traficar heroína. — Fez uma pequena pausa e, embaraçado, prosseguiu:
— Pode depor sem constrangimento. O seu defensor, doutor José Inácio — apontava para um rapaz que acabara de entrar na sala —, testemunhará a nossa isenção. Queremos a verdade.
A verdade. O que significaria? Tempos atrás lhe fizeram igual pergunta e nada respondera. Também agora, e nos dias subsequentes, permaneceria calado.
Alheio às perguntas capciosas, Botão só se preocupava com a aflição do seu patrono, talvez a única pessoa a desconhecer que fora designado exclusivamente para dar aparência de legalidade ao processo.
O mutismo do indiciado não irritou o militar. Parecia até agradá-lo. Mandou que o recolhessem ao cárcere. (Antes de acareá-lo com as testemunhas, procederia a outras investigações, visando esclarecer certos pontos obscuros da denúncia.)
O advogado, que permanecera na sala, indagou:
— Por que acusam o meu cliente de traficante de drogas,

se antes o incriminavam de estuprador e cúmplice de centenas de adultérios?

— Que ingenuidade, amigo. Você está há pouco tempo entre nós e ignora que aqui só prevalece a vontade do Juiz, proprietário da maior parte das casas da cidade, inclusive dos prédios públicos, da companhia telefônica, do cinema, das duas farmácias, de cinco fazendas de gado, do matadouro e da empresa funerária. Se decidiu que esse palhaço cometeu outro delito, não nos cabe discutir e sim preparar as provas necessárias à sua condenação.

— Penso que o seu dever é agir com imparcialidade, conforme declarou anteriormente, e impedir o arbítrio dos poderosos.

Nesse instante, em frente à Delegacia, a população começou a vociferar: Lincha! Mata! Enforca!

O oficial parecia se divertir com a situação:

— O seu constituinte não tem muitas chances de sobreviver. Alguém cuidará dele. A Justiça ou o povo.

José Inácio saiu preocupado com a sorte do prisioneiro. Além de ter contra si a animosidade de todos, nem ao menos se declarava inocente.

Sua preocupação se transformou em medo ao ver-se encarado pelos homens que se postavam na rua. Olhavam-no carrancudos e silenciosos.

No hotel a recepção não foi melhor. O hoteleiro e os hóspedes, que antes o tratavam com acentuada simpatia, passaram a evitá-lo.

A mudança de tratamento o magoava: se não procurara nem fora chamado pelo acusado na qualidade de advogado, e se acompanhava o processo como defensor dativo de um maníaco sexual, que posteriormente seria transformado em traficante de drogas, por que colocá-lo em situação idêntica à do réu?!

* * *

Durante a semana tentaram, sem êxito, arrancar uma confissão de Botão-de-Rosa. Mudo e impassível, ouvia desatento o que lhe perguntavam repetidamente:

— Quer falar agora? Quem lhe fornecia os entorpecentes?

O interrogatório não se estendia muito e logo mandavam-no de volta à cela.

Ao chegar a vez das testemunhas, estas asseguraram que, no momento da prisão, o indiciado carregava heroína consigo.

A polícia deu-se por satisfeita com os depoimentos e considerou-os suficientes para caracterizar o delito.

Preenchidas as últimas formalidades, os autos foram remetidos à Justiça.

Se para o advogado o inquérito policial transbordava de irregularidades, algumas gritantes, como a ausência do auto de prisão em flagrante, maior escândalo lhe causaria o transcurso da instrução criminal, inteiramente fora das normas processuais.

Verificando que seu cliente seria julgado pelo Tribunal do júri, procurou o promotor e lhe disse que iria arguir incompetência de juízo se o réu não fosse enquadrado no ritual da lei que tratava de entorpecentes.

— O senhor está pilheriando ou é um incompetente. Em que se baseia para usar tão esdrúxulo recurso?

Surpreso com a resposta intempestiva, pediu licença para consultar o Código de Processo Penal, que retirou de uma estante ao lado.

À medida que avançava na leitura, mais chocado ficava, pensando ter em suas mãos uma edição falsificada, ou então nada aprendera nos cursos da Faculdade.

Numa pequena livraria comprou um exemplar da Constituição e todos os códigos, porque talvez tivesse que reformular seu aprendizado jurídico.

Leu até de madrugada. A cada página lida, se abismava com a preocupação do legislador em cercear a defesa dos transgressores das leis penais. Principalmente no capítulo dos entorpecentes, onde não se permitia apresentar determinados recursos, requerer desaforamento. A violação de seus artigos era considerada crime gravíssimo contra a sociedade e punível por tribunal popular. As penas variavam entre dez anos de reclusão, prisão perpétua ou morte.

José Inácio ficou boquiaberto: pena de morte! Ela fora abolida cem anos atrás! Ou teria estudado em outros livros?

Em compensação, ocorrendo a pena capital, admitia-se apelar para instância superior.

Desorientado, abandonou os compêndios.

Passou os dias seguintes a remoer o assunto, enquanto na porta do hotel um número crescente de indivíduos mal-encarados aguardava sua saída, para segui-lo impiedosamente pelas ruas da cidade. Também recebia constantes ameaças pelo telefone e cartas anônimas.

Aos poucos, se acovardava, perdia a esperança de conseguir absolver seu constituinte.

Na véspera do julgamento, atemorizado, resolveu abandonar a cidade.

Tomara as providências para a viagem e só faltava pagar as contas, quando apareceu o delegado:

— Não vai me dizer que pretende escapar ao júri de amanhã? Sua fuga seria uma desconsideração ao Juiz. Aliás, trago um recado dele. Pediu-me para lhe dizer que não gostou de sua displicência na instrução criminal. Espera, daqui para frente, o exato cumprimento de suas obrigações como defensor do réu.

— E, dando fim à sua missão, ordenou ao rapaz que guardava as malas do hóspede:

— Leva tudo de volta para cima.

A escolta de Botão-de-Rosa encontrou forte resistência para entrar no Fórum. Uma pequena e exaltada multidão, que impedia a passagem, investiu sobre o prisioneiro a bofetadas e pontapés.

Os militares presenciaram, complacentes, o espancamento e só tomaram a decisão de intervir quando viram a vítima sangrar. Violentos, a golpes de sabres, afastaram da porta os desordeiros.

Dentro do edifício deram-se conta de que não podiam introduzir no recinto do tribunal o prisioneiro, tal o estado de suas roupas, rasgadas de cima a baixo.

Alguém, que assistira à agressão da janela de uma casa nas vizinhanças, mandou-lhes uma capa feminina para cobrir a nudez de Botão.

Sentado no banco dos réus, entre dois soldados, Botão-de-Rosa mal conseguia mover as pálpebras, as pernas começavam a inchar. Levantou-se, arquejante, a uma ordem do Juiz, que deu início ao interrogatório de praxe. Nada respondeu e nem poderia fazê-lo caso desejasse. Os lábios estavam intumescidos, os dentes abalados doíam ao contato com a língua.

— Inocente ou culpado? — Foi a última pergunta que lhe fizeram e a repetiu para si mesmo, deixando transparecer alguma turbação no rosto.

O magistrado encerrou a inquirição com uma advertência:

— Embora não esteja obrigado a nos responder, o seu silêncio poderá ser interpretado em prejuízo da própria defesa.

O promotor falava havia mais de duas horas. Repisava argumentos, insistia em detalhes insignificantes. Ao notar que ninguém lhe prestava atenção, tratou de terminar o enfadonho discurso com a leitura de uma carta sem assinatura, na qual denunciavam o acusado de traficante de heroína e maconha.

— Uma carta anônima! E essa maconha, não mencionada anteriormente? É um acinte ao tribunal apresentar uma prova desse tipo — aparteou o defensor.

— Ela merece fé. Posso exibir o laudo da perícia, constante de minucioso estudo grafológico, que afirma ser de Judô, um dos componentes do conjunto musical do indiciado, a autoria da denúncia.

— Pobre companheiro — murmurou Botão —, deve ter-se vendido por algumas doses de entorpecentes. Não conseguia viver sem a droga. Por que culpá-lo agora? Uma testemunha a menos não o absolveria. — Voltou-se para trás: a formação do grupo com músicos inexperientes, pouco dinheiro, ideia de malucos. As cidades do caminho, aplausos e vaias, a orquestra crescendo. O aparecimento de Taquira. — Esquecera o corpo maltratado e obrigaram-no a retornar à realidade:

— Senhores jurados, a acusação do Ministério Público, além de inepta, é tendenciosa. O réu não cometeu o delito que lhe atribuem. Poderia, no máximo, ser processado como cúmplice de numerosos adultérios, mas isso não seria conveniente para a cidade, pois a transformaria num imenso antro de cornos. — Era o advogado de defesa que discursava e pretendia com a última frase desmascarar os que aplicavam a justiça no lugar.

Surpreendeu-o, entretanto, a repulsa instantânea da assistência e jurados, que avançaram, enraivecidos, em sua direção.

O Juiz fez soar repetidamente a campainha, ameaçando evacuar o recinto. Por fim, com a colaboração dos soldados, conseguiu que todos voltassem a seus lugares.

José Inácio encolhera-se num canto e, convocado a retornar à tribuna, obedeceu amedrontado, disposto a abreviar suas considerações. Falava com cautela, pesando as palavras, algumas ambíguas, as ideias desconcatenadas e a negar crimes que a própria acusação não atribuía ao incriminado.

Havia total descompasso entre o que afirmava e os apartes do promotor:

— Como poderia engravidar meninas de oito e matronas de oitenta anos?

— Protesto! O delito em pauta se refere unicamente a estupefacientes!

— Os casos de gravidez em massa, ocorridos nesta localidade, não podem ser atribuídos ao denunciado.

— Antes da vinda desse marginal nosso povo tinha hábitos saudáveis, desconhecia os vícios das grandes metrópoles.

O Presidente do Tribunal leu a sentença que condenava Botão-de-Rosa à pena de morte, a ser cumprida no dia seguinte, e exortou a todos que respeitassem a integridade física do condenado, deixando ao verdugo a tarefa de eliminá-lo.

A recomendação final do magistrado alarmou o defensor: e a sua segurança, quem a garantiria?

O delegado percebeu, de longe, o temor que o afligia e veio a seu encontro:

— Não precisa ter medo. Basta ser compreensivo. O sentenciado só escapará da forca se houver apelação, pois a Suprema

Corte tem por norma transformar as penas máximas em prisão perpétua. Se você não recorrer, lhe garantiremos uma rendosa banca de advocacia. A promessa é do Juiz.

José Inácio reviu, mentalmente, as diversas fases do processo, o cerceamento da defesa do réu, permitido por uma legislação absurda. Sentiu-se na obrigação de apelar e impedir que cometessem terrível iniquidade. Não havia outra opção, contudo vacilava. O duro espancamento de seu constituinte deveria ser tomado como um aviso do que lhe poderia acontecer, caso apelasse. E por que trocar as possibilidades de sucesso na sua carreira profissional pela vida de um pobre-diabo que se negava a defender-se e nem se importava com sua própria condenação?

Desistiu do recurso.

Além da cama, Botão pouco encontrou na cela. Tinham levado as roupas, os objetos de uso pessoal, inclusive o dentifrício e a escova de dentes.

Deitou-se nu e aguardou a noite.

Às seis da manhã vieram buscá-lo, porém teve dificuldade em levantar-se. Os membros, ressentidos da surra da véspera, não lhe obedeciam. Para erguer-se, foi necessária a ajuda do carcereiro.

Os soldados, à sua espera numa das salas da delegacia, conduziram-no ao local da execução. Caminhada áspera, na qual se empenhou em seguir firme, os ombros erguidos.

Do alto do patíbulo, na praça vazia, pela primeira vez lhe pesava a solidão. E os companheiros? E Taquira?

Abaixou a cabeça: esquecerão, sempre esquecemos.

Jogou longe a capa e, desnudo, ofereceu o pescoço ao carrasco.

Os comensais

E naqueles dias os homens buscarão a morte e não a acharão; desejarão morrer e a morte fugirá deles.

(Apocalipse, IX, 6)

Desde o primeiro contato Jadon admitiu a precariedade das suas relações com os companheiros de refeitório. E a atitude de permanente alheamento que assumiam na sua presença, ele a recebeu como possível advertência. Sem manifestar irritação ante o isolamento a que o constrangiam, conjeturava se eles não acabariam por se tornar mais expansivos.

Era-lhe penoso, entretanto, encontrá-los sempre na mesma posição, a aparentar indiferença pela comida que lhes serviam e por tudo que se passava ao redor. Enquanto Jadon almoçava, permaneciam quietos, os braços caídos, os olhos baixos. Ao jantar, lá estavam nos mesmos lugares, diante das compridas mesas espalhadas pelo salão. Assentavam-se em grupos de vinte, deixando livres as cabeceiras. Menos uma, justamente a da mesa central, onde ficava um velho alto e pálido. Este, a exemplo dos demais, nada comia, mantendo-se numa postura de rígida abstração, como a exigir que respeitassem o seu recolhimento. Malgrado a sua recusa em se alimentar, silenciosos criados substituíam continuamente os pratos ainda cheios.

A princípio Jadon espreitava-os discretamente, na esperança de surpreendê-los trocando olhares ou segredos entre si. Logo verificou a inutilidade do seu propósito: jamais desviavam os olhos da toalha e prosseguiam com os lábios cerrados. Experimentou o recurso de dirigir-se bruscamente aos vizinhos e desapontou-se por não conseguir despertar-lhes a atenção. Mantinham-se impassíveis, mesmo quando as frases eram ásperas ou acompanhadas de gritos.

Após essa experiência, seguiu-se um período em que Jadon desistiu de penetrar na intimidade daqueles cavalheiros taciturnos que, apesar de manifestarem evidente desinteresse pelos alimentos, apresentavam-se saudáveis e tranquilos. Essa observação seria o suficiente para convencê-lo de que os comensais evitavam comer somente durante a sua permanência no recinto. Por certo aguardavam a sua saída para se atirarem avidamente às especialidades da casa. Nesse momento talvez se estendessem em alegres diálogos, aos quais não faltariam desprimorosas alusões à sua pessoa, cuja presença deveria ser bastante desagradável para todos.

Que se danassem, resmungava, esforçando-se por ignorar o procedimento descortês dos que ali tomavam refeições. E concentrava-se em saborear a excelente comida que lhe era servida e sempre renovada sem que isso envolvesse qualquer sugestão ou pedido seu. Nos primeiros tempos achava engraçado acompanhar os movimentos dos garçons que, mesmo vendo-o de pé, pronto a retirar-se, vinham com novas travessas para substituir as que estavam na sua frente.

Contudo desagradava-lhe o silêncio reinante, o segregamento que lhe impunham. Ultrapassado o limite suportável do aborrecimento, desinibia-se nos vizinhos mais próximos, dando-lhes pontapés por debaixo da mesa, à espera de que reagissem ou retrucassem com um palavrão. Em nenhuma oportunidade percebeu neles o menor sinal de constrangimento.

Era também por sadismo que se entretinha às vezes em mortificá-los, calculando o esforço que despenderiam para ignorar a sua impertinência. Numa das ocasiões em que se divertia atirando bolotas de pão no rosto deles, sentiu-se encabulado por ter atingido um senhor idoso que até a véspera não participava do grupo. Mesmo considerando a falta de intimidade com os presentes, reconhecia ter sido tacitamente aceito como companheiro e assim deveria evitar brincadeiras com desconhecidos. Desviou contrariado o olhar para o fundo do salão, onde algo de anormal o surpreendeu: em sítios diversos, encontravam-se pessoas cujas fisionomias lhe eram inteiramente estranhas. A descoberta deixou-o intrigado. Desde que passara a frequentar aquele local, as mesas tinham todos os assentos tomados por antigos fregueses que nunca se ausentavam dos lugares habituais nem os permutavam entre si. Esquadrinhou os semblantes, examinando com atenção se alguém desaparecera para abrir vagas aos novatos e não constatou qualquer ausência. Contava e recontava os ocupantes das mesas, sem deparar mais de vinte em cada, à exceção, naturalmente, daquela em que se postava o pobre velho.

Por outro lado, a área do refeitório, embora extensa, não comportava acréscimos de localidades que permitissem acolher novos frequentadores. E estes, para tornar mais confusa a situação, não se apresentavam juntos, mas entremeados aos veteranos. Havia ainda um detalhe perturbador: jamais ocupavam o seu lugar, mesmo que chegasse com grande atraso.

Daí por diante, Jadon permaneceria bem atento ao que se

passava nas imediações e frequentemente surpreendia-se dando com os olhos em indivíduos que dias atrás não partilhavam da mesma mesa. À medida que aumentava sua perplexidade, e não conseguia explicar como faziam os recém-chegados para acomodar-se entre os demais, do seu íntimo emergia a desconfiança de que tudo aquilo poderia ser propositado — um recurso sombrio de intrigá-lo, quebrar-lhe a resistência pelo mistério, e afastá-lo definitivamente daquele local.

Se essa era a intenção real deles — dizia consigo mesmo —, estavam enganados. Apreciava muito o vinho e a comida da casa para pensar em trocá-la por outro restaurante.

Também não se esquivaria à provocação. Iria até a mais franca hostilidade, pois a sua permanência ali dependia de uma ação firme, que obrigasse o adversário a recuar em seus escusos desígnios. Na ocupação das mesas havia uma fraude a ser desmoralizada e nessa tarefa se concentrou.

No dia imediato, animado pela perspectiva de acionar o esquema traçado, chegou bem cedo ao refeitório. Desapontou-se logo à entrada: encontravam-se todos em seus respectivos lugares.

O desapontamento não desencorajou Jadon, que, nas manhãs seguintes, foi encurtando gradativamente o horário de chegada. E por mais que o encurtasse, seria sempre o último a tomar assento entre eles.

Durante algum tempo insistiria na decisão de desvendar, a todo custo, a maneira pela qual se processava o aumento progressivo de comensais sem que se multiplicasse o número de cadeiras. No final, cansou-se. Além de lhe desagradar o almoço em horas tão matinais, convencera-se da necessidade de mudar a estratégia. Já que não lhe permitiam ser o primeiro a chegar, decidiu obrigá-los a sair antes dele ou se submeterem ao seu capricho de vê-los ao menos uma vez jantar na sua frente.

Evitando incorrer novamente na leviandade de subestimar a

teimosia dos circunstantes, preparou-se para executar programas ociosos. Com a ajuda de jornais, revistas e livros emendava as duas refeições. Se com o passar das horas lhe vinha o cansaço ou o tédio pela leitura, levantava-se, passeava pela sala ou ia até a rua, voltando logo.

No curso da noite, mal contendo o sono, aguardava em vão que os parceiros tomassem a iniciativa de se alimentar. Quando entrevia neles a determinação de permanecerem nos seus postos, indiferentes à comida, dava-se por vencido e se dispunha a regressar a casa. Da soleira da porta, voltava a cabeça para trás e estremecia de ódio ante uma cena terrivelmente familiar: os criados, indo e vindo como autômatos; os comensais, de ombros curvados, a esconderem o olhar.

Não tardou a compenetrar-se de que cometera outro erro de previsão. Nem por isso mostrava-se convencido da esterilidade da luta que enfrentava. É que ainda o amparava um vacilante otimismo. Somente ao verificar que não mais experimentava prazer em degustar as bebidas e saborear a comida, constatou que tinha pela frente uma única alternativa: a violência. A ela recorreu.

Nos dias subsequentes, a fisionomia endurecida, passadas largas, irrompia pelo salão. No caminho, distribuía insultos e murros. E mesmo sem arrancar um gesto de reação ou repulsa das pessoas agredidas, os excessos refrescavam-lhe a mente.

Das arbitrariedades também se cansou. Esgotara os recursos disponíveis para romper a opressiva indiferença dos comensais, e falhara. Só lhe restava agora buscar um restaurante no extremo oposto da cidade.

Foi uma resolução demorada e sofrida: naquele almoço faria a sua despedida. E a desejava com todos os requintes do seu ritual de agressão.

Desde a entrada veio agredindo e destratando um por um os presentes.

Cumpria com calculada lentidão a tarefa, escolhendo bem o alvo, pronunciando com sádica clareza as sílabas dos palavrões. De súbito imobilizou-se, abaixando o punho prestes a desferir violento golpe.

Diante dele estava uma jovem que possivelmente não ultrapassara os dezesseis anos. O olhar fixo no semblante delicado da adolescente, percebeu que um sentimento antigo lhe retornava.

Percorria com os olhos o corpo de linhas perfeitas, os cabelos castanhos, entremeados de fios dourados, compondo-se em longas tranças. Quase nada mudara nela. Apenas o rosto lhe parecia mais pálido, talvez faltasse o sorriso que trinta anos atrás era constante nos seus lábios.

— Hebe, Hebe, minha flor! Que alegria! — gritou, as palavras tensas, numa voz repentinamente enrouquecida.

Quis falar da sua emoção e conteve-se, chocado com a insensibilidade dela ante a carinhosa acolhida que ele lhe proporcionava. Pálpebras cerradas, os braços pendentes, Hebe parecia refugiar-se na mesma solidão dos outros.

Constrangido, a buscar uma saída para o seu embaraço, Jadon teve a suficiente isenção de relevar o procedimento da sua primeira namorada. A distância, o largo intervalo entre o último encontro e agora. O silêncio, ele que prometera escrever longas cartas.

Encaminhou-se vagarosamente para o seu lugar. Um aroma distante, vindo de um passeio matinal, o envolvia. Mantinha os olhos presos à figura grácil de Hebe e a contemplava com igual encantamento de três decênios passados. A mesma beleza acanhada de moça do interior, o mesmo vestido de bolinhas azuis.

Jadon era moço, se bem que mais velho do que ela. Naquele dia se despediam. Ele se transferia, com os pais, para uma cidade maior e Hebe acompanhava-o até a pequenina estação, distante um quilômetro. O rapaz carregava uma mala de papelão fingindo couro e os dois caminhavam preguiçosamente porque havia tempo.

Caminho afora, naquela manhã friorenta de junho, o orvalho a molhar o capim, enquanto um tímido sol aumentava o brilho das gotículas depositadas nas folhas do arvoredo, eles sentiam o universo parar ao contato do amor.

A espaços, detinham-se, Jadon depositava a mala no chão, beijavam-se.

Outras vezes ela corria ao redor do namorado ou se afastava, para de longe jogar-lhe beijos com a ponta dos dedos. Brincalhona, a alegria e a tristeza se revezando nos seus olhos, não poderia suspeitar que aquele encontro seria o último.

Ele prometera voltar, mas em breve esqueceria a promessa, rendido ao alumbramento da grande cidade, a fêmeas mais adestradas para o amor.

O lugar de Hebe no salão ficava distante e Jadon não conseguia divisar-lhe o rosto, sempre escondido pela cabeça de algum comensal. Por sua vez ela se despreocupava em ser vista, forçando-o a levantar-se frequentemente.

Logo verificou que pouco lhe adiantaria ficar de pé ou assentado. Qual fosse a sua posição, o desinteresse da moça não se alterava. Ressentido, preferiu acreditar que exagerava as proporções daquele namoro esquecido no tempo e que tolamente tentara reatar. O mais sensato era afastar-se definitivamente dali, conforme sua decisão anterior.

Seguia em direção à porta de saída, quando fez menção de parar defronte da jovem e dizer-lhe algo. Refreou a tempo o impulso, estugando o passo.

Bem antes de chegar em casa já se arrependera e esgotou o resto da tarde entre aceitar e repelir o desejo de retornar ao refeitório. Ao vencer, por fim, as suas próprias contradições, abeirava-se a noite.

Nas mãos levava rosas e foi direto à mesa de Hebe. As primeiras frases lhe escaparam tímidas, balbuciadas, até que mais seguro de si reencontrou o pequeno discurso decorado. Em breve julgaria improvisar, porém as palavras se nutriam de velhas ressonâncias. Quando notou que as flores jaziam intocadas sobre a toalha, perturbou-se e o desapontamento espalhou-se pela sua face. A custo prendeu um soluço, prenúncio de um desespero prestes a desencadear-se. Com apaixonada violência tentou ainda subtrair Hebe à sua dolorosa clausura, mas aos poucos a sua voz perdia a segurança, o calor. Levou a mão à boca, sem conseguir evitar o pranto, um pranto manso. Faltando-lhe ânimo para somar o que lhe restava de amor-próprio, voltou-se humilde para trás, à espera de uníssona gargalhada de uma plateia que devia estar atenta a seu ridículo procedimento. Apenas o ar pesado, o silêncio.

Foi para seu lugar e não tocou na comida. Pôs-se a beber descontroladamente e no álcool diluiu a humilhação. Vagava em triste euforia, retornava ao rapaz sentimental que tinha sido. Por entre pensamentos soltos e imagens da infância, recuou até o velho casarão colonial da fazenda de seus pais. O rio, as lavadeiras — o mistério da puberdade sendo decifrado —, o trem de ferro a acender a imaginação dele e dos companheiros, levando-os a lugares distantes. As reminiscências se dispersavam em retalhos e nem sempre traziam o retrato de Hebe. Porém nos melhores lá estavam as suas tranças, os olhos ligeiramente estrábicos.

Bebera demasiado. E encorajado pela embriaguez tentou levantar-se para colher Hebe nos braços, arrancar-lhe o perdão. O corpo recusou-se a obedecer-lhe. Caiu pesadamente na cadeira e, debruçado sobre a mesa, veio-lhe um sono entorpecedor.

Acordou madrugada alta, ignorando o tempo que dormira. Mal desperto, seus olhos se chocaram com um espetáculo que antes não lhe parecera tão repugnante: diante dele encontravam-se os comensais na mesma posição em que os deixara ao adormecer, enquanto os garçons, maquinalmente, trocavam os pratos, como se o jantar tivesse iniciado há pouco. Um pressentimento terrível perpassou-lhe pela mente e num lampejo de súbita lucidez compreendeu que todos moravam no refeitório. Por isso jamais conseguira chegar antes ou sair depois deles. Essa tardia revelação estarreceu-o. Sabia que tinha pela frente a última oportunidade de escapar dali. Levantou-se de um salto e ao passar por Hebe tentou levá-la consigo:

— Vamos, Hebe, vamos — gritava, puxando-a pelos braços que não ofereciam resistência, transformados em uma coisa gelatinosa. O corpo grudara-se no assento. Não esmorecia, apesar de sentir-se incapaz de removê-la. No momento em que mais se empenhava em arrastá-la, um gesto brusco seu lançou para trás a cabeça de Hebe e as suas pálpebras, movendo-se como se pertencessem a uma boneca de massa, descerraram-se. Largou-a, aterrorizado. Teve ímpeto de correr e controlou-se. Foi-se afastando de costas, os olhos siderados, em direção ao corredor. No meio do caminho, ocorreu-lhe que precisava liquidar seu débito com a casa.

— Diabo! Onde seria a gerência? — perguntou a si mesmo, achando estranho não ter-se preocupado até aquele dia em saber da sua localização. — Se nunca lhe tinham cobrado, por que não tomara a iniciativa de pagar as despesas?

A pressa levou-o a afastar essa e outras indagações. Tratou de enfiar-se por uma dependência, na qual jamais entrara, calculando que ali acharia o gerente ou a pessoa encarregada das cobranças. Deparou com um cômodo sem janelas, as luzes acesas, vazio. Proferiu uma palavra obscena, decidindo-se por enviar um cheque pelo correio, mesmo desconhecendo o montante da dívida.

Rapidamente ganhou o corredor, rumo à porta principal. Verificou, com certa surpresa, que, no lugar onde ela deveria estar, uma parede lisa vedava-lhe a passagem. Retrocedeu célere, julgando que possivelmente se desorientara. Também não a encontrou no lado oposto. Retornou várias vezes ao ponto de partida e tinha a impressão de que não saíra do lugar. Indo e vindo, gastou excessiva energia antes de lembrar-se do refeitório. Lá encontraria uma saída para os fundos do prédio. Agora era o salão que ele não achava. Ia crescendo a sua inquietação e, sentindo-se encurralado, buscava uma janela, uma abertura qualquer que o levasse à rua. Nada, nada além do corredor. Nem reparou que a iluminação decaíra e poucas lâmpadas estavam acesas. O suor escorria-lhe pela testa, mas Jadon perseverava na sua inútil tentativa de fugir daquele recinto.

Apenas parou — e por alguns minutos — ao sentir falta de ar. Afrouxou o colarinho, jogou fora a gravata, levando as mãos ao coração, a bater descompassado. Temia uma síncope — tinha o coração frágil. Contudo voltou a correr, detendo-se somente para esmurrar as paredes. Ofegante, a tremer, apelava por um socorro que sabia impossível. Olhava para cima, para os lados, a língua seca, o fio de esperança nos olhos acovardados. — Devia haver uma saída, por que não haveria?

Pela última vez atravessava o longo corredor. Sentia-se fraco, uma necessidade premente de uma bebida forte, da presença da mãe. A lembrança dela fê-lo rezar, sem que conseguisse chegar ao fim das orações, saltando do princípio de uma para o final de outra.

Apoiou-se numa das paredes. O corpo escorregou por ela abaixo e perdeu os sentidos. Mais tarde o coração retomaria o ritmo normal, enquanto Jadon se levantava, a mente desanuviada, alheio à pressa e sem explicação por que estivera sentado no chão.

Diante do espelho da saleta tentou ainda lembrar-se de algo momentaneamente esquecido. Desistiu e contemplou, com vaidade, o belo rosto nele refletido. Alisava os cabelos, sorrindo para os vinte anos que a sua face mostrava. Ao lembrar-se que poderia estar atrasado para o almoço, apressou-se. Já na sala de jantar, caminhou até a grande mesa de refeições, assentando-se descuidadamente numa das cadeiras. Os braços descaíram e os olhos, embaçados, perderam-se no vazio. Estava só na sala imensa.

O fantástico em Murilo Rubião: uma visita*

Jorge Schwartz

A realidade de Murilo Rubião é quase uma realidade de ficção. No apartamento de Belo Horizonte, grande número de obras inspiradas nos seus contos. Um quadro repleto de coloridos dragões, no meio da sala. É a vida de um homem que cultiva o hábito de estar só. Nada fora do lugar. Cada detalhe é pensado, um fruto de vivência. Aquarelas ilustradas com a sua própria escritura. Estatuetas e quadros espanhóis, do país onde foi adido cultural por quatro anos. Finalmente, uma sala de livros, a mesa e a máquina de escrever, indicando batalhas na produção das obras. Murilo, o caso de um escritor que ficou relegado na história das letras brasileiras. Sua primeira obra data de 1947. Pioneiro da narrativa fantástica na literatura brasileira.

E os aspectos vanguardistas de Murilo Rubião? Do ponto de vista geográfico temporal, a sua obra surge de maneira insólita (como é a própria temática dos contos), desengajada de qualquer movimento literário no Brasil. Anterior a Julio Cortázar, que pu-

* *Revista Planeta*, São Paulo, n. 25, set. 1974. (N. E.)

blica os primeiros contos em 1951 (*Bestiário*), tematicamente se vincula aos escritores de vanguarda hispano-americanos, os exploradores do chamado "realismo mágico" (Jorge Luis Borges, Julio Cortázar, Juan José Arreola, Gabriel García Márquez etc.). Em Murilo Rubião, o fantástico está no cotidiano. Ausência de rupturas bruscas na sequência narrativa ou de efeito de suspense no leitor. Acontecimentos referencialmente antagônicos e inconciliáveis conciliam-se tranquilamente pela organização da linguagem. Dragões, coelhos e cangurus falam, mas não há mais o clássico "enigma" a ser desvendado no final.

E a função do relato fantástico, já que o elemento suspense e consequente explicação final ficam totalmente diluídos na escritura? Uma das explicações possíveis é a da fruição como um pacto lúdico com o leitor, o que implicaria em reduzir a obra a mero jogo de arte pela arte. Não é propriamente o caso de Murilo Rubião. O fenômeno fantástico de sua escrita é justificado na medida em que há a percepção dos níveis simbólicos e alegóricos de significação. A leitura atenta de "Os dragões" sirva-nos de exemplo. Nítido esquema de oposição binária: Dragões × Sociedade. A luta da sociedade para integrar os dragões. A sociedade age e os dragões são integrados. Participantes ativos da vida em grupo acabam por ser corrompidos e chegam ao fim.

Uma crítica subjacente aos valores e preconceitos sociais. Os dragões se apresentam desprovidos de qualquer repertório histórico ou cultural. No início representam o elemento neutro, amoral. Vivem à margem da sociedade e simbolizam a própria dimensão da pureza, tanto assim que só podem ser compreendidos pelas crianças. Mas os valores sociais os corrompem e os destroem. Um círculo vicioso. João, o último dos dragões, se iniciara em jogos de cartas e retomara o vício da bebida. E os dragões não voltam mais à cidade. Foram desintegrados no próprio processo de integração. A escritura bíblica é o lugar de leitura dos contos murilianos. Em cada um deles, uma epígrafe extraída do Velho ou do Novo Testamento. E assim como Adão e Eva perdem a chance de continuar vivendo no Paraíso, os homens também perdem a oportunidade de conviver com os dragões. Esperam e esperarão e sempre em vão o retorno dos dragões...

A crítica à sociedade inverte também os valores do fantástico. O elemento extraordinário não é a presença dos dragões no meio humano, mas a condição do meio e das relações nele criadas. Aqui um paralelismo possível com as obras de Kafka. Em A *metamorfose*, o fantástico deixa de ser Gregor, convertido em monstruoso inseto e fantásticas são as reações da família diante do fato. Em Murilo e Kafka, o código social possibilita a leitura ideológica e não se trata de simples recriação na leitura do fantástico.

Na moderna narrativa hispano-americana, há outras convergências dos temas tratados por Murilo Rubião. Um dos últimos contos de García Márquez, "Un señor muy viejo con unas alas enormes" (1968), um ser angelical aparece magicamente (como diz o título). Imediatamente inserido na sociedade de consumo, é industrializado e exposto à visitação pública. Os valores da sociedade são postos à prova. Seu súbito desaparecimento é análogo à inútil espera pela volta dos dragões.

Em autores brasileiros, o mesmo tipo de organização temática, de narrativa, pode ser observado. Um evento anormal serve para testar as reações da sociedade. Em José J. Veiga, no conto "A máquina extraviada", uma inexplicável máquina causa alvoroço e desarticula as normas da população da pequena cidade. Na novela "Sombras de reis barbudos", uma enigmática e alegórica Companhia põe em xeque os valores da pequena cidade local.

Conhecer Murilo é penetrar no mundo do fantástico. Penetrar no mundo do fantástico é ler a escritura muriliana. Murilo, o homem que vive no apartamento em Belo Horizonte.

Mais sombras que silêncio

Carlos de Brito e Mello

Eu teria preferido, se fosse possível, nunca ter lido Murilo Rubião até este momento preciso em que o leio; seria melhor não conhecer sequer sua profissão, sua trajetória, sua origem; ignorar os personagens que inventou, as cidades fantasmais, os acontecimentos insolúveis. Assim, distraído de tudo que lhe dissesse respeito, eu poderia ter topado com este conjunto de contos que integram a totalidade da sua obra como alguém que topa numa pedra insólita, que perturbasse meu caminhar e ferisse meu pé: primeiro, insultando a pedra; depois, reparando em sua matéria impertinente; finalmente, tomando a pedra para atirá-la, futuramente, num caminho onde outra pessoa pudesse com ela topar. Eu teria preferido conhecer este nome, Murilo Rubião, como quem, numa fila aborrecida de cartório, surpreende-se, ao pé de uma página de um documento alheio, com o assombro de sua assinatura.

Mas conheço Rubião, pelo menos, conheço-o um pouco. Há muitos anos, li parte do que escreveu, apenas parte, mas li. Pertenceria então esse gesto de releitura que empreendo agora, enquanto escrevo este ensaio, ao campo da revisão, do reconhecimento, do reencontro? Não é no que acredito, nem o que comprovo, ao deparar-me, novamente, com a interrogação sobre a morte d'"O pirotécnico Zacarias". Impressiona-me a excepcionalidade daquelas formulações, das quais eu me cobro lembrar com mais solidez e acuidade, e então me vejo, subitamente, como aqueles que, "quando apanhados de surpresa, ficam estarrecidos e não conseguem articular uma palavra". As narrativas de Rubião, ainda que se desenvolvam tendo por referência o terreno habitual da cotidianidade, e se mostrem sóbrias quanto aos virtuosismos estilísticos, não dissolveram, durante todos esses anos em que me distanciei de sua obra, o pacto que firmaram com um verbo que se revela inconjugável, como se vê em "Alfredo". Logo, a leitura que hoje faço não pode se limitar a uma conferência crítica do texto, em busca da confirmação de informações previamente estabelecidas e divulgadas a respeito do autor. A experiência que meu renovado percurso pelos contos de Rubião proporciona ganha, com isso, valor transfigurador e iniciático, que o passado não esgotou: seja eu mesmo, então, a pedra arremessada, seja eu o assombrado pela ação de uma palavra que, com muito critério, com muita têmpera, com muita acuidade, o autor mineiro formulou em sua obra.

Aqui, as metamorfoses que, no mesmo conto, antes fizeram do dromedário um porco, não se restringem às figuras que Rubião desenha ao longo das narrativas, mas estende-se, inevitavelmente, a quem lê. E a leitura passa a refletir, durante o movimento com que as páginas do livro são viradas, a feição nervosa de quem tem de "peregrinar por terras estranhas", como descreve Alfredo: "Atravessaria outras cordilheiras, azuis como todas elas. Alcançaria vales e planícies, ouvindo rolar as pedras, sentindo o frio das manhãs sem sol. E agora sem a esperança de um paradeiro".

Acompanhando a sequência de movimentos realizados pelo

personagem, a leitura tende a se aproximar das operações nômades de caça, assim definidas por Michel de Certeau, em que os leitores, viajantes, "circulam nas terras alheias, nômades caçando por conta própria através dos campos que não escreveram".[1] Sendo iniciática, nos termos do mesmo Certeau, o que confirma a impressão que tive diante dos contos de Rubião, a experiência que empreendo aqui pode assumir a temporalidade e a espacialidade do limiar, tal como o define Walter Benjamin,[2] e com isso assumir o caráter de zona, de travessia, de passagem. Esse mesmo caráter ganha assinalado desenho na literalidade de certos contos, como aquele em que Cariba, "único passageiro do trem", interrompe seu itinerário sem alcançar o destino previsto, em "A cidade". Não é apenas o personagem que é forçado a um estado de suspensão provocado pela interdição de seus propósitos, mas também a própria leitura, que deve ser capaz de conjugar invenção e errância, impondo-se, em consequência disso, justamente com o modo pelo qual são permanentemente recolocados em jogo os processos dinâmicos de significação textuais, tal como indica Paul Ricoeur.[3]

Embora a atividade leitora esteja, obviamente, presumida na relação que estabelecemos com as obras literárias, pareceu-me, desde o início da peregrinação pelas narrativas murilianas, que ela, a leitura, se deslocaria da presumibilidade para a efetividade e o manifesto comprometimento com a experiência em curso, fazendo-se perceber, com maior ou menor clareza, por uma voz "declamada, lenta e lúgubre". É assim que, em "Mariazinha", as palavras, depois de realizarem "curvas no ar", alcançando os ouvidos "como gotas de óleo", são capazes de esgazear o olhar e provocar o desgoverno do cérebro. Tornou-se preciso, portanto, ser leal tanto à voracidade da personagem Bárbara, no conto que leva seu nome, quanto aos esforços de seu marido para satisfazê-la; caminhar no cárcere, com Cariba, e realizar a ronda noturna, com o guarda que o vigia; nutrir o amor com luta e desespero, como ocorre com Eronides e Marialice, em "A flor de vidro"; dar colo a uma criança morta, em "Teleco, o coelhinho", e morrer também com ela.

Nessa direção que tomamos, é preciso ir além de uma abordagem que pretenda, ainda que com consistência e coerência, referendar os saberes já reunidos acerca do autor, de suas características, de seu pertencimento a um determinado gênero literário, a um movimento... O realismo fantástico e a literatura mineira apresentam-se como duas categorias bastante compreensíveis, que certamente ajudam na contextualização de importantes aspectos da obra em questão. Mas, aqui, queremos fruir, pelo menos por algum tempo, as ondulações que animam o limiar benjaminiano, procurando compreender como se configuram as potências do imaginário: Teleco, e provavelmente muitos outros personagens, criados por muitos outros autores, não devem ser coadjuvantes de um processo voltado para o estancamento de sua irradiação ficcional. O absurdo não é algo que desejamos resolver, nem apaziguar: precisamos garantir que o ex-mágico da Taberna Minhota possa tirar um lençol do bolso, um urubu da gola do paletó ou ainda que um pássaro ruidoso lhe escape do ouvido, se foi essa a sorte que lhe coube.

Com isso, Murilo Rubião pôde desvencilhar-se com mais liberdade de alguns atributos, mais ou menos prováveis, que o apresentam, por vezes, como um escritor excêntrico, capaz de reescrever obsessivamente uma mesma obra, ou de adiar em muitos anos a sua publicação. E também de circular como o representante brasileiro do realismo fantástico, guardando certo parentesco com Jorge Luis Borges e Franz Kafka. Mas Rubião, parece-me, agora em que retorno à sua obra, agora em que a leio dedicadamente, aponta noutra direção, muito mais intrincada — e, sobretudo, muito menos razoável — do que um resumido relato biográfico poderia indicar. Afinal, morrer e não estar morto simultaneamente, como enuncia "O pirotécnico Zacarias", só se pode realizar quando a razão admite o transtorno como uma forma de laboração — e a interpretação, recusando as classificações já estabelecidas e consensuais, pode tomar, tenazmente, a "Estrada do Acaba Mundo: algumas curvas, silêncio, mais sombras que silêncio".

Assim é que esta especulação que faço deverá avançar na justa medida em que a leitura da obra de Murilo Rubião também avançar, ao seu lado, em sua honra e em seu nome: ligeira aqui, tropeçadora mais à frente; compreensível agora, dúbia depois; esperta, tola, inédita, repetitiva, como acontece com toda relação que estabelecemos com o sentido. Talvez essas ponderações pudessem ser expressas a partir de qualquer livro, de qualquer autor, em qualquer tempo. Mas, neste ensaio, elas se devem a Murilo Rubião e sua reunião de contos, e é justo que lhes sejam atribuídas. Se começamos nossa trajetória com uma provocação ao desconcertante e desassossegado ato de ler é porque à sua energia, exuberância e invento o autor nos remeteu: "Pelos meus olhos entravam estrelas, luzes cujas cores ignorava, triângulos absurdos, cones e esferas de marfim, rosas negras, cravos em forma de lírios, lírios transformados em mãos". Nossa sorte — ou nossa morte — não se decidirá ao final de "O pirotécnico Zacarias", nem ao final de conto algum, pois as linhas textuais tramadas por Rubião esticam-se, vivamente, numa direção que vai do centro à margem, e de volta ao centro, e de volta à margem, sem se esgotar. E o que poderia resultar num transbordamento fatídico da significação em inevitável absurdo — e resulta mesmo — abre-se também diante de nós como um campo fecundo de possibilidades e "inventa nos textos outra coisa que não aquilo que era a 'intenção' deles"[4]. Daí, como ocorre em "Bruma (a estrela vermelha)", poderá um corpo celeste se desdobrar em cores. "Todas as cores".

* * *

A inquietude causada pela obra de Murilo Rubião não demora a se anunciar, tão logo a leitura começa. Curiosamente, porém, esse sentimento não parece afetar os personagens dos contos, que ultrapassam sem solavancos os limites que costumam separar a verossimilhança do desatino. Por que ninguém se indigna e se exalta, levantando-se para advogar pela plausibilidade, vendo os apuros pelos quais passa, por exemplo, o marido de Bárbara, durante a missão impossível de satisfazê-la? Ou acompanhando o caminhar de Cariba pela cela, detido enquanto espera pelo verdadeiro criminoso: por que ninguém pede, se não pela inocência do personagem, pela sensatez do veredicto do qual foi vítima? Tomar uma narrativa como a de Rubião como uma coleção variada de bizarrices, ensaiando com a mão indolente o abandono do livro devido ao seu aparente contrassenso, indicará tão somente a nossa própria tolice. E assim não haverá meios de se evitar o mesmo arrependimento que veio a sofrer o ex-mágico, ao renegar seus poderes a ponto de perdê-los, um "arrependimento de não ter criado todo um mundo mágico" que a leitura, empreendida como uma experiência, pode proporcionar.

A narrativa de Rubião não se projeta para extraordinários reinos distantes, exilados em planetas ou eras inatingíveis, nem se vale de uma coleção de seres incogitáveis, de cuja existência estaríamos, à segura distância, defendidos. Prefere, em vez disso, fazer da cogitação um ordinário exercício fabuloso, em que uma razão aparentemente desnorteada, em vez de dispersar-se como disparate, volta-se para o sulcar agudo, preciso e orientado de uma verdade singular e conflituosa. Arranhando a terra mais solidificada do nosso cotidiano, o movimento que o texto produz denuncia, no inesperado reflexo de nossa vida costumeira e funcionária, nossa própria face perplexa. O mundo "tremendamente tedioso", como afirmam os leões em "O ex-mágico da Taberna Minhota", é também aquele em que somos sacudidos pelo curso acidentado de nossa aflita comédia humana, que faz dos personagens e de nós mesmos sobressaltados exemplares de gente desesperada, "destinados a passar pelos sofrimentos que acompanham o amadurecimento do homem".

Se pretendíamos realizar uma análise mais distanciada e discriminadora da obra de Rubião, essa proposta tende a se mostrar, cada vez mais, inviável. A cada tanto, somos levados a admitir que o leitor de seus contos reunidos — como, potencialmente, o leitor de modo geral — não tenha condições de se apresentar como uma entidade absolutamente exterior ao texto, dele separado e independente, na figura de uma pessoa autônoma e intelectualmente apetrechada para legislar sobre a obra. Ao contrário, o leitor também se conforma como uma dimensão do próprio texto, facho trêmulo, mas persistente, projetado pela palavra no instante mesmo em que esta institui em torno de si "uma cena secreta",[5] conformando um horizonte móvel para os processos de significação. Torna-se o leitor "o produtor de jardins que miniaturizam e congregam um mundo",[6] e o ato de ler pode se estabelecer para quem o experimenta, então, como um *deixar-se lançar pela obra* em direções imprevistas, perfazendo um noturno arco de sentido luminoso, como ilustra Rubião, ao fim de "O ex-mágico da Taberna Minhota": "Encher a noite com fogos de artifício. Erguer o rosto para o céu e deixar que pelos meus lábios saísse o arco-íris. Um arco-íris que cobrisse a Terra de um extremo a outro".

Para o autor, imaginar não é uma ação que se esgota em uma ilusão eventual, num sonho fortuito do qual se poderia acordar para o dia aclarado da consciência de si, dos outros e do mundo. Da mesma forma, imaginar não se apresenta como um refúgio ideal e clandestino, onde poderíamos nos recolher, a tentar fugir de nossa realidade mais concreta e árdua. Ainda, não resulta de uma gratuita bandalheira do pensamento lógico, de uma divertida putaria corrompedora da seriedade e da razoabilidade, que um discurso considerado sóbrio e intacto pudesse exigir. O "grande laboratório do imaginário"[7], como descreve Paul Ricoeur, se constrói por meio de um disposto trabalho fabulador, tal como a brincadeira se apresenta para a criança, tornando a fantasia uma afloração que integra, de maneira múltipla, a cena habitual dos nossos dias. Longe de se isolar em uma exceção, longe de se reservar como uma faculdade de posse de alguns poucos, considerados criativos, ela vem a constituir nosso próprio modo de existir, pleno de consistência e consequências, instaurando um centro figurado pela linguagem a partir de onde se agitam as mais íntimas e determinantes coordenadas do viver. Com Rubião, é possível constatar que a invenção não se reduz a um adereço fútil que a nossa realidade poderia facilmente dispensar, em prol da suposta incontestabilidade de seus elementos fáticos, fazendo-se considerar, pelo contrário, como um de seus fundamentos mais valiosos. Mas sua admissão não ocorre sem contestações.

O conto "Os dragões", fina espécie de alegoria que dá para ver a relação que estabelecemos com as nossas fantasias, mostra que, quando as figurações do imaginário irrompem de maneira imprevisível no sítio ordenado de uma dada coletividade, estratégias de contenção e controle são logo implementadas. É provavelmente mais fácil lidar com a imaginação isolando-a como se fosse um fenômeno específico, circunscrito por um tempo calculado (agora se imagina, depois não se imaginará) e por um espaço delimitado (aqui se imagina, ao contrário do que ocorre lá adiante, onde já não se imagina). Uma vez que as fantasias emergem, o conto mostra que elas devem ser submetidas aos regramentos morais e educacionais que têm a missão de contê-las, de ordená-

-las, de fixá-las por meio de uma lei que lhes seja anterior, exterior e superior. Se a instância onde essa crise se dá corresponde à cultura e à linguagem, torna-se indispensável mobilizar o devido arsenal denominativo, indicado, no conto, pela necessidade de os dragões serem batizados e alfabetizados. Não por acaso, as crianças, cuja brincadeira caracteriza seu modo de inserção no mundo, são as únicas pessoas capazes de reconhecer os dragões como tal: "Apenas as crianças, que brincavam furtivamente com os nossos hóspedes, sabiam que os novos companheiros eram simples dragões". A interpretação das crianças mostra que a fantasia não se define, simplesmente, por um desvio da realidade, mas como um modo de, brincando, afirmá-la.

Constata-se, por meio da ação infantil, não apenas sua relação íntima com a fantasia, mas a instauração desta como um saber, um saber — Freud[8] chega a ser didático quanto a isso — acerca dos nossos desejos insatisfeitos, que trabalha para corrigir, com um tanto da irrealidade da imaginação, um ou mais aspectos insatisfatórios da realidade concreta. Mas será que realidade e imaginário se apresentariam, para nós, de maneira tão distinta e contraposta? Com a noção de realidade psíquica, o próprio Freud[9] já mostrou que não. A obra que me interessa aqui em especial, a de Murilo Rubião, indica, por sua vez, contra toda e qualquer oposição radical que viesse a anular um dos termos, que o imaginário e a nossa realidade vívida, individual e coletivamente só podem ser admitidos como parte de um mesmo, complexo e dinâmico arranjo, fomentado sobre o chão comum da linguagem. Ambos dividem o mesmo leito social e o mesmo leitor, e se valem das mesmas vias e dinâmicas, ainda que de maneiras muito variáveis, para se apresentar à nossa percepção. Vê-se que o autor mineiro, determinado quanto à direção de sua narrativa, faz da fabulação a matéria mesma de uma realidade pela qual se anseia, insistente, ainda que na forma de um passado recontado, como ocorre em "Ofélia, meu cachimbo e o mar". "Ele existiu, juro", afirma o narrador para, em seguida, se desculpar, justificando-se: "Perdoe-me, Ofélia, não sei por que insisto em proceder desta maneira. Mas gostaria tanto se aquele meu bisavô marinheiro tivesse existido!".

Quando se trata da fantasia, trata-se, então, de nada mais, nem menos, do que da nossa existência, permitindo, com relação ao campo que mais diretamente me interessa aqui, o da narrativa, seguir o "movimento mediante o qual um texto abre um mundo de certa forma adiante de si mesmo".[10] A posição de Paul Ricoeur, que também adoto, encaminha esta reflexão para muito além do âmbito dos gêneros literários, das correntes estilísticas e dos movimentos estéticos, ainda que seja significativo reconhecer sua relevância e sua pertinência. Também impede que este percurso leitor pela obra de Rubião se realize por meio da perscrutação de suas originais intenções, como se elas, caso pudessem ser objetivadas em uma análise detetivesca e totalizadora, oferecessem uma resposta final aos impulsos que movem a leitura.

Resposta final? Não poderíamos estar mais distantes dela — e, na verdade, desinteressados. Valem muito mais os gestos desconcertantes efetuados por Rubião, que se reproduzem com a velocidade com que se transformam em outros animais o bicho "cinzento e meigo", que um dia se apresentou ao narrador de "Teleco, o coelhinho". Daí resultam questões igualmente urgentes e irresolvidas:

— É ou não é um animal?
— Não, sou um homem!

A construção do sentido acerca de nós mesmos, homens ou animais, mostra-se como tarefa indispensável e fatigante, revelando-se, mesmo depois de extraordinários e contínuos esforços, interminável. Qual seria, pois, a finalidade de sabermos sobre nós mesmo? O desconhecimento pode instituir-se como condição para que se empreendam jornadas desmedidas — seja de trabalho, seja do trabalhoso viver — na execução de um projeto cuja ambição pode resultar no próprio desmoronamento. Mais fácil do que formular uma resposta talvez fosse silenciar a pergunta. Mas Rubião é insistente e arguto em reconduzir o incômodo à narrativa, fazendo com que questões ali originadas permaneçam como um somado de enigmas subjacentes à própria trama. Tal empresa pode ter consequências funestas, como aquela que resulta na figura da criança morta após a sucessão de animais nos quais se metamorfoseou Teleco. A vida, aprendemos, não pode ser mantida se lhe foi amputada a fantasia: quando esta, depois de colapsar, finalmente cessa, a morte sobrevém.

Murilo Rubião mostra que, se por um lado, o saber não oferece garantias confiáveis contra à emergência das aberrações, a ignorância, por sua vez, não é capaz de nos afastar do sofrimento, nem de nos proteger da destruição. Em "O edifício", desconhecer os objetivos da gigantesca e demorada construção de término indefinido, cujas fundações levaram mais de cem anos para serem concluídas, em vez de interromper a elevação das paredes e pavimentos, renova o ímpeto e a dedicação insana dos operários. Paralelamente, do ponto de vista do engenheiro responsável, o venturoso progresso, proporcionado pelo erguer das paredes e pela solidificação dos pavimentos, cede ao desânimo e ao tédio, provocado pelo "infindável movimento de argamassa, pedra britada, formas de madeira", além do "monótono subir e descer de elevadores". Revela-se, camuflada até então pelo brilho da novidade, a bestial repetição, e a monstruosidade nasce como a filha deformada do desmesurado êxito.

Entramos, com Murilo Rubião, numa região de frequentação difícil, marcada por uma crítica severa ao homem e ao desastrado mundo que ele funda sob seus pés, em seu entorno e sobre sua cabeça, amplidão onde se localiza a minúscula estrela que o marido de Bárbara, aliviado, vai buscar. Nessa região, é possível compreendermos melhor como se sente "O ex-mágico da Taberna Minhota" que, tendo perdido seus poderes, frustrado por não conseguir morrer, se vê forçado a ter de lidar com os homens, dos quais se defendera até então, protegido pela distância que o palco impunha.

Lida árdua, sem dúvida. E o primeiro desafio é encontrá-los: "Viver, cansar bem os músculos, andando pelas ruas cheias de gente, ausentes de homens", como afirma Zacarias. O desencontro parece marcar nossa relação com um tempo e com um espaço que tendem sempre a se furtar à nossa apropriação e compreensão, escapando-nos sucessivamente. Parva, atarantada, a humanidade é retardatária com relação ao que ela, talvez, pudesse ou devesse ser. Não será a ela que "A cidade" alude, ao fazer Cariba desembarcar num lugarejo rodeado por vaga tristeza e casas vazias? "Destinava-se a uma cidade maior, mas o trem permaneceu indefinidamente na antepenúltima estação", conta o narrador. Impedida de alcançar seu destino final, a humanidade, figurada em Cariba, é aquela que se vê forçada a vagar, desprovida de propósitos, por um lugar que lhe é estranho, provisório, incompleto. Sua condição é justamente o que o incrimina, instituindo sua culpa.

— Já temos vadios de sobra nesta localidade. O que veio fazer aqui? — perguntou o policial.
— Nada.
— Então é você mesmo. Como é possível uma pessoa ir a uma cidade desconhecida sem nenhum objetivo?

A suspeição incide sobre aquele que perambula por um lugar que desconhece, e se denuncia ao fazer perguntas, tornando manifesta não apenas a sua indeterminação e a eventualidade de sua presença ali, mas a indeterminação e a eventualidade do próprio existir. A vida que conhecemos e com a qual nos acostumamos torna-se, assim, um acidente cujo culpado deve ser previsto, anunciado, identificado e encarcerado: "O homem chegará dia 15, isto é, hoje, e pode ser reconhecido pela sua exagerada curiosidade". No cárcere, seria necessário esperar por um outro homem, vindouro, futuro, que pudesse ser culpabilizado por meio de mais indícios do que foi Cariba. Ninguém, entretanto, incide no crime configurado pelo ato de perguntar, como mostra o diálogo entre o preso e o guarda, que fiscaliza as celas durante a ronda noturna:

— Alguém fez hoje alguma pergunta?
— Não. Ainda é você a única pessoa que faz perguntas nesta cidade.

Em situação inversa encontra-se Pererico, em "A fila", mas também a demonstrar o mesmo desnorteio que caracteriza nossa humana condição. Propósitos não lhe faltam. Eles não são suficientes, entretanto, para garantir sua efetivação. Pelo contrário, parece-lhe que, a cada vez que tenta falar com o gerente da Companhia, mais distante dessa possibilidade ele fica. "Esperarei", diz Pererico. Ser de espera, o homem deve se valer, como sugere o porteiro Damião, de bom senso. Mas, ao longo dos dias, será que Pererico não infringe essa recomendação? Damião confirma que sim, ao adverti-lo quanto às escolhas que fez, ao repreender-lhe quanto à maneira de se portar, desaprovando-o com relação à estratégia que adotara, ou mesmo incentivando-o a não se deixar abater diante dos obstáculos enfrentados.

Ah, o bom senso. Apresentando-se, quase sempre, com asseio e cortesia, ele pode — e costuma — se transformar num animal de apetite inesgotável. Ao contrário do que acontece, por exemplo, com a incerteza e com o equívoco, figuras quase sempre detestadas e banidas de uma argumentação, ele goza de bastante liberdade para transitar em qualquer campo de saber, certo que está de que sua conduta será primorosa. O bom senso não precisa viver à espreita, furtivamente, às escondidas, como é o caso do desejo, da culpa e da vergonha, nem viver à míngua, como é o caso da autocrítica. Pelo contrário, ele se refestela em leito público e confortabilíssimo, sentindo-se à vontade para zombar da risível decisão de alguém se tornar homem, como em "Teleco, o coelhinho".

— Basta essa prova?
— Basta. E daí? O que você quer?
— De hoje em diante serei apenas homem.
— Homem? — indaguei atônito. Não resisti ao ridículo da situação e dei uma gargalhada.

Tornar-se um homem não parece mesmo denotar bom senso. Mas dada a sua plasticidade, este pode até conter o riso, educadamente, e se mostrar afável, provando ser adorável mesmo para plateias que se julgam exigentes e críticas. Quem seria capaz de desafiá-lo? Ora, quem o desafia dá com o fracasso, como em "A fila", ou chafurda no "lodo puro" do próprio espírito, como acontece em "O lodo". Nesse caso, o desafiante pode vir a exalar "um odor fétido da pústula", obtendo dos que o rodeiam nada além de um "imperceptível gesto de asco". Por que dirigir-se a um moribundo para limpar-lhe "as pétalas da ferida"? A impertinência de Murilo Rubião é afrontosa às vozes moderadoras e conselheiras, sempre prontas a deter o arrebatamento, educar o transe, curar a náusea, ou, se todas essas estratégias falharem, distrair a audiência humana — e leitora — com plumas e afetação.

"Mas naquela manhã quente, queimada por um sol violento, a Casa do Girassol Vermelho, com os seus imensos jardins, longe da cidade e do mundo, respirava uma alegria desvairada", rompendo a paz despótica que os moralismos normalmente instauram. Talvez a fantastiquice seja apenas uma atribuição que o bom senso, em algum momento, tenha achado por bem fazer a Rubião, desconsiderando que sua importância esteja ligada, em último caso, à produção de um estado "digno da violência, da paixão". Nesse conto, o corpo exaure-se depois de uma noite de dança e canto, instituindo-se como uma forma coletiva de atormentamento e festa, quando se celebram "os assaltos decisivos, os grandes gritos de revolta". E mesmo que a desesperança, a quebradura e a derrota sejam inevitáveis, diante da constatação de que "este foi o último dia", é possível entrever, nos embaçados olhos que miram o fim, "as primeiras pétalas de um minúsculo girassol vermelho".

Seria o sonho uma maneira, como quer o ex-mágico, de nos libertarmos da existência? Aproximar a obra de Murilo Rubião da forma onírica e, com isso, supor que essa comparação primária seria suficiente para localizar as narrativas no interior de um campo estabilizado de significação, revela, pelo menos, ingenuidade. Que um conjunto de imagens possa configurar um sonho marca apenas o início de um trabalho de interpretação que, longe de valer-se de esquematismos lógicos e de representações que não superam os limites do decalque, principia uma arriscada jornada pelo sentido, nada estável, sempre pronto a descarrilar na frase seguinte. A existência não se omite no sonho, pelo contrário, se aflige, se revira e descobre.

Se um dado é recusado por se apresentar excessivamente cifrado ou enigmático, não poderíamos, em vez de eliminá-lo, questionar o código que tomamos por referência durante o trabalho de interpretação? Se somos desafiados a enfrentar, com nossos aparatos lógicos habituais — e, quem sabe, cômodos — a confusão, a complexidade e a turvação das atmosferas formuladas por Rubião, não seria hora de assumi-las como pertencentes à trilha feita por uma escrita tenaz, obstinada, meticulosa, que faz dos campos do absurdo seu mais íntimo quintal? Com "Marina, a Intangível", não há promessa de calmaria, pois "encheram a noite de sons agudos, desconexos, selvagens". Trata-se, então, de entrevermos na sóbria extravagância muriliana a instauração de uma *razão outra*, que colhe na cotidiana vida o exuberante — ou aberrante — vívido, ainda que este não se apresente de maneira direta, nem objetiva. É necessário, na própria leitura, suportar o texto, procurando "desvendar a origem dos ruídos", como diz Alfredo. "Neles vinha uma mensagem opressiva, uma dor de carnes crivadas por agulhas", irredutível, pode-se concluir, a qualquer senso.

Portadores de mensagens opressivas que se intrometeram nos vãos suspeitos do sentido — como os sonhos que, por nos legar manhãs arrasadas, chamamos de pesadelos —, os contos de Rubião distanciam-se tanto da anedota — que se esgota numa gargalhada vulgar — quanto do estereótipo — que rebaixa a linguagem a uma imitação naturalizada de si mesma. Se há algo que julgamos já conhecido na obra em questão, fruto de nossos saberes acumulados, muitas vezes acostumados consigo mesmos, o autor de "A flor de vidro" cuida de bem advertir: "O roteiro era antigo, mas algo de novo irrompia pelas suas faces". Se não prestarmos bastante atenção nisso, corremos o risco de ter os nossos olhos — "tomara que um galho de árvore lhe fure os olhos, diabo!" — cegados.

Seguir a linha que o conjunto da obra do autor traça não resulta numa opinião geral e homogeneizada, disposta em traços uniformes, mas na produção de arranjos singulares, capaz de acompanhar correntes, dobras e densidades específicas, definindo a gramatura diversa de uma textualidade: ela entreabre no texto finito a sua infinitude, e opacifica desde as letras capitulares com as quais os parágrafos se iniciam até os resolutos pontos finais com que se findam. Nesse trânsito por uma série de imbricadas e minuciosas obscuridades, a própria referência, destituída do posto de gabarito a partir do qual se poderia conferir legitimidade à obra, se torna projétil dessa mesma obra, que a lançou no mundo com energia e audácia.

Murilo Rubião nos faz participar de um debate reincidente acerca da relação entre mundo e obra, mas o faz com munição imprevisível, embaralhando posições que, numa visada mais apressada, poderiam parecer dicotômicas: por que será que a verdade costuma ser remetida às provas supostamente concretas de uma realidade empírica, enquanto a criação textual — a de Rubião, então, de modo inapelável — é sumariamente lacrada e despachada pelo malote do fantástico? Será que é tão necessário assim assegurar aos crédulos a sua credulidade? Se Rubião acolhe o absurdo, não é para opô-lo à condição humana, mas para reivindicá-la, formulando-o no centro mesmo de seu sofisticado artesanato literário.

A estabilidade do sentido, contra a qual Rubião escreve, só pode ser intencionada se as operações de significação forem organizadas à maneira de um mecanismo, a linguagem orientar-se segundo sua funcionalidade, e a interpretação conseguir ser reduzida ao cálculo. Felizmente, tal estabilidade costuma ser apenas ilusória, provisória e fadada a desmoronar. Ora, o mundo não é próprio a si mesmo, mas estrangeiro, debandado, irreconhecível, cabendo a nós todos sua contínua refiguração. O que torna humano o nosso viver é justamente a lavra comum, combativa e dissonante, promovida pela cultura, no interior de uma prática social que tem a linguagem como fundamento. Se nos demorarmos muito para assumir a tarefa de realizá-la, portanto, de humanamente viver, corremos o risco de terminar como o ex-mágico, empobrecidos, lamentosos, ressentidos, por termos deixado escapar a maravilha que nos coube realizar.

Rompem-se, com isso e definitivamente, nossas ilusões que ainda poderiam existir quanto à prevalência, em nossas vidas, de um estado natural primevo, que se preservaria em nós sob a forma de uma essência que os artificialismos viessem a corromper. Como bem nos lembra Hannah Arendt, é o mundo mesmo que se apresenta como um "artifício humano".[11] Sem este, o que nos diferenciaria das coisas que vegetam, alheias a si mesmas e aos outros, exibindo seu verdor comatoso? Reivindicar o artifício implica reconhecer a força fortemente ficcional de nossas próprias vidas, recusando, com veemência, nossa coisificação. Afinal, como lembra Jacques Lacan, "é o mundo das palavras que cria o mundo das coisas",[12] e não o contrário.

Convoquem-se, se necessário, com este objetivo, todas as esposas sufocadas em "Os três nomes de Godofredo"; reúnam-se, em "Alfredo", o dromedário, o porco e o verbo; que sejam contabilizados os mil-réis gastos com bonde, correspondência, aspirina, além dos dois anos de completo alheamento do mundo, em "Memórias do contabilista Pedro Inácio"; e que se divisem astros em "Bruma (a estrela vermelha)", e sombras, em "A Lua". Com teodolitos, pás e provisões, viaja-se, em "A diáspora"; dentro de casa, em "O homem do boné cinzento", flores e rins integram a decoração; e os filhos, paridos em ninhadas em "Aglaia", lotam o interior de um lar em destruição. Será mesmo anúncio do fim, como se pressente em "O bloqueio", ou ainda não chegamos a tanto, como se procura garantir em "D. José não era"? A dúvida de Gérion quanto à natureza dos acontecimentos que lhe sucedem, se destrutivos ou construtivos, no edifício onde é o único inquilino, é também assumida pelo leitor, que se vê, durante toda a obra de Rubião, como o personagem, com "um pé solto no espaço", ao transitar por uma escada que "terminou abruptamente", retrocedendo "transido de medo, caindo para trás". Não se trata aí, simplesmente, de atribuir ao autor o talento de ilusionista, mas de admitir que lidamos com uma escrita que, temerária, foi erguida, decididamente, em solo infixo. Num mundo que ora desaparece, como os andares abaixo de Gérion, para depois ressurgir na forma multiplicável e ininterrupta dos filhos de Aglaia, um texto só se pode definir por meio de seu constante refazer: é deslizando que ele se trama, se retrama. "O escritor nunca sabe que a obra está realizada. O que ele terminou num livro, recomeçá-lo-á ou destrui-lo-á num outro",[13] afirma Maurice Blanchot. Se o que diz o pensador francês é possível encontrar na produção literária de maneira mais ampla, em Rubião — que, reconhecidamente, fez da reescrita seu próprio método — tal afirmação encontra seu lugar de brilho e potência: não estaria o nosso autor ressalvando no sentido, e em defesa deste, sua própria contestação?

Com Rubião, a espontaneidade entorpecente dos personagens e acontecimentos faz a balança onde se pesam, de um lado, a razoabilidade, e de outro, a aberração, tombar. No tombo, o que antes se opunha passa então a se embaralhar, mas sem inaugurar, com isso, uma realidade alternativa à nossa, claramente demarcada, e drasticamente diferente desta em que nos encontramos. Para onde somos remetidos, então? "Devia haver uma saída, por que não haveria?", pergunta-se o narrador de "Os comensais". Mas saídas, em Murilo Rubião, propriamente não há. Da margem de um texto, o que se avista é um outro texto, descoberta que a leitura dos contos em série, sem saltos nem interrupções, propósito que empreendi neste ensaio, ajuda a reforçar. "Aqui ficaremos: um ano, dez, cem ou mil anos", ouve Alexandre Saldanha Ribeiro, em "A armadilha", mas também ouvimos nós, no propagado ressoar de uma sentença que, mesmo taxativa, não desfaz a equivocidade que emana da narrativa muriliana.

Mas impedir as saídas é apenas um dos movimentos que Rubião realiza em suas narrativas. Conto a conto, é possível perceber que os fatos ocorridos, mesmo quando descritos de maneira objetiva, não conseguimos, de modo algum, assimilá-los adequadamente. Eles escapam de nós quanto mais nos esforçamos para retê-los. E um outro contraste aí também se verifica. Quanto mais as evidências se mostram sólidas e irrevogáveis, a ponto de estabelecer uma nova e incontestável ordem moral, menos se pode comprovar. Os regimes de saber, em Rubião, são transtornados pelos próprios saberes: quanto mais se acumulam, vendando frestas e impossibilitando escapes, mais nos perdemos. Esses são alguns dos estragos produzidos por uma literatura extraviadora, a operar contra as garantias de uma realidade fixa e inexpugnável. Volta a ser necessário, pois, nos perguntar, agora com "Botão-de-Rosa": "A verdade. O que significaria?".

> A verdade da literatura estaria no erro do infinito. O mundo onde vivemos, tal como o vivemos, é felizmente limitado. Bastam-nos alguns passos para sair de nosso quarto, alguns anos para sair de nossa vida. Mas suponhamos que, nesse espaço estreito, de repente obscuro, de repente cegos, nós nos perdêssemos.[14]

Perdermo-nos no interior de nossas casas, perdermo-nos no interior do sentido; é justamente o que provoca a escrita de Murilo Rubião, confrontando os espaços finitos da cotidianidade com a infinitude de uma perdição, ao mesmo tempo que ela transforma a infinitude formulada textualmente em uma prisão que nos vitima. Nesse sentido, o autor volta a se aproximar de Maurice Blanchot, confundindo em suas narrativas duas modalidades de homem — sim, ei-lo, de novo, em causa — com as quais temos, nós também, de nos confrontar:

Para o homem medido e comedido, o quarto, o deserto e o mundo são lugares estritamente determinados. Para o homem desértico e labiríntico, destinado à errância de uma marcha necessariamente um pouco mais longa do que sua vida, o mesmo espaço será verdadeiramente infinito, mesmo que ele saiba que isso não é verdade, e ainda mais se ele o sabe.[15]

Perseverantes em uma trama que conjuga dimensões e distâncias de modo muito inusitado, deparamo-nos como uma insolúvel contrariedade: a comprovação só se dá a ver ao emergir dentro de uma raia sinuosa, a nos privar da possibilidade de apreendê-la e manuseá-la conforme nossos plenos interesses. Tanto mais fácil se o horror proviesse de logradouro bem distante. Mas não é o que ocorre nos contos que lemos. Encontrarmo-nos abandonados à estranheza que advém de nós mesmos é o que, precisamente, desespera "Aglaia", que clama ao marido: "Não me abandone, não me deixe sozinha a parir essas coisas que nem ao menos se parecem comigo!". Talvez seja esse sentimento que, renovado a cada conto, venha a nos vencer, como ao narrador de "A Casa do Girassol Vermelho", levando-nos a concluir, com ele, que "tudo se quebrara".

Não é o homem triunfante que encerra a obra de Rubião. O esgotamento é inevitável e indisfarçável, como aquele confessado no início e no fim de "Alfredo": "Cansado eu vim, cansado eu volto". Depois de "Os comensais", em que se respira "apenas o ar pesado", e se escuta "o silêncio", poderíamos nos perguntar se um outro homem, menos "ofegante", menos inclinado ao desvario, menos suscetível ao terror de existir, pudesse vir a suceder esse que os personagens de Murilo Rubião incorporam, esse que somos nós mesmos, esse que leva "as mãos ao coração, a bater descompassado", homem de "língua seca, o fio de esperança nos olhos acovardados", homem que se põe a rezar, sem conseguir, entretanto, "chegar ao fim das orações, saltando do princípio de uma para o final de outra". Mas é quase certo que não: a obsolescência do homem impõe-se, simultaneamente, na narrativa e na vida. Vejamos, então, como prosseguir, mesmo obsoletos. Resta decidir como, sem saber ao certo se somos inocentes ou culpados, podemos lidar com as vociferações "Lincha! Mata! Enforca!", que, ouvidas em "Botão-de-Rosa", ecoam muitas vezes em nossos próprios ouvidos cotidianos. Ofereceremos, solitários, esquecidos e desnudos, nosso "pescoço ao carrasco"?

Notas

1. Michel de Certeau, A invenção do cotidiano: 1. Artes de fazer. Petrópolis: Vozes, 1994, p. 269.
2. Walter Benjamin, "Jogo e prostituição", em Charles Baudelaire: Um lírico no auge do capitalismo. São Paulo: Brasiliense, 1994.
3. Paul Ricoeur, Teoria da interpretação: O discurso e o excesso de significação. Lisboa: Edições 70, 2013.
4. Michel de Certeau, op. cit., pp. 264-5.
5. Ibid., p. 269.
6. Ibid.
7. Paul Ricoeur, O si-mesmo como outro. São Paulo: WMF Martins Fontes, 2014, p. 176.
8. Sigmund Freud, "Escritores criativos e devaneios (1908 [1907])", em Gradiva de Jensen e outros trabalhos. (1906-1908). v. IX. Rio de Janeiro: Imago, 1996.
9. Id., "Esboço de psicanálise (1940 [1938])", em Moisés e o monoteísmo, esboço de psicanálise e outros trabalhos (1937-1939). Coord. da tradução de Jayme Salomão. v. XXIII. Rio de Janeiro: Imago, 1996, pp. 153-221.
10. Paul Ricoeur, Tempo e narrativa. v. 1. São Paulo: WMF Martins Fontes, 2010, p. 138.
11. Hannah Arendt, A condição humana. Rio de Janeiro: Forense Universitária, 2005, p. 10.
12. Jacques Lacan, Escritos. Rio de Janeiro: Zahar, p. 277.

13. Maurice Blanchot, *O espaço literário*. Rio de Janeiro: Rocco, 1987, p. 11.
14. Id., *O livro por vir*. São Paulo: Martins Fontes, 2005, p. 136.
15. Ibid., p. 137.

Cronologia

1916 1º de junho — Nasce Murilo Eugênio Rubião em Silvestre Ferraz, hoje Carmo de Minas (MG), filho do filólogo Eugênio Álvares Rubião e de Maria Antonieta Ferreira Rubião. Vive na cidade natal até completar um ano de idade.

1928 Termina o curso primário no Grupo Escolar Afonso Pena, de Belo Horizonte, depois de haver estudado nas cidades de Conceição do Rio Verde e Passa Quatro.

1935 Termina o curso ginasial, no Colégio Arnaldo, de Belo Horizonte. É o orador da turma.

1938 Aluno da Faculdade de Direito da Universidade de Minas Gerais.
Funda, com outros estudantes, a revista literária *Tentativa*.

1939 Começa, na *Folha de Minas*, sua carreira jornalística.

1940 Redator da revista *Belo Horizonte*.

1942   Forma-se em direito.

1943   Diretor da Rádio Inconfidência, do governo de Minas Gerais.

1945   Chefia, em janeiro, a delegação mineira que participa, em São Paulo, do histórico I Congresso Brasileiro de Escritores, que contribuirá para a derrubada, em outubro, da ditadura do Estado Novo (1939-45).
Presidente da seção mineira da Associação Brasileira de Escritores.

1946   Oficial de gabinete do interventor federal em Minas, João Beraldo.

1947   Publica seu primeiro livro, O ex-mágico, de contos.

1948   Diretor do Serviço de Radiodifusão do Estado de Minas Gerais.
O ex-mágico ganha o prêmio Othon Lynch Bezerra de Melo, da Academia Mineira de Letras.

1949   Muda-se para o Rio de Janeiro, como chefe da Comissão do Vale do Rio São Francisco.

1951   Oficial de gabinete do governador de Minas, Juscelino Kubitschek.
Diretor interino da Imprensa Oficial do Estado de Minas Gerais e da Folha de Minas.

1952   Chefe de gabinete do governador Juscelino Kubitschek.

1953   Publica o livro de contos A estrela vermelha.

1956   Chefe do Escritório de Propaganda e Expansão Comercial do Brasil em Madri, na Espanha. É também adido à Embaixada do Brasil.

1960   Volta para o Brasil.

1961 Redator da Imprensa Oficial, em Belo Horizonte.

1965 Publica *Os dragões e outros contos*.

1966 Cria, na Imprensa Oficial, o *Suplemento Literário* do *Minas Gerais*, semanário que, sob o seu comando, será por alguns anos uma das melhores publicações no gênero no país.

1967 Diretor da Rádio Inconfidência.

1969 Afasta-se da direção do *Suplemento Literário* e assume a chefia do Departamento de Publicações da Imprensa Oficial do Estado.

1974 Publica dois livros de contos: *O pirotécnico Zacarias* e *O convidado*. O primeiro se transforma em best-seller e Murilo Rubião, aos 58 anos, se torna finalmente conhecido do grande público.

1975 Diretor de Publicações e Divulgação da Imprensa Oficial do Estado.
Aposenta-se no serviço público.
Com *O pirotécnico Zacarias*, ganha o prêmio Luísa Cláudio de Sousa, do Pen Club do Brasil.

1978 Publica *A Casa do Girassol Vermelho*, contos.

1979 *O ex-mágico* é traduzido nos Estados Unidos (*The ex-magician and other stories*).
O conto "A armadilha" é adaptado para o cinema, num curta-metragem do diretor Henrique Faulhaber.

1981 *O pirotécnico Zacarias* é traduzido na Alemanha (*Der Feuerwerker Zacharias*).
O professor Jorge Schwartz publica o estudo *Murilo Rubião: A poética do Uroboro*.

O conto "O pirotécnico Zacarias" é adaptado para o cinema, num curta-metragem de Paulo Laborne.

1982 Lançamento de *Murilo Rubião — Literatura comentada*, coletânea de contos organizada por Jorge Schwartz.

1983 Diretor, uma vez mais, da Imprensa Oficial do Estado de Minas Gerais.

1984 *O ex-mágico* sai em edição de bolso nos Estados Unidos.

1986 É publicada na Tchecoslováquia (atual República Tcheca) uma coletânea de contos de Murilo Rubião, com o título *A Casa do Girassol Vermelho* (*Dum u Cerveké Slunecnice*).

1987 Edição especial do *Suplemento Literário* do *Minas Gerais* comemora os quarenta anos do lançamento de *O ex-mágico*.
O conto "O ex-mágico da Taberna Minhota" é adaptado para o cinema, num curta-metragem de Rafael Conde.

1988 Lançamento de *O pirotécnico Zacarias* e *A Casa do Girassol Vermelho* (edição dupla).
Obras de Murilo Rubião são adotadas em cursos de português na França.

1990 Publica *O homem do boné cinzento e outras histórias*.

1991 16 de setembro: morre, de câncer, em Belo Horizonte, aos 75 anos.
21 de setembro: cinco dias depois da morte do escritor, é inaugurada no Palácio das Artes, em Belo Horizonte, a mostra *Murilo Rubião: Construtor do absurdo*.

1998 Lança *Contos reunidos*.

1999   Lançamento de O *pirotécnico Zacarias e outros contos escolhidos*.

2002   O conto "O bloqueio" é adaptado para o cinema, num curta-metragem de animação de Cláudio de Oliveira.

2004   Lançamento de *Contos de Murilo Rubião*.

2006   Com O *pirotécnico Zacarias e outros contos* e *A Casa do Girassol Vermelho e outros contos*, ambos em nova seleção, a Companhia das Letras começa a relançar a obra de Murilo Rubião.
4 de setembro: é inaugurada no Palácio das Artes, em Belo Horizonte, a mostra *Murilo Rubião 90 anos — Murilianas*, que foi montada em seguida (31 de outubro) na cidade mineira de Ipatinga.

2007   A Companhia das Letras conclui o relançamento da obra de Rubião com O *homem do boné cinzento e outros contos*. Publicação de *La ciudad y otros cuentos*, pela Ediciones de la Banda Oriental, Uruguai.

2010   É lançado pela Companhia das Letras *Murilo Rubião — Obra completa* em edição de bolso.

2016   O centenário de nascimento do autor é celebrado com exposições, textos na imprensa e a publicação da edição do centenário de *Obra completa* pela Companhia das Letras.

1ª EDIÇÃO [2016] 4 reimpressões

ESTA OBRA FOI COMPOSTA PELA SPRESS EM ELECTRA E
IMPRESSA EM OFSETE PELA GRÁFICA PAYM SOBRE PAPEL PÓLEN DA
SUZANO S.A. PARA A EDITORA SCHWARCZ EM JUNHO DE 2024

A marca FSC® é a garantia de que a madeira utilizada na fabricação do papel deste livro provém de florestas que foram gerenciadas de maneira ambientalmente correta, socialmente justa e economicamente viável, além de outras fontes de origem controlada.